# UN SOUPÇON DE POISON

# UN SOUPÇON DE POISON

CATHERINE COLES

Traduit de l'anglais (Royaume-Uni)
par Marc Sigala

City
*Roman*

Publié pour la première fois en anglais sous le titre
*Poison at the Village Show* par Boldwood Books Ltd.
Droits de traduction gérés par The Agency srl di Vicki Satlow.
Couverture : Boldwood Books Ltd
ISBN : 978-2-8246-2223-1
Code Hachette : 61 9694 5

Collection dirigée par Christian English & Frédéric Thibaud
Catalogues et manuscrits : city-editions.com



Dépôt légal : Juin 2023

*Pour mon frère, qui me manque tous les jours, mais dont la disparition me rappelle à quel point il est important de poursuivre ses rêves et de ne jamais, jamais, abandonner.*

# Liste des personnages

- Martha Miller : la narratrice et protagoniste
- Ruby Andrews : la sœur de Martha
- Luke Walker : le nouveau pasteur de la paroisse
- Alice Warren : la présidente du comité du village de Westleham
- Charles Warren : le mari d'Alice
- Cyril Bottomley : le gendarme du village
- Ben Robertson : l'inspecteur de police
- Ernest Harrington : le propriétaire du bureau de poste et du magasin du village
- Elsie Harrington : l'épouse d'Ernest
- George Felton : un villageois
- Gertrude Felton : l'épouse de George et la gouvernante du presbytère
- Ada Garrett : la commère du village
- Maud Burnett : la voisine de Martha, commère elle aussi

- JOE NOBLE : le propriétaire du pub du village, le Cricketer's Arms
- FLORENCE NOBLE : la fille de Joe Noble
- MARGARET LEAMING : la secrétaire du comité de Westleham
- LE DOCTEUR BRIGGS : le médecin du village
- JOHN BENNINGTON : un agriculteur local
- STAN MILLER : le mari de Martha, disparu il y a un an
- LIZZIE : le chien de Martha
- NANCY TURNER : la jeune fille au pair des Harrington

# 1

— J'ai entendu dire que le nouveau pasteur était plutôt mignon, dis-je à Lizzie, mon setter roux, avant de considérer la rumeur d'un peu plus près. Cependant, comme nous le savons toutes les deux, des oreilles ou un nez dépourvus de touffes de poils suffiraient à rendre un homme attrayant, dans ce village.

Bien sûr, le fait que je sois une femme mariée aurait dû m'empêcher de penser à un autre homme. Mais mon mari avait disparu. Il y a quelque 364 jours, 10 heures et 3 minutes, Stan était parti travailler en ville, et il n'était jamais revenu. Non pas que j'aie consciencieusement compté chaque minute passée sans lui – ç'aurait été un mensonge de le dire.

Pour autant qu'on sache, il avait pris son train de banlieue habituel depuis la gare de notre petit village pour se rendre à Londres. D'autres voyageurs se souvenaient l'avoir vu sur le quai, en train d'attendre son train. À partir de là, sa piste s'était perdue.

Stan n'était pas arrivé au travail et personne ne l'avait revu depuis. Si je savais exactement depuis combien de temps il avait disparu, ce n'était pas que je trouve le fait de vivre sans lui difficile – j'avais appris à le faire lorsqu'il était parti se battre pour défendre nos libertés. C'est triste à dire, mais la raison principale pour laquelle je savais combien de temps s'était écoulé depuis le départ de Stan était inextricablement liée à mon incapacité à payer les factures du ménage.

La banque qui l'employait jusqu'alors avait réglé son salaire jusqu'à la fin de la semaine, après quoi je m'étais retrouvée complètement livrée à moi-même.

Les coudes sur la table de la cuisine, le menton appuyé sur mes paumes ouvertes, je me tournai vers Lizzie.

— Si seulement je pouvais trouver un travail qui me rapporte de l'argent.

J'avais prononcé, ou du moins pensé, ces mots des centaines de fois au cours de l'année passée. Malheureusement, j'avais fait partie de ces jeunes filles pour lesquelles une carrière hors du foyer n'était en rien jugée nécessaire. Après avoir quitté l'école, j'avais aidé ma mère à s'occuper de mes frères et sœurs jusqu'à ce qu'ils soient en âge d'être scolarisés. Une fois que je n'avais plus été utile à la maison, mes parents n'avaient plus eu qu'à m'inciter à trouver un mari.

Ce qui n'avait pas été évident. Bien que je ne sois pas sans charmes, de nombreuses filles étaient bien plus jolies que moi. Mes cheveux n'étaient ni d'un roux intense, ni d'un blond miel – plutôt entre les deux. Si on devait vraiment se prononcer, je dirais que j'étais au mieux d'un blond fraise. Mes yeux étaient probablement mon meilleur atout, car ils étaient d'un bleu marine saisissant, surmontés de cils et de sourcils clairs. Mon nez était petit, bien qu'un peu trop pointu.

Je m'estimais très chanceuse d'avoir trouvé un homme qui gagnait bien sa vie. Même si sa compagnie ne me transcendait pas, c'était un bon mari, stable, et qui subvenait à nos besoins.

Nous nous étions installés ensemble à peine deux ans avant que la guerre n'éclate en Europe. Quand Stan avait été appelé à servir son pays, je m'étais sentie soulagée de n'avoir aucun enfant à élever. Aujourd'hui, j'aurais voulu que mes enfants soient la raison pour laquelle je restais cloîtrée à la maison, plutôt que mon absence d'expérience professionnelle.

— Personne ne veut employer une femme dont la seule véritable compétence est de faire le ménage, dis-je à Lizzie sur un ton lugubre. Si seulement je pouvais ressembler davantage à Ruby.

— Oh, tu détesterais mon travail, dit l'intéressée en entrant dans la cuisine avant d'enfiler les pantoufles que j'avais mises à chauffer devant la cuisinière en fonte.

— C'est fastidieux, extrêmement mal payé, et être debout toute la journée te mettrait le dos en compote, poursuivit Ruby.

— Je ne t'avais pas entendue rentrer.

J'enfilai des gants de cuisine et déposai la quiche que j'avais laissée refroidir sur la cuisinière, au milieu de la table, à côté d'un bol de salade déjà mélangée.

— Si tu n'étais pas aussi absorbée par ta discussion avec ton chien, tu m'aurais sans doute entendue arriver.

Ruby fit un geste vers Lizzie avant de lui frotter affectueusement la tête.

— Je n'ai personne d'autre à qui parler de toute la journée. (J'écartai les deux mains, paumes vers le plafond.) Et encore, elle ne me répond jamais clairement.

— Tu n'avais vraiment pas besoin de réchauffer mes pantoufles, Martha. On est en juillet !

Ruby me sourit avant d'aller se laver les mains.

— Je sais que tu as mal aux pieds après avoir passé toute la journée debout, dis-je en haussant les épaules. Des pantoufles chaudes, c'est réconfortant.

Après s'être lavé les mains, Ruby s'installa sur la chaise placée en face de moi. Lizzie resta allongée sous la table, à nos pieds.

— Je te remercie. Elles vont réconforter mes petits pieds pendant une demi-heure, le temps que je mange. Je ressors juste après.

Je réprimai un soupir. Ce n'était pas la faute de Ruby si elle était tout le contraire de moi – brillante, vive et incroyablement belle. Elle sortait tous les vendredis et samedis soir, mais ne partageait jamais les détails de ses escapades avec moi ; nous n'avions pas ce type de relation.

J'étais l'aînée de la fratrie et toujours aussi mal à l'aise avec l'idée d'avoir dû demander à ma jeune sœur de venir vivre avec moi pour avoir une chance de continuer à payer le crédit de la maison. La nécessité d'avoir recours à une locataire n'était pas ce à quoi je m'attendais lorsque j'avais épousé un homme aussi manifestement sérieux et responsable que Stan.

Quelques semaines après sa disparition, le directeur de la banque m'avait téléphoné et m'avait convoquée dans son bureau. Là, il m'avait expliqué de manière très bureaucratique que je ne pouvais en aucune manière accéder au compte de Stan, y compris pour retirer des fonds, car ce dernier avait été ouvert à son nom seul – mais que je pouvais toutefois y verser de l'argent pour couvrir les factures du ménage.

Y verser de l'argent ?

Mes joues s'échauffèrent au souvenir de l'humiliation ressentie lorsque j'avais dû lui expliquer que je n'avais aucune source de revenus ni aucun moyen d'en obtenir une. Pendant la guerre, j'avais travaillé aux champs, mais bien sûr, quand les hommes étaient rentrés, on n'avait plus eu besoin d'aucune femme pour labourer la terre.

Après le départ de Stan et une recherche d'emploi infructueuse, ma seule option avait été de prendre une locataire. Heureusement pour moi, ma sœur avait sauté sur l'occasion pour quitter les Midlands et venir vivre plus près des lumières de Londres. Dieu seul sait ce qu'il serait advenu de moi si Ruby n'était pas venue à mon secours.

— Tu as un rendez-vous ? demandai-je en découpant la quiche et en déposant une part dans l'assiette de Ruby.

— Oui, acquiesça-t-elle en entassant de la laitue, des épinards, des betteraves, des radis et des tomates dans son plat. Je vais au cinéma.

— Avec un homme ? demandai-je en nous servant du thé à toutes les deux, avant de pousser sa tasse et sa soucoupe vers Ruby.

Je n'étais pas du genre à poser des questions, mais il semblait que j'étais ce soir plus consciente qu'à l'accoutumée du manque d'excitation de ma propre vie.

— Oui. (Les yeux de Ruby croisèrent brièvement les miens, puis son regard se reporta sur son assiette.) J'ai entendu dire que le nouveau pasteur était plutôt mignon.

— Qui te l'a affirmé ?

— Tout le monde le dit, ajouta-t-elle en agitant sa main en l'air.

Pas étonnant, sans doute. Le dernier événement excitant qui s'était produit à Westleham était le moment où le précédent pasteur s'était écroulé raide mort au beau milieu de son sermon. Le docteur Briggs, le médecin du village, nous avait plus tard assuré que le pasteur était décédé avant même de heurter le sol en pierre de l'église.

En y réfléchissant bien, « excitant » n'était probablement pas le mot le plus adéquat pour décrire cet épisode. *Pauvre révérend Gibbs*, pensai-je en me mordant la lèvre.

— Avoir un pasteur jeune va nous changer. Mais je suppose que ses sermons ne pourront pas se prévaloir de la même expérience.

— Et moi, je crois que le révérend Gibbs mettait un peu trop de son expérience dans ses sermons. Avant de me rendre compte de la gravité de la situation, j'ai bien cru qu'il était mort d'ennui.

— Ruby !

Mais je ne pus m'empêcher de sourire du coin des lèvres. Haussant les épaules, elle me demanda :

— Qu'y a-t-il dans cette quiche, Martha ? Elle est délicieuse.

— Épinards, oignons nouveaux et poivrons. Rien d'extraordinaire.

Nous ne pouvions nous offrir aucune fantaisie. En clair, si je ne pouvais pas cultiver un aliment au jardin ou le tirer du loyer que Ruby me versait, nous ne pouvions pas nous le permettre. C'était une des rares bonnes choses qui étaient ressorties de la guerre : j'avais au moins appris à cultiver une série de fruits et de légumes. Nous avions aussi des poules dans notre arrière-cour. Si Stan était rentré ces jours-ci, il aurait sans doute été horrifié de voir dans quel état était la pelouse qu'il appréciait tant autrefois.

— Ton jardin est-il toujours intact ?

C'était une question innocente, mais elle ne m'empêcha pas de ressentir une vive culpabilité.

La foire annuelle était prévue pour le lendemain, et j'étais l'une des rares habitantes dont le potager avait été épargné. Quelqu'un – qui n'avait pas encore été identifié – pénétrait dans les jardins du village au beau milieu de la nuit, détruisant tout ce qu'il pouvait y trouver.

— Oui. Les gens vont certainement m'accuser d'avoir truqué le concours pour rafler tous les prix. Je souhaitais presque que le saboteur vienne détruire mon potager pour avoir enfin la paix.

Mon jardin intact, chargé de produits soigneusement cultivés, rendait évident le fait que j'avais jusque-là échappé au destructeur de légumes et, sans aucun doute, les gens commençaient à nourrir des soupçons.

— Ton jardin est tout simplement le meilleur. Ruby s'approcha et me tapota la main. Personne ne passe autant de temps à s'occuper de ses fruits et de ses légumes que toi. Si tu gagnes un prix, il sera amplement mérité.

— Merci, répondis-je en ravalant la boule qui s'était soudainement formée dans ma gorge.

Je rassemblai les dernières feuilles de salade qui demeuraient dans mon assiette tout en chassant l'humidité de mes yeux. Si Ruby savait à quel point j'étais bouleversée par cette histoire, elle resterait sans doute auprès de moi ce soir pour me soutenir.

Je n'avais jamais été particulièrement sociable, même quand Stan et moi avions emménagé au village. J'avais passé les premiers mois de notre mariage à organiser notre foyer, avec l'espoir de rendre mon mari heureux. La période de la guerre m'avait vue trop occupée pour me faire des amis. Par la suite, quand Stan avait disparu, devenir l'objet des ragots du village avait été une expérience difficile. Après avoir bêché la pelouse pour agrandir mon potager, j'avais fini par découvrir qu'une vieille dame particulièrement méchante, Ada Garrett, avait suggéré que j'avais probablement enterré mon mari sous mes pommes de terre.

Désormais, j'étais certaine que la plupart des villageois m'imaginaient me faufilant au cœur de la nuit pour saboter leurs récoltes. En réalité, j'étais tellement épuisée après une journée passée au jardin, à nettoyer la cuisine et à promener Lizzie, qu'il m'était même impossible d'envisager de quitter mon cottage en pleine nuit. De plus – et c'était là le fait le plus important –, remporter une cocarde ne m'importait pas le moins du monde.

S'il y avait eu une somme d'argent en jeu, je ne jurerais pas que je n'aurais pas joyeusement arraché les succulentes tomates de Mme Henderson ou les courges plusieurs fois primées de M. Peters. Cependant, ce n'était pas le cas.

*

Je nettoyai les restes du repas et fis la vaisselle pendant que Ruby se préparait pour son rendez-vous. En haut de l'escalier, la radio se faisait bruyamment entendre – un air moderne que je ne connaissais pas.

Une nouvelle fois, je me sentis vieille et déconnectée du monde. La dernière occasion que j'avais eue de quitter le village était la fois où j'avais dû emmener Lizzie chez le vétérinaire, ce qui, bien sûr, mettait en évidence un autre problème. Ma meilleure amie était une chienne.

Même si ça me permettait d'avoir toujours quelqu'un à qui parler, il aurait quand même été agréable, de temps en temps, de pouvoir obtenir une réponse autre qu'un coup de truffe ou de langue complaisant. Je n'avais jamais été une émotive, mais de plus en plus, le contact humain me manquait. Maintenant que j'avais commencé à me relever des tracas financiers consécutifs à la disparition de Stan, il était peut-être temps de réexaminer mon rapport à l'incident qui avait fait basculer le cours de ma vie.

Secouant la tête devant tant de mélancolie, je mis Lizzie en laisse et enfilai les chaussures tristement abandonnées près du paillasson. Une étreinte humaine semblait une perspective très agréable, mais Ruby et moi n'appartenions pas à une famille démonstrative. Mon compagnon canin était ma seule option de réconfort – et cela me rendait plus chanceuse que beaucoup d'autres, après les ravages de la guerre.

Je refermai la porte à clé derrière moi. Je l'aurais fait même si Ruby était déjà sortie. Nous ne vivions pas dans le genre de village où il était nécessaire de verrouiller sa porte d'entrée, mais Stan avait toujours insisté pour que nous le fassions. Sans doute parce qu'il travaillait à Londres où, m'avait-il averti le plus sérieusement du monde, chacun se méfiait de son voisin.

D'habitude, je prenais à gauche après avoir refermé le portail du jardin derrière moi. Je préférais marcher en bordure des champs du père Bennington, où le risque de rencontrer d'autres êtres humains était pour ainsi dire inexistant.

Ce soir-là, cependant, je me dirigeai vers le village. Ma maison se trouvait à la périphérie de Westleham, en retrait de la paisible route de campagne qui traversait le centre du bourg. De chaque côté du portail, de hautes haies nous offraient un degré d'intimité dont nous n'avions pas vraiment besoin. Notre position dans le village signifiait que les gens n'allaient au bout du chemin que pour nous rendre visite – ce qui participait sans doute de ma mélancolie, étant donné que fort peu de personnes parvenaient jusqu'à la porte de Tulip Cottage.

J'esquissai un demi-sourire en pensant au nom de ma maison. La tulipe était ma fleur préférée. Stan détestait l'idée que notre cottage porte une plaque annonçant son nom, cependant, quelques semaines après la désertion de mon mari, j'avais passé un accord avec John Bennington, le fermier et mon plus proche voisin à l'est, pour qu'il me fabrique un écriteau proclamant le nom de notre maison, en échange de quelques tartes aux pommes.

Depuis ce moment, chaque retour chez moi me rappelait à cet unique acte de rébellion conjugale. Quelle tristesse d'avoir dû attendre que mon mari me quitte pour oser faire quelque chose contre son goût.

Ma voisine la plus proche, de l'autre côté, était Maud Burnett. C'était une dame d'un certain âge qui aimait écouter les ragots du village – et dont le plus grand plaisir était de les répéter. C'est Maud qui m'avait informée qu'Ada Garrett racontait à tout le monde que la police ne trouverait pas Stan à Londres – mais plutôt enfoui dans mon jardin.

Si j'avais été encline à assassiner mon mari – ce qui n'était pas le cas –, je n'aurais certainement pas été assez bête pour l'enterrer sur ma propriété. Il y avait des fossés profonds entre les champs de John Bennington et la route ; si l'on y jetait un corps et qu'on le recouvrait de feuilles, il y avait peu de chances qu'il soit découvert.

Je secouai la tête. Ada avait peut-être répandu ces histoires à mon sujet à cause de mon attitude coupable. J'étais à peu près certaine que la femme au foyer moyenne ne pensait pas à la meilleure façon de se débarrasser de son mari. Pour ma défense, je n'avais jamais eu la moindre pensée à ce sujet jusqu'à ce soir-là, il y a près d'un an, où il n'était pas rentré. J'avais alors souhaité être assez courageuse pour avoir provoqué cette disparition de mes propres mains.

— Bonsoir ! lança une profonde voix masculine.

Chassant mes souvenirs de Stan et mes pensées de meurtre, je me tournai vers l'autre côté de la ruelle. Un homme brun que je n'avais encore jamais rencontré auparavant levait une main pour me saluer, tenant un élégant chapeau noir de l'autre. Tout en passant ma langue sur mes lèvres sèches, j'espérai que le pantalon beige et délavé que je portais ne s'avérait pas trop taché. J'avais pensé à retirer mon tablier avant de sortir, ce qui était déjà ça.

Je levai le bras pour lui rendre son salut, mais je ne pus résister à l'envie de passer une main dans mes cheveux. Je regrettai instantanément de ne pas avoir osé les teindre dans un blond vif et plus attrayant, comme celui de Ruby. Cependant, le large bandeau rouge que j'avais confectionné à partir de la manche d'un vieux pull-over cachait en grande partie ma chevelure terne.

La queue de Lizzie frappait contre ma jambe à mesure que l'étranger traversait la rue à grandes enjambées. Il devait s'agir du nouveau pasteur, et ma déclaration précédente à Lizzie, selon laquelle on le disait « plutôt mignon », était en réalité un euphémisme.

Il avait des yeux bleus bordés de cils sombres et élégamment recourbés vers le haut. Pourquoi les yeux des hommes semblaient-ils toujours plus beaux que ceux des femmes ? Il était très grand et son nez et ses joues étaient parsemés de légères taches de rousseur. Je me souvins à cet instant que ma grand-mère les avait toujours appelées des « baisers de fée ». Réprimant le besoin inopportun de partager cette information avec lui, j'avançai la main en guise de salut.

— Martha Miller. Madame Miller. Enchantée de vous rencontrer.

Je regrettai aussitôt d'avoir si clairement fait savoir que j'étais mariée. En réalité, il était vain d'essayer de cacher mon état civil dans ce village. Il savait probablement déjà qui j'étais. Peut-être avait-il même l'intention de venir me rendre visite pour s'enquérir de mon époux et voir si j'avais besoin qu'il prie pour mon pardon. Si Ada avait eu le temps de s'entretenir avec lui, elle n'avait sans doute pas manqué de lui faire part de ses dernières théories.

Il sourit, découvrant une rangée de dents blanches et soignées. Cet homme était tout simplement trop beau pour être vrai.

— Mme Martha Miller, répéta-t-il. Je suis ravi de vous rencontrer.

— J'habite cette maison, dis-je en pointant le cottage du doigt.

Mais il savait certainement où j'habitais puisque, quelques instants plus tôt, j'avais fermé le portail de mon jardin derrière moi et commencé à remonter ce même chemin. Quelle idiote ! Mettant ma déclaration stupide sur le compte de la fatigue, je cherchai un sujet sensé et intéressant qui me permette de poursuivre la conversation.

La queue de Lizzie se balançait d'un côté à l'autre, signalant qu'elle était aussi excitée que moi à l'idée de rencontrer ce bel inconnu. Heureusement pour elle, son statut d'animal la dispensait de devoir se montrer ridicule dans l'espoir d'engager la conversation. Se mettant à son niveau, le pasteur caressa la tête de Lizzie de ses grandes mains agiles.

— Quelle beauté !

— Oui, dis-je en m'humectant les lèvres à nouveau, désespérée de ne pas porter autre chose qu'un chemisier jaune terne et un vieux pantalon de Stan. Malgré les ourlets pour raccourcir les jambes, je n'avais pas pu faire grand-chose pour le tour de taille – le pantalon ne tenant que grâce à un cordon assez grossièrement ficelé. Si j'avais pu porter ma plus belle robe, et peut-être un peu du rouge à lèvres de Ruby, je me serais sans doute sentie beaucoup plus en confiance, et plus à l'aise pour mener la discussion. Malheureusement, je restais égale à moi-même.

— Ainsi, vous êtes le nouveau pasteur ?

Comme si le col blanc passé autour de son cou ne proclamait pas la chose de manière assez évidente. J'étais pire qu'une idiote. Une véritable écervelée. Pas étonnant que Stan m'ait quittée.

— Luke Walker. (Il sourit à nouveau, sans que je sache s'il se montrait simplement amical ou s'il se moquait de mon inaptitude sociale.) Et oui, je suis le nouveau pasteur.

— Y a-t-il une Mme Walker ? demandai-je en jetant un coup d'œil par-dessus son épaule, comme si sa femme se cachait derrière la haie d'Arthur Peters, attendant de surgir et de se présenter dès le moment où je me serais enquise d'elle.

— Non. Malheureusement, je n'ai encore trouvé personne qui soit capable de me supporter, dit-il d'une voix douce.

Je trouvais cela difficile à croire, mais je me retins de lui faire part de cette conviction personnelle. Regardant mes pieds, je me préparai à l'inévitable question. Maintenant que je l'avais interrogé sur son épouse, il allait probablement me rendre la politesse. À moins, bien sûr, qu'Ada ne l'ait déjà mis au courant, comme je le craignais.

— Lizzie, dis-je à brûle-pourpoint.

Mes joues s'enflammèrent tandis qu'il me fixait avec confusion.

— Je croyais que vous aviez dit que vous vous appeliez Martha ?

— Oui, dis-je en acquiesçant, avant de déglutir, embarrassée. Je m'appelle en effet Martha. C'est ma chienne, que vous admiriez à l'instant, qui s'appelle Lizzie.

Le portail du jardin se referma dans un grand fracas et un bruit de talons frappant le trottoir se fit entendre, tandis que Ruby avançait rapidement vers nous. Elle portait une robe du même jaune vif que les poivrons que j'avais récoltés ce matin-là. Ses lèvres étaient soulignées d'un rouge éclatant, ses jambes, enveloppées de bas transparents et ses pieds, chaussés d'une paire de talons noirs dans lesquels je n'aurais pas été capable de faire deux pas sans tomber à plat ventre.

— Bonjour, dit-elle froidement à Luke. Je suis Ruby Andrews, la jeune sœur de Martha.

Pendant un instant, la colère m'envahit. Ruby avait des cheveux bien coiffés, une robe attrayante et des chaussures dignes d'une dame – et moi, rien de tout ça. Elle avait également annoncé que j'étais sa sœur aînée. Je réprimai un soupir. Se braquer pour un fait aussi simple était on ne peut plus ridicule.

— Je vous laisse, dis-je précipitamment. Je dois vraiment aller promener Lizzie. J'ai été ravie de vous rencontrer, révérend. Une bonne soirée à toi, Ruby.

Je me précipitai sur le chemin avant que l'un d'eux puisse me répondre.

Pourquoi diable avais-je passé tant de temps à souhaiter davantage de contact humain, si je me ridiculisais, incapable d'aligner les phrases les plus simples, au moment d'obtenir ce qui me manquait le plus ?

*

— Il est extrêmement séduisant, de toute évidence, soufflai-je à Lizzie au moment de rentrer de notre promenade. Mais il a quelque chose de plus encore.

Je remplis la bouilloire et la plaçai sur la plaque de la cuisinière. Après avoir ouvert ma boule à thé, j'y versai quatre cuillères à café de bourgeons de lavande, puis déposai le tout dans la théière avant de me retourner vers Lizzie. Elle ne devait guère s'en soucier, mais j'avais toujours trouvé impoli de lui tourner le dos alors que je lui parlais.

— Je me suis trouvée dans l'impossibilité de dire quoi que ce soit d'intelligent en sa présence, me plaignis-je. Je suis passée pour une parfaite imbécile.

Penchant la tête de côté, Lizzie semblait me soutenir de toute l'empathie dont elle était capable.

— L'église va sans doute être bondée dimanche. Ce nouveau pasteur pourrait bien avoir la capacité de charmer jusqu'aux vieilles dames les plus acariâtres.

Je me mordis la lèvre. Je sais que c'était terriblement égoïste de ma part et que ça ne me regardait pas, mais j'espérais qu'il ne tombe pas amoureux de Ruby.

Lizzie ne sembla pas se soucier de cette déloyauté soudaine envers ma propre sœur. J'aurais dû souhaiter qu'un homme doux et honnête comme le nouveau pasteur s'intéresse à elle. La bouilloire se mit à siffler et j'en versai le contenu dans la théière. Laissant le thé infuser, je me rendis dans le couloir pour jeter un coup d'œil critique au miroir ovale qui s'y trouvait. Je tournai la tête à droite, puis à gauche, sans que cela puisse toutefois altérer mon jugement.

— Mon nez est trop pointu, dis-je à Lizzie en retournant à la cuisine. Mes cheveux sont ternes et mes vêtements, râpés et miteux. Pour l'amour du ciel, je porte même le vieux pantalon de Stan.

Je secouai la tête avec dépit. Peu importe l'impression que j'avais faite au pasteur. Que je le veuille ou non, j'étais une femme mariée. Jusqu'à ce que Stan rentre à la maison ou que la police retrouve son corps, je ne pouvais pas faire grand-chose pour changer ce fait.

Cela ne valait pas non plus la peine de perdre mon temps à m'apitoyer sur mon sort. J'avais depuis longtemps accepté mon destin dans ce monde. Mon mariage avait été en grande partie insatisfaisant et, osons le mot, ennuyeux. J'enviais Ruby, qui avait encore sa vie devant elle et des possibilités que je n'avais pas pu avoir avant guerre. Les choses étaient en train de changer pour les femmes. Le monde changeait – enfin, pour Ruby en tout cas.

Je m'agenouillai auprès de ma fidèle compagne et posai une joue contre le côté de sa tête.

— Rien ne changera pour moi, j'en ai peur. Rien ne changera jamais à Westleham.

Mais ce n'était pas tout à fait exact. Dans le village, quelqu'un visitait les jardins des villageois et détruisait leurs récoltes au beau milieu de la nuit. Je frissonnai en imaginant ce que ce quelqu'un pouvait faire à mes cultures bien-aimées. Je n'étais pas comme la plupart des autres villageois, pour qui le jardinage était un passe-temps, ou une occasion de participer au concours annuel du village. Ruby et moi dépendions des produits que je cultivais.

— Très bien ! (Je me levai et me servis une tasse de thé à la lavande.) Je me suis apitoyée sur mon sort trop longtemps. Comme dirait ma mère : « Ce qui est fait est fait. » Allons nous asseoir au salon.

J'allumai la radio avant d'aller m'installer dans mon fauteuil habituel. Le vendredi soir, une pièce de théâtre était généralement retransmise, suivie d'un concert. Parfois, je lisais ou je tricotais, mais ce soir-là, je ne me sentais guère d'en faire plus que m'asseoir et siroter mon thé.

J'espérais me sentir plus à l'aise le lendemain. La foire annuelle était l'événement le plus attendu du calendrier municipal et, en tant que vice-présidente du comité, j'allais être très sollicitée.

Le souvenir que Ruby avait promis de me prêter une robe pour l'occasion me mit du baume au cœur et je décidai de moins penser aux beaux pasteurs hors de ma portée et de me concentrer sur les aspects positifs de mon existence.

# 2

— Je ne sais pas, dis-je à Ruby. Je ne me sens pas du tout moi-même.

— N'est-ce pas le but ? dit-elle en me regardant, la tête penchée sur le côté. Pour une journée, tu ne crois pas que tu mérites de ressembler à ces stars de cinéma ?

Je me retournai vers le miroir de l'entrée en fronçant les sourcils.

— Ce rouge à lèvres rose est très voyant.

— C'est à la mode. Toutes les filles le portent, dit-elle en haussant les épaules.

Je m'abstins de préciser que cela faisait quelques années que je ne me considérais plus comme une « fille ». Tournant la tête sur le côté, je jetai un nouveau coup d'œil au miroir. La teinte fuchsia qui couvrait mes lèvres était plus audacieuse qu'aucune de celles que j'aurais pu choisir, tandis que la coiffure que Ruby m'avait confectionnée était plus fantaisiste que ce que j'aurais même pu imaginer. Ajoutez à cela l'élégante robe et les chaussures à talons que Ruby avait insisté pour me prêter et mon apparence s'était vue complètement transformée. À l'exception du fait que…

— Mon nez est toujours trop pointu.

— Je ne peux rien faire pour ça, ma vieille.

— Non, je suppose que personne n'y peut rien.

— Est-ce que tu aimes au moins ta coupe ?

Je me détournai du miroir et fixai Ruby.

— Tu as fait des miracles, c'est incroyable. Merci beaucoup pour tout.

D'autres sœurs se seraient embrassées, mais ce n'était pas comme ça que nos parents nous avaient élevées. Je regrettais chaque année un peu plus ce manque de chaleur qui avait marqué notre enfance. Je montrais davantage d'amour à Lizzie qu'à ma propre sœur.

Comment était-ce arrivé ?

— J'ai vu Rita Hayworth avec cette coupe dans un magazine, dit Ruby en me détaillant d'un œil critique.

Astucieuse, ma sœur m'avait donné la veille des directives sur ce que je devais faire avec mes cheveux avant d'aller me coucher. Consciencieusement, je m'étais longuement contorsionnée pour m'assurer que les rouleaux que Ruby avait laissés sur ma coiffeuse enveloppaient bien chaque mèche de la manière qu'elle avait indiquée. Le résultat valait bien un torticolis, je ne pouvais qu'en convenir.

Une heure plus tôt, elle avait retiré les rouleaux et soulevé mes cheveux de ma nuque pour les fixer sur le dessus de ma tête. Elle avait légèrement crêpé le devant, déposant les boucles sur cette crête légère. Doucement, elle avait ensuite ramené les cheveux restants vers l'arrière et les avait attachés ensemble, donnant à la coiffure une allure simple et élégante. Elle avait également réussi à créer l'illusion d'une volumineuse masse, alors que mon foulard cachait habituellement des mèches chétives et écrasées.

Dans ma robe d'emprunt, avec ma nouvelle coiffure, je ne ressemblais plus guère à la Martha Miller de Tulip Cottage, épouse répudiée de Stan Miller et jardinière enthousiaste. J'avais l'air de me rendre à Londres pour assister à un spectacle en compagnie d'un jeune galant. En fermant les yeux, j'imaginai mon cavalier me tendant la main pour m'aider à monter dans le bus, lorsque nous arriverions à West End. Je m'extirpai de ma rêverie au moment où le visage du pasteur commençait à se fondre à celui du cavalier en question. Je n'avais pas le droit de penser à d'autres hommes – et surtout pas à un homme de la profession de Luke Walker.

— J'imagine qu'on devrait y aller.

Un coup d'œil à la vieille horloge, dans le coin de la pièce, m'indiqua qu'il était 9 heures. La foire ne devait commencer qu'à 11 heures, mais on attendait de moi, en tant que vice-présidente du comité, que j'arrive tôt et que j'assiste Alice Warren, la présidente, pour réaliser les préparatifs de dernière minute.

— Tu devrais y aller. (Ruby sourit et me poussa doucement vers la porte d'entrée.) Je te rejoindrai plus tard pour t'apporter mon soutien moral.

— Et si je tombe à plat ventre ?

— Si tu dois tomber, Martha, tu tomberas, que je sois à tes côtés ou non.

Ruby ouvrit la porte d'entrée et me suivit du regard jusqu'à ce que je franchisse le seuil.

— N’oublie pas ce que je t’ai dit. Garde la tête haute, les épaules en arrière, et tout ira bien.

— Tu te promènes avec des chaussures comme ça tous les week-ends ? dis-je en fronçant les sourcils en direction des jolis escarpins d’un air dubitatif. J’aurais peut-être dû m’entraîner avant. Je devrais probablement revenir à l’intérieur et me changer pour mettre quelque chose de plus approprié.

— Ces chaussures donnent l’impression que tes jambes sont très longues et minces, ce qui est le but recherché.

Ruby effectua des petits mouvements de balai de la main.

— Maintenant, vas-y. Tu es pire qu’une gosse à son premier jour d’école.

Serrant mon sac contre moi d’une main tremblante, j’effectuai mon premier pas sur le chemin avant que la porte ne se referme doucement. Impossible de revenir en arrière, désormais.

Sur ma droite, le cytise était en pleine floraison, ses fleurs jaunes pendant comme de minces branches. Pas étonnant que la plante soit connue sous le nom de « pluie d’or ». Je remarquai plusieurs gousses sous l’arbre et j’envisageai de rentrer rapidement pour les évacuer.

Avais-je bien dit à Ruby qu’elles étaient toxiques et que Lizzie ne devait pas s’en approcher ? Je n’arrivais plus à m’en souvenir.

En me retournant vers la maison, j’aperçus Ruby dans le salon. Elle avait écarté les rideaux et me montrait le portail du doigt.

— Vas-y, articula-t-elle.

Si Lizzie avait besoin de sortir, Ruby ne la laisserait certainement pas aller dans le jardin, aussi, une telle précaution s'avérait sans doute inutile. Je souris en me rappelant avoir rapidement promené Lizzie plus tôt ce matin, un foulard couvrant les rouleaux que je n'osais pas déranger et l'un des pardessus de Stan dissimulant le pyjama que je n'avais pas voulu retirer, de peur de déloger l'une des épingles qui maintenaient les rouleaux en place.

Quelle allure je devais avoir ! Heureusement, je n'avais croisé personne avant de m'éloigner en direction des champs du fermier Bennington.

Arrivée au portail du jardin, je m'y accrochai un instant pour rassembler mon courage en vue de la courte marche qui me séparait du parc où devait se dérouler la foire. Regrettant de n'avoir pas de bras pour me guider et m'aider à garder l'équilibre, je me lançai sur le chemin, chancelante.

Ma vie serait probablement plus facile si je ne passais pas mon temps à souhaiter des choses que je ne peux pas avoir. Stan m'aurait-il offert son bras s'il avait été là ce matin ? C'est peu probable. Il ne m'aurait pas interdit de porter ces talons, ce rouge à lèvres et cette robe fantaisiste, mais il m'aurait certainement suggéré de me démaquiller et de me changer pour une tenue plus convenable avant de sortir.

Une nouvelle fois, je me sentis soulagée qu'il ne soit pas rentré à la maison ce jour-là. Un vif sentiment de culpabilité effaça aussitôt le sourire qui s'esquissait sur mon visage. Est-ce que les choses seraient toujours comme ça ? Est-ce que mes remords viendraient toujours me rappeler que je ne savais pas si Stan était mort ou vivant ? Il me semblait injuste de devoir souffrir parce que mon mari m'avait quittée pour une autre.

Bien sûr, je n'étais pas certaine qu'il l'ait fait, mais cela semblait le scénario le plus probable – bien que ça ne lui ressemble pas du tout. Stan était le genre d'homme qui s'épanouissait dans la routine – il faisait tout exactement de la même manière, des habitudes qu'il avait avant de partir au travail à ce qu'il faisait une fois rentré à la maison.

De temps en temps, je me laissais aller à d'autres suppositions. J'avais rapidement écarté la possibilité qu'il se soit enfui avec les recettes journalières de la banque ou qu'il se soit livré à des activités criminelles – on aurait certainement fini par me le dire. Je ne pouvais pas non plus imaginer que quelqu'un puisse lui avoir voulu du mal. C'était un homme tellement ordinaire.

La police elle-même, après s'être assurée qu'il n'était pas enseveli sous mes patates, pensait qu'il avait une relation avec une autre femme et qu'il m'avait quittée pour la rejoindre.

Je refermai le portail du jardin derrière moi en prenant soin de ne pas filer les bas tout neufs que Ruby m'avait offerts, et je m'efforçai de suivre ses conseils à la lettre.

La tête haute, les épaules en arrière, je fixai mon objectif, à savoir le chemin qui menait au centre de Westleham, et je me mis en marche.

*

Il était bientôt 11 heures et les villageois sortaient de chez eux pour se rendre sur les lieux de la foire. Le soleil brillait sur des tables recouvertes de nappes aussi blanches que les nuages qui flottaient dans le ciel bleu.

— Ça va être un événement mémorable, me lança Alice Warren en passant devant moi, sa planchette à pince dans une main et son stylo dans l'autre.

— Grâce à votre merveilleuse planification, lui répondis-je alors qu'elle s'éloignait déjà.

La foire annuelle avait lieu pour la première fois depuis la guerre. Dès que la date avait été annoncée, un frisson d'excitation s'était répandu à travers tout le village. C'était la première célébration d'ampleur depuis la victoire des Alliés, et elle était très attendue.

— À mon avis, il ne va pas y avoir foule, dit Ada Garrett en s'arrêtant à l'intérieur du petit chapiteau érigé par les hommes du village.

C'est sous ce chapiteau que seraient plus tard annoncés les lauréats de chacune des catégories du concours. Faites confiance à Ada pour essayer de mettre un frein à cette journée que même la météo anglaise ne comptait pas gâcher.

Je sortis quelques verres supplémentaires provenant du carton livré par le Cricketer's Arms, le pub du village, qui nous les prêtait. Cela me donna le temps de formuler une réponse polie à la vieille commère acariâtre.

— C'est la première foire du village depuis des années, madame Garrett. Je pense que tout le monde sera là.

— La plupart des habitants n'ont plus rien à présenter au concours, dit-elle en me toisant des boucles qui trônaient au sommet de ma tête aux chaussures qui ornaient mes pieds, lesquelles comprimaient maintenant mes orteils de manière très désagréable.

— Je suis vraiment désolée de ce qui s'est passé, dis-je d'un ton affecté.

Cette femme était exaspérante. Les dégâts causés aux jardins des villageois étaient un acte de vandalisme inexcusable, mais ça n'avait rien à voir avec moi.

— L'êtes-vous réellement ?

Ada posa la main sur sa large hanche et me fixa avec un mépris évident. Quelqu'un devrait dire à Ada Garrett qu'incliner sa tête dans cet angle précis mettait en avant les poils qui poussaient sur le grain de beauté situé sur sa joue. Et cette personne ne serait pas moi.

— Pourquoi ne le serais-je pas ? dis-je en levant un sourcil.

Elle me passa de nouveau lentement en revue.

— Regardez-vous, habillée et maquillée comme à carnaval. Vous vous attendez manifestement à rafler tous les prix.

— Pas du tout, madame Garrett, dis-je d'une voix conciliante – j'étais habituée au ton acide et au franc-parler d'Ada.

Il était tellement plus facile d'être aimable avec cette femme en regardant directement son grain de beauté poilu plutôt que son visage pincé et ses yeux furieux.

— Oh, voyons, madame Miller. Votre jardin est l'un des rares à ne pas avoir été saccagé. Cette année, votre récolte fait l'objet de toutes les conversations au village.

C'était agréable à entendre. Au moins ne parlait-on plus de Stan et de l'endroit où je l'avais supposément enterré.

— Je suis flattée que les gens pensent que la nourriture que je cultive dans mon jardin est de bonne qualité.

— J'imagine que le secret réside dans l'engrais utilisé, rétorqua Ada, visiblement frustrée que ses paroles ne me fassent pas réagir comme elle le souhaitait. Votre pauvre mari.

Fouillant dans le sac à main posé sur le côté de la table, je sortis un mouchoir et en tamponnai le coin de mes yeux, espérant qu'elle ait assez de remords pour me laisser en paix.

— Oui, cela fait un an aujourd'hui que mon pauvre Stan a disparu.

— Vos larmes de crocodile ne trompent personne. (Ada se pencha en avant.) Je sais ce que vous avez fait à ce pauvre homme.

Elle avait raison sur un point : je ne parvenais pas à pleurer sincèrement mon mari disparu. Cependant, je ne savais vraiment pas où il se trouvait. Cette vieille bique pernicieuse pensait-elle réellement que j'aimais travailler de si longues heures dans le jardin seulement pour que Ruby et moi puissions nous nourrir ? Bien qu'Ada ait l'habitude de dire tout ce qui lui passait par la tête, ses paroles me blessaient. Je n'arrivais pas à comprendre comment elle pouvait penser que j'avais été capable de tuer mon mari.

— Pourquoi me dites-vous de telles horreurs ? répondis-je, commençant à envisager de lui suggérer de rentrer chez elle au plus vite pour s'occuper de ces poils disgracieux.

— Si vous vous habillez de cette façon dans l'espoir d'impressionner le nouveau pasteur, vous feriez bien de vous rappeler que vous êtes une femme mariée.

— Je suis habillée de cette façon parce que je suis la vice-présidente du comité du village et qu'il est important que j'aie l'air présentable.

Je ravalai ma rancœur et repris la parole avec autant de détachement que possible, bien qu'en toute honnêteté, j'espérais en effet avoir une seconde chance auprès du pasteur, un peu mieux habillée que la première fois. Vouloir faire bonne impression n'a jamais fait de mal à personne, n'est-ce pas ?

— Si vous remportez un prix, madame Miller, ce sera le tollé général.

— Je suis heureuse de pouvoir vous rassurer sur ce point, dis-je doucereusement. Je suis parfaitement certaine de ne rien remporter cette année.

Cela arrêta Ada dans son élan, mais sa bouche resta ouverte comme un poisson prêt à gober un hameçon. Elle finit par retrouver son calme et pointa son gros index boudiné dans ma direction.

— Je vous surveille de près.

*Et moi, je surveille à quelle vitesse poussent tes poils de vieille taupe.*

J'ouvris la bouche pour lui dire le fond de ma pensée, mais j'en fus empêché par l'homme qui avait plus tôt figuré dans mon fantasme de rendez-vous galant à West End.

— Bonjour, mesdames. (Luke baissa la tête en franchissant l'entrée du chapiteau.) Le bon Dieu ne nous a-t-il pas envoyé une superbe journée ?

— En effet, révérend, murmurai-je.

— J'ai entendu dire que vous aviez le plus beau jardin du village, madame Miller.

— Je vous remercie, révérend.

— C'est seulement parce qu'il n'a pas été saccagé comme les autres.

Ada me lança un regard si chargé de haine que je fis un pas en arrière. Qu'avais-je fait pour qu'elle me déteste à ce point ?

— J'ai eu la chance inouïe que le vandale ne s'attaque pas à mon jardin, c'est vrai. (Me forçant à sourire à cette femme vénéneuse, je poursuivis :) Je ne sais pas comment Ruby et moi passerions l'hiver sans les produits de mon jardin pour nous nourrir.

Le pasteur me lança un regard admiratif tandis que le teint d'Ada virait au rouge carmin.

— Mais si je vous ai bien entendue tout à l'heure, vous avez dit que vous ne gagneriez aucun prix cette année. Comment cela serait-il possible, si votre jardin est le plus beau de tous ?

Je souris à Ada avant d'accorder toute mon attention à Luke.

— J'ai décidé de ne pas participer au concours. Comme je fais partie du comité, cela me semblait manquer d'éthique.

Ce n'était pas tout à fait un mensonge. Le fait de ne pas participer au concours avait moins à voir avec l'éthique qu'avec le fait qu'aucune récompense financière ne soit en jeu. Je n'avais pas besoin de cocarde. J'avais seulement besoin de nourrir ma famille.

— C'est très noble de votre part, dit Luke avec admiration. Permettez-moi de vous dire également que cette robe vous va à ravir.

— Vous êtes trop aimable, marmonnai-je rapidement, peinant à remplir mes poumons de suffisamment d'air pour respirer et parler en même temps.

Il se tourna vers Ada.

— Et quel superbe chapeau vous avez-là ! Quelles plumes magnifiques !

— Merci, monsieur le pasteur. Ada lui toucha le bras. Peut-être me laisserez-vous vous montrer où vous pouvez goûter à ma confiture de groseilles ?

— J'en serais ravi, Mme Garrett.

Ada me jeta un regard triomphant en sortant du chapiteau avec le pasteur, sans remarquer le clin d'œil que ce dernier venait de m'adresser.

Qu'avait-il voulu dire ? Avait-il entendu les paroles désobligeantes d'Ada et était-il venu nous rejoindre pour me porter assistance, ou cela signifiait-il tout autre chose ?

Cela n'avait aucune importance, car Ada avait raison. Je n'étais pas une femme libre. Il était cependant agréable de recevoir un peu d'attention de la part d'un homme. Stan ne m'en avait jamais accordé autant – pas même le jour de notre mariage.

Recommençant à placer les verres sur la table, je résolus de ne pas me laisser emporter par mon imagination.

Même si j'appréciais la gentillesse du pasteur, nous ne pourrions jamais être davantage que des amis.

Il faudrait probablement un peu de temps à mon cœur, emballé comme il l'était, pour pouvoir entendre le message de raison que mon cerveau essayait d'envoyer à mon corps surexcité – il était le pasteur du village, et j'étais une femme mariée.

*

Les délibérations se terminèrent plus tard dans l'après-midi. Les fleurs avaient été examinées, les légumes, admirés, les confitures, goûtées. Les juges étaient des personnalités locales – comme cela se faisait souvent dans les petites foires de village. Dans le cas de Westleham, il s'agissait du comte de Chesden, qui habitait le manoir situé au-delà des champs du fermier Bennington, et du député local, Rupert Gosford. Si tous deux ne tombaient pas d'accord, on demanderait alors son avis à Lady Chesden. Depuis que le comte jouait le rôle de juge, Lady Chesden n'avait jamais été en désaccord avec le choix de son mari, m'avait informée Alice.

— Peut-on commencer ? demanda Alice avec enthousiasme.

Florence Noble, la fille du tenancier du pub, se déplaça parmi les villageois avec un plateau, s'assurant que tout le monde avait un verre de mon gin aux prunes avant qu'Alice n'annonce les vainqueurs.

Des enfants jouaient à l'extérieur du chapiteau et quelque part, un chien aboyait. J'aperçus Ruby au fond de la foule. Elle but une gorgée de son verre et le leva dans ma direction. La tradition voulait que la présidente boive en premier et que la foule porte un toast collectif avant que les résultats soient proclamés. J'aurais tant voulu être comme ma sœur, et me défier ainsi des conventions.

— D'abord, un toast, dit Alice en levant son verre. Cette année, le comité du village de Westleham a le plaisir d'apprécier le délicieux gin aux prunes gracieusement fourni par Mme Miller. Je suis sûre que vous vous joindrez tous à moi pour la remercier de sa générosité.

J'acquiesçai en guise de remerciement et souris aux murmures de contentement qui parcoururent l'assistance. Il est vrai que j'avais fait don de plusieurs bouteilles de gin au comité pour qu'il les utilise à cette occasion, mais c'était uniquement parce que j'espérais que les villageois l'apprécient assez pour m'en acheter quelques bouteilles à l'avenir. Joe Noble, le tenancier du pub, avait déjà conclu un accord avec son fournisseur pour vendre mon gin dans son établissement.

Cela faisait bien longtemps que je n'avais pas offert quelque chose de manière désintéressée. Depuis la disparition de Stan, mes actions étaient généralement motivées par ce que je pensais pouvoir y gagner.

Alice porta le verre à ses lèvres.

— À Lord et Lady Chesden, et M. Gosford, nos estimés juges. À Westleham, à notre foire annuelle, à notre comité et à tous nos merveilleux villageois !

Alice vida son verre d'un trait et tout le monde fit de même. Pendant un moment, un certain sentiment d'euphorie persista. Puis Alice s'avança en titubant avant de s'écraser contre la table posée devant elle, entraînant plantes et bocaux à sa suite. Quelqu'un poussa un cri, qui fut suivi par le fracas de dizaines de verres, ceux du plateau que Florence venait de laisser tomber. Les yeux écarquillés, elle fixait Alice avec horreur.

Galvanisée par la détresse visible dans les yeux de Florence, je m'approchai pour saisir Alice. Ses mains s'agrippaient à son cou comme pour essayer de faire sortir de sa gorge le liquide qu'elle venait de consommer. Elle était trop lourde pour que je la tienne debout et nous nous effondrâmes toutes les deux sur le sol. Elle semblait chercher à respirer, complètement désemparée.

Quelqu'un cria d'appeler le docteur Briggs. La voix d'un homme répétait frénétiquement « Alice ». Des femmes pleuraient. Le plus grand chaos régnait.

Faisait-elle une attaque cardiaque ? Je n'avais aucune formation médicale, aussi, je ne savais pas quoi faire. Je ne m'étais jamais sentie dans une telle situation d'impuissance. Prenant la tête d'Alice sur mes genoux, j'écartai ses mèches de son front de mes doigts tremblants, comme j'avais vu certaines mères le faire avec leur enfant.

Alors que le docteur Briggs se frayait un chemin à travers la foule et s'accroupissait à côté de moi, le corps d'Alice se figea. Moins de deux minutes s'étaient écoulées depuis son toast exubérant, quoique cela m'ait paru beaucoup plus long.

Alice Warren était morte.

# 3

— Venez, madame Miller, je vais vous aider à vous relever.

Luke me tendit la main, puis se pencha en avant et m'observa de près.

— Vous vous sentez bien ?

Secouant la tête, je tendis les doigts vers les siens. Mes mains tremblaient comme des feuilles dans le vent d'automne.

— Je vais bien.

Ma voix était stridente et tendue, rien à voir avec ma tessiture habituelle. Il m'aida à me relever. Je regardai l'endroit où Alice était allongée, sur l'herbe, à côté de nos pieds. Le docteur Briggs était penché sur elle, tentant de la ranimer. Même sans formation médicale, je savais que c'était inutile. Personne ne pouvait prendre cette teinte violacée et survivre.

— Mon gin, murmurai-je à l'attention de Luke, alors que la couleur du visage d'Alice me rappelait que la dernière chose qu'elle avait consommée provenait des bouteilles d'alcool confectionnées par mes soins.

Mon estomac se serra à l'idée que mon gin pouvait avoir quelque chose à voir avec sa mort.

— J'ai bu mon verre en entier, me répondit-il. Et je vais bien.

Il y avait quelque chose de très réconfortant dans son attitude. Cela faisait sans doute partie de l'enseignement dispensé au séminaire. Tous ces pasteurs avaient le même aplomb, comme si rien au monde ne pouvait réellement les ébranler.

— Chérie !

Charles, le mari d'Alice, se précipita vers sa femme.

— Réveille-toi, mon amour.

— Vous êtes sûre que ça va aller ? me dit Luke en me regardant, avant de se tourner vers Charles.

— Bien sûr, acquiesçai-je vigoureusement. Occupez-vous de Charles, je vous en prie.

Avoir hoché la tête si vigoureusement provoqua un élancement au niveau de ma nuque, comme si cette dernière n'était plus assez forte pour soutenir correctement ma tête. Je n'avais qu'une envie : rentrer chez moi et m'allonger dans mon lit, recouverte d'un édredon bien chaud.

— Martha, mon Dieu. Que s'est-il passé ?

Ruby arriva à mes côtés et m'enveloppa de son bras. Je me sentais tellement reconnaissante de sa présence et de son soutien que je fondis en larmes.

— C'était affreux, Ruby, tout simplement affreux.

— Est-ce qu'elle est morte ? me demanda-t-elle dans un murmure tout en m'entraînant sur le côté du chapiteau, loin du corps d'Alice.

— Oui, répondis-je en cherchant mon sac à main. J'ai besoin d'un mouchoir.

Ruby en sortit un de son sac et me le tendit.

— Tiens, ma chérie.

— Je vais le salir.

— C'est toi qui fais la lessive, Martha, alors ne te prive de rien.

J'essuyai les larmes de mon visage avant de me moucher. D'une main, Ruby serrait mon épaule de manière réconfortante.

— Je n'arrive pas à croire que Mme Warren vient de mourir devant tout le village.

— Après avoir bu ton gin aux prunes.

— Ruby ! la réprimandai-je. Quelle horrible chose !

— Je ne voulais pas sous-entendre qu'il y avait un problème avec ton gin.

Je repoussai son bras de mon épaule.

— Alors, pourquoi dire une telle chose ?

— Je voulais seulement dire…

— Je sais ce que tu voulais dire.

Je soupirai. Énoncer une évidence ne rendait pas Ruby coupable de quoi que ce soit. Tout le village arriverait à la même conclusion – si ce n'était pas déjà fait.

— Ada a déjà été assez dure avec moi aujourd'hui, je n'avais vraiment pas besoin de ça.

— Ada n'est qu'une vieille sorcière.

Ruby jeta un coup d'œil par-dessus son épaule, comme pour vérifier que la vieille femme n'était pas à portée de voix.

— C'est probablement sa faute. Elle a peut-être jeté un sort à Mme Warren.

— Je ne crois pas à la sorcellerie, dis-je en faisant aussitôt un sourire à Ruby, pour lui montrer qu'il ne s'agissait pas là d'une critique.

Mon poing se resserra sur le mouchoir souillé. J'aurais voulu ne pas m'être éloigné si vite de son étreinte. Il était agréable de sentir soutenue.

— Merci, Ruby.

Elle fronça les sourcils, le visage empreint de confusion.

— Merci pour quoi ?

— Pour être ici avec moi, dis-je en lui prenant la main.

— Je dois vous interroger immédiatement, madame Miller.

Cyril Bottomley, le policier du village, nous fixait maintenant, Ruby et moi. Son expression laissait entendre qu'il nous tenait pour entièrement responsables du sort d'Alice.

— Ne partez pas, mademoiselle Andrews. Il faut que je vous interroge aussi.

— Je reviendrai quand j'aurai trouvé une chaise pour que ma sœur puisse s'asseoir, rétorqua Ruby. Elle est en état de choc, c'est évident. Ses jambes tremblent autant que le triple menton de Mme Garrett.

Je dissimulai un sourire devant les paroles impolies de Ruby et, pour la première fois, je regrettai de ne pouvoir exprimer mes pensées aussi facilement qu'elle. Peut-être parce qu'elle travaillait dans une usine avec beaucoup d'autres jeunes femmes, qui avaient appris à dire ce qu'elles pensaient, au lieu de toujours peser leurs mots comme je le faisais.

Ruby revint rapidement avec une chaise et je m'y assis avec reconnaissance. Cyril fixa Ruby un moment. Je ne savais pas si c'était parce qu'il comptait sur elle pour lui apporter une chaise, ou parce qu'il attendait qu'elle s'éloigne, quoi qu'il en soit, ma sœur se posta à mes côtés et le fixa à son tour sans ciller. Je ne me souvenais pas d'avoir jamais été aussi fière de ma petite sœur.

— Madame Miller, pouvez-vous me dire ce qui s'est passé ?

Je me raclai la gorge et m'efforçai d'arrêter de trembler, et de parler le plus distinctement possible, en dépit de mes nerfs à vif.

— Alice était sur le point d'annoncer les gagnants du concours. Elle a porté un toast, bu son verre de gin aux prunes, et elle s'est effondrée.

— Un gin aux prunes que vous avez produit vous-même, si j'ai bien compris.

Mon cœur commença à s'emballer, me laissant légèrement essoufflée. Cyril était rapidement arrivé à la même conclusion que moi. La dernière chose qu'Alice avait bue avant de s'effondrer était mon gin. J'étais certaine qu'il n'était pas toxique, et personne d'autre ne semblait avoir subi d'effets indésirables, mais cela ne m'empêchait pas de ressentir une culpabilité écrasante.

— C'est exact.

Cyril fit un mouvement de tête en direction du corps d'Alice.

— Ça me semble être un cas d'empoisonnement.

— Peut-être pas, dis-je alors que tous les indices pointaient dans cette direction. Elle avait peut-être un problème de santé grave, qui aurait subitement causé sa mort.

— Personne d'autre n'a eu de problème, ajouta Ruby. Et j'ai bu mon verre jusqu'à la dernière goutte, pour la simple et bonne raison que le gin aux prunes de Martha est délicieux.

— Merci, mademoiselle Andrews, dit Cyril en haussant un sourcil dans sa direction.

Son visage rougeaud ne montrait aucun signe de gratitude.

— Tout le monde s'est joint au toast ?

— Tous ceux que j'ai pu voir, en tout cas, répondit-elle.

— Alors quelqu'un a délibérément essayé de tuer Mme Warren, annonça Cyril.

— Ce quelqu'un n'a pas essayé quoi que ce soit.

Je frissonnai en me remémorant le visage d'Alice.

— Il y a réussi. Alice est morte.

— En effet.

Le visage en forme de grosse lune de Cyril était rouge et trempé de sueur. Il se balançait sur ses talons et avait l'air complètement dépassé par les événements.

— Autre chose ? intervint Ruby. Parce que si vous en avez fini, j'aimerais pouvoir ramener ma sœur à la maison pour lui servir une bonne tasse de thé chaud bien sucré. La pauvre a eu un choc terrible.

Cyril sortit son carnet de notes de la poche de l'uniforme trop petit dans lequel il était engoncé. Il humecta le bout de son crayon avant de gratter laborieusement quelques mots sur une page.

— Avez-vous apporté les bouteilles de gin ce matin ?

J'espérai que mon visage ne trahisse pas ma surprise, mais il s'agissait en réalité d'une question fort sensée.

— Non. Je les ai livrés au pub en début de semaine.

Il nota quelque chose d'autre avant de refermer son carnet.

— Je crois qu'il faut que j'aille parler à Joe.

Joe Noble était le propriétaire du pub du village, le Cricketer's Arms, et le père de Florence – la jeune fille qui avait servi les verres sous le chapiteau.

— Vous ne pensez pas qu'il faudrait téléphoner pour demander des renforts ? suggéra Ruby.

— Que voulez-vous dire par là ?

La voix de Cyril s'était élevée légèrement et une perle de sueur roula sur son front.

— Si Mme Warren a vraiment été assassinée, dit Ruby à voix basse, vous aurez certainement besoin d'aide. Il y a beaucoup trop de villageois pour que vous puissiez les interroger seul.

— Et vous passez vous-même beaucoup de temps au Cricketer's Arms, dis-je en fixant la ceinture trop serrée de l'uniforme de Cyril.

— Que voulez-vous dire par là ? demanda Cyril en sortant de sa poche un mouchoir plus gris que blanc, avec lequel il s'essuya le visage.

— Je dis seulement qu'une enquête se doit d'être impartiale, fis-je valoir en répétant la phrase qu'un des policiers chargés de se renseigner sur la disparition de Stan m'avait dite l'an passé. (C'était apparemment la raison pour laquelle ils avaient envoyé des inspecteurs de Scotland

Yard pour m'interroger.) Comme vous vivez dans le village et que vous êtes un habitué du pub local…

— Je devrais donc me retirer moi-même de l'enquête ? (Cyril prit un air pensif.) Je vais téléphoner à Slough pour demander conseil.

Le voyant s'éloigner, je poussai un long soupir de soulagement.

— J'ai bien cru qu'il allait me passer les menottes.

Ruby secoua la tête avec dégoût.

— Il n'a jamais réussi à mettre la main sur la personne qui saccage les jardins du village, dit-elle en secouant la tête d'un air agacé. Je ne lui ferais pas confiance pour résoudre un meurtre.

— Cyril remplit bien son rôle de policier municipal, convins-je, pour peu que les délits à traiter restent relativement inoffensifs. Un meurtre, c'est une autre affaire.

Même si j'étais heureuse que les pensées de Ruby s'accordent aux miennes, ces dernières n'étaient pas d'un grand réconfort. Nous vivions dans un petit village du Berkshire, pas au cœur de Londres. Le vandalisme gratuit et le meurtre étaient des méfaits que je n'aurais jamais crus possibles dans notre paisible petit coin d'Angleterre. Je m'étais toujours sentie en sécurité à Westleham, et ce confort venait de m'être arraché dans les circonstances les plus terribles. Qui, parmi nous, pourrait dormir paisiblement alors qu'un vandale et, maintenant, un assassin se baladaient librement dans le village ?

Qui avait bien pu vouloir tuer Alice Warren ? Et pourquoi ?

*

Mon attention fut captée par le cri de détresse poussé par Charles Warren. Comme une rivière en crue qui sort de son lit, ses émotions étaient manifestement trop puissantes pour être contenues.

— Non, non, non !

Il pleurait sans discontinuer, semblant être devenu souffrance pure. Je n'avais jamais vu cet homme manifester ses sentiments auparavant. Jusqu'à présent, il me faisait plutôt penser à Stan, quoique mon mari soit en réalité beaucoup plus petit. Mais ils dégageaient ce même air d'importance et de maîtrise de soi. Ni l'un ni l'autre ne souriaient beaucoup et ils ne montraient jamais aucun signe de désarroi. Sauf à cet instant, bien sûr. Charles Warren semblait complètement brisé.

— Pauvre homme, murmura Ruby. Qui aurait cru qu'il aimait Alice à ce point ?

J'essayais d'imaginer l'éventuelle douleur de Stan s'il s'était agi de moi, là, allongée morte sur l'herbe. Cependant, la seule chose que je parvienne à imaginer était sa contrariété à la perspective de devoir désormais préparer ses propres repas et faire sa lessive tout seul. Ce qui me fit me trouver assez injuste, car lorsque Stan avait disparu, ma principale préoccupation avait été de savoir comment je pourrais payer mes factures. Ce n'est que plus tard que je m'étais vraiment inquiétée de son sort. De temps en temps, je regardais le lit simple à côté du mien, dans la chambre que nous partagions, et je me sentais un peu mélancolique – mais absolument rien de l'effusion de détresse exprimée par Charles. Qu'est-ce que cela disait de moi en tant que personne et en tant qu'épouse ?

— Ça me rappelle un peu le révérend Gibbs, dis-je en me souvenant de la fois où le vieux pasteur s'était effondré sur le sol de l'église, au milieu de son sermon. C'est tellement dramatique, tellement inattendu.

— Je pensais qu'il était mort d'une crise cardiaque, dit Ruby, une certaine confusion se lisant sur son visage. Tu crois qu'il y a des similitudes ?

— Peut-être qu'Alice a aussi eu une crise cardiaque, dis-je en haussant les épaules. C'est possible, après tout.

Ruby ne refusait pas l'idée, mais je voyais bien qu'elle trouvait très peu probable que la mort d'Alice ait été naturelle.

— Reste ici, je vais aller te chercher une tasse de thé.

Je ne savais pas trop où Ruby voulait que j'aille. Je n'avais pas confiance en mes jambes pour me ramener à la maison, et il me semblait malvenu de quitter le chapiteau et de laisser Alice étendue là comme ça.

Quelqu'un apporta un drap blanc et le déposa sur le visage d'Alice. Je détournai le regard, mais c'était inutile. Je ne pouvais me souvenir que trop clairement de la façon dont son visage suffocant s'était déformé de manière horrible et grotesque. Le docteur Briggs aida Charles à se relever. Sanglotant de façon incontrôlable, il laissa le médecin le conduire hors du chapiteau.

— Le docteur Briggs pense qu'il a besoin d'un sédatif, dit Luke, que je n'avais pas entendu arriver. Pour surmonter le choc.

— Ruby m'apporte une tasse de thé pour m'aider à surmonter le mien, dis-je, avant de regretter aussitôt mes paroles.

Charles Warren avait perdu sa femme. Nos situations étaient loin d'être comparables.

— Une excellente initiative.

Luke tapota le dossier de ma chaise.

— Vous êtes extrêmement pâle, madame Miller.

La seule raison pour laquelle mon visage n'était pas aussi pâle que le reste de mon corps était le beau temps que nous avions eu ces derniers mois et le fait que je passais la plus grande partie de mes journées dehors dans le jardin. Je songeai avec regret à ce que mes crises de larmes avaient dû faire à mon visage et au maquillage que Ruby y avait si soigneusement appliqué. J'avais très certainement une mine épouvantable.

Mais ça n'avait aucune importance. Luke était le pasteur du village, et j'étais l'une de ses paroissiennes.

Je devais peut-être commencer à penser à lui simplement comme au « pasteur », et ne plus employer son prénom – ce qui m'aiderait sans doute à me rappeler qu'il était à peu près aussi inatteignable pour moi que les femmes l'étaient pour les prêtres catholiques.

— Le docteur ramène-t-il M. Warren chez lui ?

— Oui. Sa femme va le surveiller pendant qu'il revient ici pour attendre la police. (Pour la première fois depuis que nous nous connaissions, le pasteur semblait incertain.) Il m'a demandé de rester aussi.

— Dans le chapiteau ?

— Avec le corps, précisa-t-il. Il a dit que la police souhaitait que personne ne touche à rien.

— Je vois.

Ce n'était pas du tout le cas, en réalité. Je n'avais eu affaire à la police qu'une fois, après la disparition de Stan. Elle traitait sûrement cette affaire avec le plus grand sérieux.

— J'imagine que le docteur Briggs veut s'assurer que je ne touche à rien.

— Pourquoi dites-vous cela ? demanda Luke en fronçant les sourcils.

— C'est moi qui ai fait ce gin, répétai-je. Vous ne connaissez pas encore ce village. Pourtant, vous êtes sans doute ici depuis assez longtemps pour avoir entendu les ragots selon lesquels j'aurais enterré mon mari sous mes pommes de terre.

Il sourit, puis se rendit compte qu'il ne s'agissait pas d'une plaisanterie.

— Non, je n'avais pas entendu cela.

— Ça m'étonne.

— Mais il n'y a personne sous vos pommes de terre, n'est-ce pas ?

Je le fixai avec insistance. Il releva le coin de sa bouche en un demi-sourire afin de me signifier qu'il plaisantait. Partager un moment de légèreté en de telles circonstances n'était sans doute pas approprié, mais il était agréable de profiter d'un bref instant de normalité.

— Non, je vous assure que non.

— Je vous crois.

— Juste comme ça ?

— Oui. Vous avez un visage honnête, madame Miller.

Je me moquais bien que son raisonnement semble un peu simpliste. Il était tellement agréable de sentir qu'une autre personne que Ruby puisse croire en moi. Surtout quelqu'un qui se montrait en l'occurrence aussi gentil que plaisant à regarder.

— Vous ne pensez sans doute pas qu'il suffit de regarder le visage de quelqu'un pour juger de son honnêteté ?

— Je suis très doué pour repérer les menteurs.

Des paroles plutôt orgueilleuses, mais il ne semblait pas être en train de fanfaronner.

Ruby me tendit une affreuse tasse verte assortie d'une soucoupe du même acabit. C'était sans aucun doute la vaisselle la plus laide que j'aie jamais vue.

— Oh, Ruby, merci, tu es un amour.

— Voulez-vous une tasse de thé, révérend ? demanda-t-elle.

Luke glissa la main dans sa poche, en sortit quelques pièces et les tendit à Ruby.

— J'apprécierais beaucoup que vous m'apportiez une tasse de thé, mademoiselle Andrews. J'aurais voulu aller chercher ces rafraîchissements moi-même et vous dire de rester auprès de votre sœur, mais je crains que le docteur n'ait insisté pour que je demeure sous le chapiteau.

Ruby observa les pièces tombées dans sa main.

— Combien de tasses voulez-vous ? Vous m'avez donné de quoi servir du thé à la moitié du village !

Luke se pencha en avant, comme s'il était sur le point de révéler un terrible secret.

— La cuisine de ma gouvernante laisse à désirer. Si cela ne vous dérange pas trop, peut-être pourriez-vous nous prendre quelques sandwiches ? Et peut-être aussi une ou deux sucreries ?

— Mme Jennings fait le meilleur cake Victoria du village. Elle utilise sa propre confiture de fraises pour le fourrage. Je vous en apporte une part, s'il en reste ?

— Plutôt deux, si cela vous est possible.

— Révérend, auriez-vous un faible pour les sucreries ? demanda Ruby en s'esclaffant.

— J'ai bien peur que oui, admit-il. Aurez-vous assez d'argent pour tout ça ?

— Je suis certaine qu'il en restera.

Ruby s'empressa de sortir et Luke se retourna pour me faire face.

— Vous partagerez bien cette collation avec moi, une fois que votre sœur sera de retour ?

— Je ne pense pas pouvoir avaler quoi que ce soit, dis-je en posant une main sur mon estomac. La seule idée de manger me donne la nausée. Pauvre Mme Warren.

— Buvez votre thé, dit-il. Si vous reprenez des couleurs, je vous promets de ne plus vous parler de manger. Sinon, j'insisterai pour que vous avaliez quelque chose.

J'acquiesçai comme une enfant docile. Il était très agréable de voir quelqu'un se préoccuper de mon bien-être, même s'il le faisait uniquement par devoir. Un pasteur devait s'occuper de tous ses paroissiens – même de ceux qui étaient susceptibles d'être arrêtés au moment où l'inspecteur de Slough arriverait.

*

— La voilà !

Surprise par la soudaine dureté de la voix de la femme, je renversai une partie de mon thé dans la soucoupe. Je fixai un instant le liquide répandu avant de lever les yeux pour voir Elsie Harrington se diriger dans ma direction.

— J'espère que vous ne pensez pas que la mort de Mme Warren fait de vous la nouvelle présidente du comité du village.

Je m'abstins de faire remarquer que les statuts du comité de Westleham prévoyaient précisément le scénario que Mme Harrington voulait éviter. Chercher à s'immiscer au premier plan de l'événement le plus choquant de Westleham depuis la mort du précédent pasteur était typique d'Elsie, aussi, je ne pris pas ses paroles personnellement. Après avoir regardé le corps recouvert de tissu de l'ancienne présidente, je répondis calmement à son regard dur.

— Pour être honnête, Mme Harrington, je me sens plutôt mal à l'aise à l'idée de discuter de ce genre de choses en cet instant précis.

— Ne vous prétendez pas plus sensible que vous ne l'êtes, siffla-t-elle.

Luke s'avança et posa une main sur le bras de Mme Harrington.

— Je crois que nous devrions tous prendre un peu de recul après cet événement terrible et essayer de faire redescendre l'intensité de nos émotions.

— Je maîtrise parfaitement mes émotions, révérend, je vous remercie, s'emporta Elsie. Cette femme est une menace pour le village.

Je m'étais trompée. Il s'agissait bien d'une attaque personnelle. Je n'arrivais pas à comprendre ce que j'avais fait pour la rendre si venimeuse.

— Je ne crois pas que ce soit le bon moment pour…

— C'est tout à fait le moment de dire ce que je pense, rétorqua-t-elle en tendant son index dans ma direction, agitant ce dernier à quelques centimètres du bout de mon nez. Vous devez comprendre que nous ne tolérerons plus vos machinations un instant de plus.

— Des machinations ? répéta Luke d'une voix déconcertée.

— Vous êtes trop nouveau dans le village pour être pleinement conscient de sa duperie.

Elsie ne regardait même pas Luke en lui parlant, mais continua à me fixer comme si j'avais été une version moderne de Mary Ann Cotton. Des larmes d'humiliation commencèrent à perler au fond de mes yeux tandis que je les gardais rivés au sol.

— Pour autant que je sache, Mme Miller n'a été inculpée d'aucun crime, répondit calmement Luke.

Il me fallut toute mon autodiscipline pour garder le regard baissé et ne pas sourire à Luke en signe de gratitude.

— Je suis triste de voir que vous vous êtes laissé prendre à sa toile, révérend. (Elsie secoua la tête comme si elle venait d'apprendre une nouvelle particulièrement dévastatrice.) Espérons que vous ne le paierez pas de votre vie, comme le dernier homme qu'elle a piégé.

J'avais envie de rire. Tout ça était tellement surréaliste. Elsie ne m'écouterait pas, mais je voulais lui répéter une fois encore que je n'avais jamais piégé qui que ce soit. Stan et moi nous étions rencontrés au mariage d'un cousin éloigné. Il était célibataire, et moi aussi. La guerre venait d'éclater en Europe et l'incertitude du monde nous avait poussés à nous accrocher désespérément à un peu de normalité en nous mettant ensemble.

Je n'avais certainement pas séduit Stan avec mon physique éblouissant, ni avec ma personnalité pétillante ou mes hanches prometteuses. Je ne souffrais plus d'admettre que j'étais plutôt banale, extrêmement ennuyeuse pour la plupart des gens, et que mon visage ressemblait davantage à celui d'un jeune garçon qu'à celui d'une femme bâtie pour offrir à son mari autant d'enfants qu'il le souhaitait.

Elsie Harrington, en revanche, ressemblait à ce que la plupart des gens s'imaginent lorsqu'ils pensent à la parfaite épouse du chef d'entreprise. Elle avait un visage très agréable – quand elle n'était pas rongée par la haine, bien sûr. Ce qui était étrange, maintenant que j'y songeais. Je ne l'avais jamais vue agir de la sorte auparavant. Elsie était également très douée pour l'organisation et participait beaucoup aux bonnes œuvres. Elle était bénévole dans tous les comités siégeant à 50 kilomètres autour de Westleham. Pour couronner le tout, elle avait une belle et grande famille, composée de deux garçons et deux filles. Bref, elle était exactement ce que je n'étais pas.

Ruby entra précipitamment dans le chapiteau, chargée d'un plateau.

— Me revoilà, monsieur le pasteur.

— Vous êtes un ange. Merci beaucoup, mademoiselle Andrews.

Elsie nous fixa, Luke et moi, puis Ruby qui arrivait derrière elle.

— Alors, c'est ainsi ?

La main de Luke, qui était sur le point d'attraper un sandwich, retomba de côté.

— Je suis terriblement désolée, madame Harrington, mais j'ai peur de ne plus vous suivre.

— Vous mêler à ces… traînées est une détestable initiative de votre part. L'évêque en entendra parler, croyez-moi.

— Que se passe-t-il ? (Ernest Harrington arriva à notre niveau et passa un bras autour de l'épaule de sa femme.) Tu as l'air bouleversée, ma chérie.

— Oh, tu ne comprendrais pas. Tu ne vaux pas mieux que lui, de toute façon.

— Ma chérie, essaya-t-il encore. Qu'est-ce qui a pu te mettre dans un tel état ?

— Cette femme (Elsie me pointa à nouveau du doigt) a empoisonné Alice. Et elle a mis la main sur le pasteur, par-dessus le marché. Il sera le prochain à mourir, tout comme son mari et la pauvre Alice.

J'ouvris la bouche pour réfuter les terribles accusations d'Elsie. La dernière chose dont j'avais besoin était que les quelques personnes qui pensaient que je n'avais pas tué mon mari finissent par croire qu'il y avait du vrai dans ce qu'elle disait. Il m'était déjà difficile de me faire respecter en tant que femme seule dans ce village, sans que les gens aient besoin de croire que j'étais responsable de mon statut.

Je n'osais pas regarder le pasteur, de peur de voir sa réaction à la tirade d'Elsie. Au cours de la dernière heure, j'en étais venue à croire qu'il pouvait devenir un ami, et Dieu sait si j'en manquais dans le village. Je détestais penser qu'Elsie et ses folles accusations puissent mettre fin à cette relation avant même qu'elle n'ait commencé.

— Je vous prie de m'excuser, dit Ernest avec douceur. Ma femme ne va pas très bien, ces derniers temps. Nous allons vous laisser, maintenant.

Elsie continua à me fixer un moment.

— Ernest, il faut que tu fasses quelque chose...

— Viens, ma chérie, répondit-il d'une voix que les adultes utilisent d'habitude pour expliquer quelque chose à de très jeunes enfants.

Elsie commença à sangloter bruyamment tandis que son mari la conduisait hors du chapiteau.

Ruby posa le plateau sur l'herbe, à côté de ma chaise, et souleva l'assiette chargée de sandwiches.

— Dépêchez-vous, monsieur le pasteur. Vous feriez bien de manger quelque chose avant que le prochain enluminé du village ne vienne vous couper l'appétit.

— Ruby, la réprimandai-je. Ce n'est pas très gentil.

— Peut-être pas, convint-elle. Mais c'est quand même vrai. Cette femme a manifestement perdu la raison. Elle raconte n'importe quoi.

Je ne pouvais que souscrire à l'évaluation de Ruby, cependant le comportement d'Elsie n'était pas habituel. En temps normal, c'était une femme très pondérée. Quelque chose ne tournait pas rond au village, et il semblait que je me trouvais au beau milieu de la tempête.

# 4

— Ah, madame Miller, vous voilà enfin !

Margaret Leaming se dirigea vers moi d'un pas décidé et je me préparai à essuyer une nouvelle salve d'insultes. Luke regarda son sandwich à la terrine de poisson avec tristesse. Il semblait que rester à mes côtés et me protéger contre ceux qui, dans le village, voulaient salir ma réputation doive aussi signifier renoncer à son repas.

— Madame Leaming, dis-je en une salutation qui semblait forcée, même à mes propres oreilles.

Elle croisa les bras sur son tailleur de tweed, certainement trop chaud pour le temps qu'il faisait aujourd'hui. Sa pose mettait en valeur sa poitrine généreuse, en même temps qu'elle lui donnait l'air d'une sévère gouvernante victorienne.

— Ma pauvre chérie. Vous devez être terrorisée.

Surprise, je relevai la tête pour rencontrer les yeux bleus pleins de sollicitude de Margaret.

— Je m'attendais à ce que vous me disiez que tout était ma faute.

— Mon Dieu, pourquoi dirais-je une chose pareille ?

— C'est ce que tout le monde pense, soufflai-je d'un air morose.

C'était un peu exagéré. Seule Elsie m'avait ouvertement accusée – mais je n'étais pas stupide. Je voyais bien le manège de ceux qui passaient dans l'ouverture du chapiteau, m'épiant à la dérobée. Tous pensaient exactement la même chose qu'Elsie. Je pouvais le lire sur leurs visages et dans leurs regards accusateurs.

— Tout le monde ? (Margaret haussa un sourcil.) Tout de même, cela m'étonnerait.

— Un sandwich, madame Leaming ? (Ruby souleva l'assiette et la présenta à la secrétaire du comité.) Ou peut-être préférez-vous une part de cake ?

— Plutôt une part de cake, je vous prie, confirma Margaret. Est-ce le cake Victoria de Mme Jennings ? Grands dieux ! si un jour je parvenais à faire un gâteau aussi léger que le sien !

— Servez-vous, dit Ruby en soulevant l'autre assiette du plateau et en passant une serviette à Mme Leaming.

Margaret prit une bouchée de gâteau et émit un son de pur contentement.

— Seigneur, ce cake est une merveille.

Je ne pus qu'admirer Margaret. Avec une bouche aussi pleine de gâteau, je n'aurais jamais pu prononcer un mot, et encore moins une phrase cohérente. Elle avait également fait des pieds et des mains pour me trouver et se montrer amicale, ce que j'appréciais énormément. Nous avions parlé ensemble à plusieurs reprises lors des réunions du comité et lorsque nous nous croisions dans les rues du village, mais nous n'avions jamais lié de véritable amitié. Le fait qu'elle ait fait un tel effort pour venir me trouver me faisait espérer que tous n'avaient pas une aussi mauvaise opinion de moi qu'Ada et Elsie.

— Vous ne pensez pas que ma sœur a empoisonné Mme Warren, alors ? demanda Ruby.

— J'ai également vu votre sœur boire de ce gin, dit Margaret avant d'engloutir la dernière part de gâteau.

Elle se tamponna la bouche avec sa serviette d'une façon très distinguée, à l'opposé de la manière dont elle s'était jetée sur le cake. Elle déglutit.

— Pourquoi Mme Miller aurait-elle bu un gin qu'elle aurait elle-même auparavant empoisonné ?

— C'est précisément ce que j'ai pensé, déclara Luke.

— Dieu merci, vous avez conservé le solide bon sens dont on vous a doté à la naissance, révérend. (Margaret secoua la tête.) Il semble que certains au village aient laissé le leur au berceau.

— En supposant qu'ils en aient été dotés en premier lieu, commenta Ruby avec ironie.

— En effet. (Margaret regarda Ruby avec admiration.) Quelle jeune fille sensée vous faites ! Avant aujourd'hui, je pensais que vous n'étiez qu'une écervelée.

— Je suis heureuse d'apprendre que vous avez changé d'avis à mon sujet, dit Ruby en riant. La question est de savoir ce que nous allons faire pour que les autres cessent de penser du mal de ma sœur.

Trois paires d'yeux se tournèrent vers moi. Je sirotai mon thé tiède pour me donner le temps de réfléchir à ma réponse.

— Je ne vois pas ce que je peux faire pour que les gens changent d'avis sur moi.

— Il faut faire quelque chose, pourtant ! dit Margaret avec passion. Vous ne pouvez pas retourner dans votre cottage et continuer à être la petite souris tranquille que vous êtes d'habitude. Vous devez vous défendre, madame Miller.

— C'est ce que je n'arrête pas de lui dire ! s'exclama Ruby. Tu ne devrais pas laisser les gens te malmener comme ça, Martha. Tu es bien trop gentille.

— À part publier une annonce dans le journal pour répéter une fois encore que je ne suis pour rien dans la disparition de Stan, je ne vois pas ce que je peux faire de plus. Les gens d'ici ne croient que ce qu'ils veulent croire. La plupart des villageois ont commencé à se méfier de moi après la disparition de Stan. Ça sera encore pire maintenant que mon gin est lié à la mort d'Alice.

— Vous devriez peut-être organiser un événement chez vous lorsque la récolte sera terminée, suggéra Margaret.

— Un événement ? Je ne comprends pas.

— Demandez à chacun de venir avec une bêche. Les convives déterreront les pommes de terre, et s'ils trouvent un cadavre, ils gardent leur récolte pour eux et vous dénoncent à la police. Sinon, ils devront vous remettre toutes les pommes de terre qu'ils auront déterrées.

Après avoir assisté à l'affreuse mort d'Alice, l'idée de Margaret me sembla la chose la plus drôle que j'aie entendue depuis longtemps. Nous en rîmes tous les quatre jusqu'à ce qu'une douleur aux côtes me pousse à m'arrêter.

— Oh, madame Leaming, dit Ruby entre deux gloussements. C'est un plan tout à fait sublime.

Un homme incroyablement beau habillé en costume entra dans le chapiteau, suivi par Cyril Bottomley, qui fit un signe dans notre direction.

— Mme Miller est là.

Je m'efforçai de redonner à mon visage une expression de tristesse. Ou du moins une expression qui ne donnait pas l'impression que j'étais en train de passer un bon moment entre amis alors qu'une femme gisait morte à moins de trois mètres de nous.

— Bonjour, madame Miller.

Il souleva son chapeau noir pour dévoiler d'épais cheveux blonds tombant en boucles autour de son col. Ses yeux verts et intelligents me fixèrent et mon cœur s'arrêta. Un instant avant qu'il n'ouvre la bouche, je sus de qui il s'agissait.

— Je suis l'inspecteur Robertson. Je suis ici pour enquêter sur la mort suspecte de Mme Alice Warren.

*

— Peut-être pourrions-nous parler dans un endroit un peu plus tranquille ? suggéra Luke.

L'inspecteur dévisagea Luke, prêtant une attention particulière au col blanc qui proclamait sa profession.

— Êtes-vous M. Miller ?

Luke toussa maladroitement.

— Non, ce n'est pas le cas. Je m'appelle Luke Walker. Je suis le pasteur de ce village.

— Je vois.

L'inspecteur me regarda, puis regarda Luke, puis Ruby.

— Et vous êtes ?

— Ruby Andrews. Je suis la sœur de Martha. Je vis avec elle.

— Très bien. Je vous interrogerai, vous et votre sœur, à votre domicile.

Le détective se tourna vers Cyril, qui se tenait à ses côtés, piétinant en évitant soigneusement de regarder dans la direction d'Alice.

— Vous resterez ici avec le pasteur jusqu'à ce que le médecin revienne. Quand il reviendra, révérend, vous rentrerez probablement chez vous ?

— Oui.

Luke jeta un coup d'œil dans ma direction.

— Je serai au presbytère.

— Encore merci à vous, monsieur le pasteur, lui dis-je. Vous avez été d'un grand soutien.

— Ça fait partie de mon travail, répondit-il avant de se raviser en rougissant. Mis à part le meurtre, bien sûr. Ce genre d'événements ne font pas partie de mes attributions habituelles.

— Ils font pleinement partie des miennes, coupa sèchement l'inspecteur.

Son expression suggérait qu'il nous prenait pour des idiots, tous autant que nous étions. Au vu de notre comportement, je ne pouvais malheureusement pas lui donner tort.

— Je vous appellerai et vous verrai demain, dit Margaret alors que je me relevais. Nous pourrons discuter du comité et des affaires en suspens.

Bien qu'elle m'ait fait rire quelques instants plus tôt – un soulagement bienvenu après le choc de la mort d'Alice –, j'aurais préféré que Margaret ne soit pas venue me chercher. Maintenant, le détective nous avait tous vus assis là, mangeant des gâteaux et parlant de l'organisation du nouveau comité alors qu'Alice gisait morte juste à côté de nous.

Était-il possible d'avoir l'air encore plus coupable ?

Ruby et moi descendîmes l'allée ensemble, suivies par le détective. J'ouvris la porte et Lizzie se précipita pour nous accueillir. Je mis un genou à terre pour l'embrasser.

— Bonjour, ma chérie. Je t'ai manqué ?

— Lizzie est la meilleure amie de Martha, dit Ruby en guise d'explication.

— Installe le détective dans le salon, lançai-je à cette dernière.

Après m'être débarrassée de mes chaussures et avoir fourré mes pieds dans mes pantoufles, j'essayai désespérément de ne pas soupirer de soulagement devant ce confort bienvenu.

— Je vais préparer du thé.

— Je vais t'aider, proposa Ruby avec enthousiasme.

Nous n'avions pas besoin d'être deux, et Ruby n'offrait presque jamais d'aider à la cuisine, mais je ne voyais pas comment refuser sans paraître encore plus suspecte aux yeux de l'inspecteur. J'indiquai la porte fermée sur la gauche, au bout de l'étroit couloir.

— Le salon est derrière cette porte. Mettez-vous à l'aise, je vous en prie.

Lizzie nous suivit en trottant jusqu'à la cuisine. Je secouai la bouilloire pour m'assurer qu'elle contenait assez d'eau, puis je la mis en route.

— Pourquoi lui as-tu dit que Lizzie était ma meilleure amie ?

Ruby haussa les épaules et s'affala sur une des chaises de la cuisine.

— Parce que c'est vrai. Et vous avez fait un tel foin toutes les deux que je me suis sentie obligée de dire quelque chose pour excuser ton comportement.

Les sourcils froncés, j'attrapai le grand plateau et le posai sur la table.

— Nous étions tous en train de rire ensemble, sous le chapiteau, et après ça, tu rentres à la maison et tu fais la fête à ton chien comme si de rien n'était. L'inspecteur ne t'a pas vue pleurer tout à l'heure, il n'a vu aucun signe de tristesse face à ce qui est arrivé à Mme Warren. Je ne voulais pas qu'il pense que tu es froide et sans cœur et que tu n'es capable de montrer de l'émotion qu'envers un animal.

Je clignai des yeux, momentanément stupéfaite que quelqu'un puisse penser que mon accueil de Lizzie était tout sauf normal. Lentement, les mots de Ruby firent mouche.

— Je te remercie.

Est-ce ainsi que les gens me voyaient ? Était-ce la raison pour laquelle ils me pensaient impliquée dans la disparition de Stan ? Si les villageois me percevaient comme une femme sans émotions dont le seul véritable ami était un chien, il était sans doute plus facile de croire de mauvaises choses à mon sujet. Je voulus demander à Ruby si c'était comme ça qu'elle me voyait, mais je craignais trop sa réponse.

Elle sortit une bouteille de lait du réfrigérateur et en versa dans le petit pot placé au centre du plateau.

— Tu sais que je serai toujours là pour toi, Martha ? Tu le sais, n'est-ce pas ?

Mes lèvres s'entrouvrirent sous l'effet de la surprise. Nous n'avions jamais parlé de nos sentiments auparavant. Je voulus lui rendre la pareille, mais les mots restaient coincés dans ma gorge.

— J'aurais voulu avoir un beau gâteau à offrir à l'inspecteur.

— Être une bonne pâtissière n'est pas donné à tout le monde, dit Ruby. Comme il n'est pas donné à tout le monde de faire pousser des légumes aussi bien que toi.

— Peut-être que je devrais mettre quelques carottes dans une assiette, pour voir.

— Oh, Martha ! dit Ruby en éclatant d'un rire sonore.

— Chut, dis-je en essayant de m'empêcher de rire. Il va nous entendre.

Ruby prit une profonde respiration.

— C'est mieux.

Elle se tourna vers moi et dès que nos yeux se croisèrent à nouveau, le fou rire recommença.

— Il va penser soit que nous sommes folles, soit que nous nous moquons de ce qui est arrivé à Alice.

— Ça doit être les nerfs, suggéra Ruby en se calmant peu à peu. Je suis vraiment désolée pour Mme Warren, bien entendu, mais je suis surtout soulagée que ça ne te soit pas arrivé à toi.

Je voulais lui dire, moi aussi, à quel point j'étais reconnaissante que nous soyons toutes les deux saines et sauves – mais encore une fois, les mots me manquèrent.

Elle fit le tour de la table, attrapa une de mes mains et la serra un instant. Puis nos deux regards se détournèrent, empreints d'une même expression embarrassée.

— Tu crois que l'eau est assez chaude ?

Quelques minutes plus tard, nous rejoignîmes l'inspecteur dans notre petit salon. Stan et moi n'avions pas beaucoup de jolies choses, mais j'étais très fière de cette pièce – la plus belle de notre maison.

— Nous voici, dis-je inutilement en posant le plateau sur la table basse, devant le canapé à rayures vertes où était assis le détective.

Ruby s'assit juste en face, me laissant le fauteuil où j'avais l'habitude de m'asseoir, près de la fenêtre.

— Je vous sers une tasse ?

— Oui, je vous remercie, madame Miller.

— Vous prendrez du lait ?

— Avec deux sucres, s'il vous plaît.

La politesse de nos tons était assommante. Je lui versai rapidement une tasse et la lui tendis sur une soucoupe, puis je m'empressai de nous servir, Ruby et moi. J'effectuai une rapide prière silencieuse, demandant au ciel de ne pas me laisser dire quoi que ce soit qui puisse amener le détective à penser que j'étais impliquée dans la mort d'Alice. Je n'avais pas besoin de me mettre dans un pétrin plus grand que celui dans lequel je me trouvais déjà.

— Commençons par le commencement, dit-il. Ses yeux verts me dévisageant avec intensité, ajoutant à mon malaise. Racontez-moi le déroulé de votre journée.

— Nous avons pris le petit-déjeuner, commençai-je. Puis Ruby m'a coiffée et maquillée.

— Vous vous êtes rendues ensemble à la foire ?

— Oh non, dis-je. J'y suis allée avant Ruby. Il fallait que j'arrive tôt, pour aider Mme Warren… je veux dire Alice… la défunte… à tout mettre en place.

Ma conclusion se perdit dans un bégaiement inaudible. Pourquoi ne m'en étais-je pas tenu à son nom ? Nous savions tous qu'elle était morte. J'avais l'air froide, insensible et beaucoup trop factuelle. Exactement ce que Ruby avait essayé de contrebalancer tout à l'heure. Admettre avoir passé beaucoup de temps avec Alice juste avant sa mort n'allait sans doute pas m'aider à prouver mon innocence.

— Je vois. (Il remua lentement son thé.) Mme Warren a-t-elle eu un comportement inhabituel ce matin ?

— Non, pas du tout, dis-je un peu trop précipitamment. Elle était comme d'habitude, très méthodique.

— Elle n'avait pas l'air inquiète, ni d'avoir peur de quoi que ce soit ?

— Non, répondis-je.

J'aurais voulu mentir, mettre l'inspecteur sur une autre piste.

— Tout était normal.

— Parlez-moi de ce qui s'est passé ensuite. Vous avez tout mis en place, et après ?

— Nous avions des tâches différentes. Je n'ai vu Mme Warren que peu de temps avant l'annonce des prix.

— Qui se déroulait sous le chapiteau ?

— C'est exact.

— De quelles tâches vous êtes-vous occupée pendant l'après-midi ?

— Je devais m'assurer que les exposants avaient tout ce dont ils avaient besoin. De la monnaie à rendre aux clients, un stylo pour noter les prix, ce genre de choses.

— Et Mme Warren ?

— Elle s'occupait de faire visiter le chapiteau aux juges pour qu'ils puissent examiner les stands des candidats et décider des vainqueurs.

Il sortit un carnet de notes.

— Qui étaient les juges ?

— Lord et Lady Chesden, qui vivent au manoir, ainsi que le député Rupert Gosford.

— Je vais également devoir aller leur parler.

Il prit encore quelques notes, puis posa son stylo sur la table, à côté de sa soucoupe.

— Où puis-je trouver le manoir ?

— À gauche, en sortant d'ici, après les champs du fermier Bennington. Il faut continuer le chemin sur quelques kilomètres. Vous ne pouvez pas le manquer.

— Vous n'êtes pas retournée au chapiteau ?

— Je n'avais aucune raison de le faire.

Ce n'était pas exactement ce qu'il avait demandé. Je marquai une pause pour essayer de me souvenir si j'avais pu y retourner pour une raison quelconque. Si je disais ne pas l'avoir fait et qu'un témoin prétendait le contraire, j'aurais l'air coupable.

— Est-il possible que vous y soyez revenue ?

— Je ne m'en souviens pas, dis-je rapidement, convaincue que ne pas répondre immédiatement donnait l'impression que je prenais le temps de réfléchir à mes réponses.

Il me fixa un moment, puis pencha la tête pour écrire quelque chose dans son carnet. Je n'avais rien fait de mal, mais je me sentais coupable. Une embarrassante bouffée de chaleur apparut sur ma poitrine et se propagea rapidement vers mon visage.

Ce n'était pas seulement parce que je pensais que mon gin était impliqué dans la mort d'Alice. C'était aussi à cause de la façon dont Ada et Elsie me traitaient. Mon sentiment de responsabilité augmentait à chaque accusation portée contre moi.

— Je suis vraiment désolé, dit-il, mais je dois vous demander ce qui s'est passé juste avant que Mme Warren ne meure.

Il avait l'air sincèrement désolé, comme s'il avait véritablement souhaité ne pas avoir à me poser la question. Nous, les Anglais, brandissons des « désolés » à toutes les sauces, peu importe que nous le soyons vraiment ou pas. Nous nous excusons pour tout, qu'il s'agisse de ne pas heurter quelqu'un ou de regretter le temps qu'il fait. Pourtant, cette fois-ci, le détective semblait plutôt sincère.

— Bien sûr, inspecteur.

Je tendis le bras pour prendre ma soucoupe sur la table d'appoint, mais mes mains tremblaient tellement que je les reposai sur mes genoux.

— Elle a bu son verre de gin et, peu après, elle s'est effondrée sur le sol en se tenant la gorge.

— Combien de temps après ?

— Eh bien… (Je réfléchis un instant.) Presque immédiatement, en fait. Florence Noble, la fille du patron du pub, a distribué les verres. J'ai vu une expression d'horreur apparaître sur son visage, c'est alors que je me suis tournée vers Mme Warren.

— Mme Warren était déjà au sol quand vous vous êtes tournée vers elle ?

— Non. Donc ce n'était pas si rapide, je suppose. Mais tout s'est passé très vite. J'ai mis mes bras autour d'elle pour essayer de la soutenir, mais je ne suis parvenue qu'à amortir sa chute.

Les mots étaient sortis si rapidement de ma bouche que j'en avais le souffle coupé. Me remémorer la scène m'avait mis dans une grande fébrilité. Pendant des années, j'avais vécu dans l'incertitude de la guerre, mais ce n'est qu'aujourd'hui que j'étais véritablement témoin de la mort de quelqu'un. Je connaissais et appréciais Alice, ce qui rendait l'expérience d'autant plus douloureuse.

— Et vous avez dit qu'elle se tenait la gorge ?

— Oui, confirmai-je en fermant les yeux – sans que cela m'empêche de revoir la terrible scène. Comme si elle ne pouvait plus respirer. Son visage a pris la couleur la plus horrible.

— Comme du jambon en conserve, ajouta Ruby. Une sorte de rose moucheté. Ma sœur en est encore toute retournée.

— Et ensuite ?

— Le médecin est arrivé une minute plus tard, mais à ce moment-là, Mme Warren était déjà morte.

— Connaissez-vous quelqu'un qui aurait pu en vouloir à Mme Warren ?

Cette question ne m'avait même pas traversé l'esprit. J'étais si concentrée sur le fait que mon gin aux prunes était la dernière chose qu'Alice avait bue que je n'avais pas réfléchi un instant à la raison pour laquelle quelqu'un aurait pu vouloir sa mort.

— Alice et son mari formaient un couple discret, mais je crois qu'ils étaient unanimement appréciés dans le village. Je ne vois personne qui ait pu lui vouloir du mal, et encore moins la tuer.

— Où puis-je trouver Florence Noble ?

— Elle vit avec son père au-dessus du pub du village, le Cricketer's Arms. Vous ne pensez pas qu'elle peut avoir quelque chose à voir avec ça ? Ce n'est qu'une jeune fille.

— Elle a peut-être remarqué quelque chose qui pourra m'aider dans mon enquête. Il referma son carnet, finit son thé et se leva. Je vous remercie infiniment, mesdames. Je reviendrai vous voir si j'ai d'autres questions à vous poser.

*

Plus tard dans la soirée, Ruby et moi prîmes un dîner léger, puis nous nous assîmes ensemble au salon, la radio jouant doucement en arrière-plan.

— Je sais que tu ne veux pas en reparler, commença Ruby, mais il le faut.

— Je ne vois pas ce qu'on peut dire de plus à ce sujet, dis-je en soupirant.

— Tu vas à l'église demain ?

— Bien sûr, répondis-je. Pourquoi ne le ferais-je pas ?

Ruby examina ses ongles.

— Tu crois que c'est une bonne idée ? Mme Harrington aura sûrement distillé son poison aux oreilles de tous ceux qui veulent bien l'entendre, sans parler de Mme Garrett.

— Je ne laisserai pas ces deux biques m'empêcher de faire mon devoir de croyante.

Ma détermination à ne pas me laisser intimider rendait ma voix plus dure que d'habitude.

— Je pense que tu devrais y réfléchir.

— Ruby Andrews !

La tête baissée, ma petite sœur refusait de croiser mon regard.

— Ça ferait de moi une lâche.

— C'est aussi un moyen de te protéger.

Sa lèvre inférieure trembla si légèrement que je me demandai si je ne l'avais pas imaginé. Puis elle leva son regard vers le mien et je compris que ce n'était pas le cas.

— Je ne supporterais pas qu'il t'arrive quelque chose, Martha.

Je frottai mes pantoufles sur la moquette. Ruby était au bord des larmes. Si mes souvenirs étaient bons, je ne l'avais pas vue pleurer depuis que l'un de nos frères avait tenu sa poupée préférée au-dessus des toilettes et menacé de l'y jeter.

— Je suis sûre que tout ira bien, Ruby, ne t'inquiète pas.

— Comment peux-tu dire ça ? (Son visage rougit tandis que sa voix grimpait d'une octave.) Alice est morte ! Et si tu étais la prochaine ?

Je voulais dire à Ruby de ne pas être aussi mélodramatique, mais je n'arrivais pas à trouver des mots qui ne la blessent pas.

— Si quelqu'un a utilisé mon gin pour tuer Alice, comme nous le soupçonnons, alors je suis plus en sécurité qu'en danger.

Ruby me regarda d'un air dubitatif.

— Comment ça ?

— Si on m'accuse du meurtre, il serait plutôt gênant pour le véritable meurtrier que je finisse par être tuée à mon tour.

Elle acquiesça lentement.

— Je vois. Tu ne crois pas à la thèse de l'accident, alors ?

— Je ne vois pas comment quelqu'un pourrait accidentellement empoisonner une bouteille de gin. Je haussai les épaules. Les gens manipulent généralement les substances mortelles avec un minimum de précautions.

On frappa doucement à la porte et Lizzie leva la tête de l'endroit où elle reposait, juste à côté de mes pieds. Ruby et moi nous tournâmes en même temps vers l'entrée, avant d'échanger un regard.

— Je crois que je devrais aller ouvrir.

— Oui, bien sûr. Ruby inspira profondément et chassa les larmes qui s'étaient accumulées dans ses yeux.

Je me levai et marchai jusqu'à l'entrée. Laissant la chaîne en place, j'entrouvris légèrement la porte et jetai un coup d'œil dehors.

— Madame Miller ? Puis-je entrer un instant ?

Je refermai la porte et dégageai la chaîne d'une main tremblante, profitant de ce court laps de temps pour reprendre mes esprits.

— Bien sûr, monsieur le pasteur.

Luke me suivit dans le salon. Ruby se leva aussitôt :

— Je vais faire chauffer de l'eau pour le thé.

— Comment va votre sœur ? demanda-t-il après que Ruby se fut glissée dans la cuisine. Elle a l'air bouleversée.

— Ça a été une journée difficile pour nous tous.

J'étendis le bras pour indiquer le canapé sur lequel le détective s'était assis plus tôt dans l'après-midi.

— Veuillez prendre place, je vous en prie.

Même s'il était très gentil de la part du pasteur de passer nous voir, je regrettai que sa visite coïncide avec ce moment d'intimité entre Ruby et moi. Me serais-je levée de ma chaise pour la réconforter s'il n'avait pas sonné ? Ou y serais-je restée en me reprochant mon manque de réaction, tout en demeurant gênée et muette devant son émotion ? J'aimais à penser que j'aurais choisi la première solution, mais si tel avait été le cas, pourquoi serais-je restée assise à sourire bêtement au pasteur, au lieu de rejoindre Ruby dans la cuisine pour la consoler ?

— L'inspecteur Robertson m'a rendu visite avant de quitter le village, déclara Luke.

— Vous pensez qu'il a une piste ?

Le pasteur semblait mal à l'aise.

— Il n'avait pas l'air d'avoir appris grand-chose de nouveau.

— Ce qui signifie que je suis toujours la seule suspecte, si tant est qu'il s'agisse bien d'un meurtre.

— Je crains que l'inspecteur ne considère la thèse de l'accident comme hautement improbable.

J'acquiesçai. Exactement ce que je disais à Ruby un peu plus tôt. Cependant, le fait d'entendre que l'inspecteur pensait la même chose que moi n'allait pas pour m'arranger. J'avais l'impression d'être prise au piège au milieu d'un de ces cauchemars récurrents, à la différence qu'aucun réveil ne m'apporterait cette fois le soulagement espéré.

— Me revoilà ! dit Ruby d'une voix un peu trop forte. Prenons une bonne tasse de thé.

Une tasse de thé sucré – remède à tous les maux – était la dernière chose que j'avais envie de consommer. J'en avais déjà des litres dans l'estomac et ce dernier commençait à s'agiter.

— Merci, Ruby, dis-je en lui rendant son sourire.

— Est-ce que je vous en sers une tasse ? demanda-t-elle avec un enthousiasme forcé.

— Ce serait très aimable à vous.

Nous avions l'air de participer à l'une de ces pièces radiophoniques du soir que j'écoutais parfois – tout en politesse excessive, en répliques convenues et en expressivité de façade.

— J'ai peur d'être porteur de bien mauvaises nouvelles.

Le pasteur fronça les sourcils tandis que Ruby lui tendait sa tasse.

— Je voulais venir vous en parler tout de suite.

— Bien entendu, murmurai-je. Mais que pourriez-vous nous annoncer de pire, après une journée comme celle-ci ?

— Je vais aller droit au but, dit-il d'un ton sombre. Mme Harrington insiste pour que le détective rouvre le dossier concernant la disparition de votre époux. Elle dit que son mari connaît des personnes influentes et qu'il mettra la police sous pression jusqu'à ce qu'elle s'exécute.

— C'est ridicule, dit Ruby, furieuse. Ne peuvent-ils pas te laisser tranquille ? Qui voudrait se débarrasser de son mari et se laisser soi-même sans ressources ?

J'ouvris la bouche pour désapprouver les paroles de Ruby, mais je restai silencieuse. Elle avait raison. La disparition de Stan m'avait laissée sans ressources.

— Tout le monde au village est au courant de ma situation financière. M. Harrington devrait intervenir et faire cesser les propos malveillants de sa femme.

— Je ne savais pas que votre situation était si difficile. L'Église peut peut-être faire quelque chose pour vous aider ?

— Merci, révérend, mais ce ne sera pas nécessaire. (Je souris à Ruby.) Maintenant que ma sœur vit avec moi, nous nous débrouillons très bien.

Ruby fixa ma robe de chambre terne et les vieilles pantoufles que j'avais enfilées après le départ du détective. Rien dans mon apparence, ni dans celle de la maison, ne laissait supposer que nous nous en sortions si bien que ça.

— Mais y a-t-il quelque chose que je puisse faire personnellement ? demanda-t-il sur un ton grave – comme s'il se souciait véritablement de notre situation, et pas seulement parce que cela faisait partie de ses missions.

J'avais passé l'après-midi à ruminer une petite idée, et les derniers développements avaient fini par me convaincre de mettre mon plan à exécution.

— Oui, monsieur le pasteur, il y a bien quelque chose.

— Je serais heureux de pouvoir vous aider.

— Vous ne le serez peut-être pas quand vous aurez entendu ce que j'ai à dire. (Je ris nerveusement en imaginant sa réaction.) J'ai besoin que vous m'aidiez à découvrir qui a tué Mme Warren.

Luke prit une gorgée de son thé, son regard rivé au mien. Il l'avala et acquiesça.

— J'en serais ravi.

— Vous feriez ça ? demandai-je avec incrédulité, étonnée qu'il accepte si facilement.

J'avais une raison personnelle de découvrir qui était l'assassin d'Alice, ce qui n'était pas son cas.

— Je ne sais pas comment mener une enquête, mais je serais heureux de vous aider à laver votre honneur. Pensez-vous que découvrir le meurtrier de Mme Warren et laver votre honneur soient une seule et même chose ?

— Je le crois, en effet. Celui qui a tué Alice essaie probablement de me faire porter le chapeau.

Le pasteur se pencha en avant.

— La recherche d'autres suspects peut nous aider à identifier le tueur. Je propose que nous commencions par là.

— Vous croyez en l'innocence de ma sœur ? demanda Ruby en haussant un sourcil sceptique.

— Presque tout le monde a bu de son gin, et Mme Warren a été la seule à en mourir. Elle était visée. Et je ne vois aucun mobile qui ait pu pousser votre sœur à tuer Mme Warren.

— À part devenir présidente du comité du village.

— Ce poste est-il si prestigieux qu'il vaille la peine d'assassiner quelqu'un ?

— Pas de mon point de vue, en tout cas, dis-je en haussant les épaules. Mais c'est peut-être le cas pour quelqu'un d'autre.

— Non, ce n'est probablement pas le mobile du tueur, affirma-t-il. Il n'y a que vous qui puissiez avoir intérêt à cela, et c'est un mobile assez faible. Nous devons découvrir le véritable mobile, alors nous tiendrons le meurtrier.

— Dis comme ça, ça a l'air simple, mais en apparence seulement, dis-je.

— J'essaierai de voir Charles Warren demain. Pour lui présenter mes condoléances, bien sûr, mais il pourrait avoir une idée sur le mobile possible de cet assassinat.

— C'est donc bien un assassinat ? demanda Ruby d'une voix hésitante.

— D'après ce que j'ai pu voir, il s'agissait d'un poison à action rapide. Pas un de ceux qu'on administre par erreur ou pour provoquer un simple désagrément. Celui qui a agi ainsi voulait que Mme Warren meure.

— Je ne pense pas que tu doives enquêter, dit Ruby d'une voix stridente. Tu pourrais te mettre en danger.

— Si je ne peux pas prouver mon innocence, les gens me soupçonneront toujours. Tout comme ils l'ont fait pour Stan. Je dois faire tout mon possible pour que ça n'arrive pas.

— Vous pouvez compter sur moi pour vous aider dans cette tâche, déclara Luke avec détermination. Ne vous inquiétez pas, madmoiselle Andrews, je veillerai à ce qu'aucun mal ne soit fait à votre sœur.

Une sensation de chaleur qui n'avait rien à voir avec le thé que je venais de consommer se répandit dans mon ventre. Cet homme… Non, cet homme charmant croyait en moi. Non seulement ça, mais il assurait maintenant à ma sœur qu'il prendrait soin de moi.

Les doutes qui persistaient quant à mon projet se dissipèrent définitivement. Je n'avais qu'une hâte : travailler main dans la main avec le pasteur pour prouver mon innocence.

# 5

Le lendemain matin, après l'office, je me rendis au Cricketer's Arms pour parler au propriétaire, Joe Noble, et à sa fille, Florence. J'étais certaine que l'inspecteur-détective Robertson leur aurait parlé la veille, mais je voulais savoir si quelque chose avait pu arriver à mon gin avant qu'il soit servi.

Luke devait rendre visite à Ada Garrett et essayer de découvrir ce qu'elle savait. Comme elle n'avait pas sa pareille en termes de commérages, je m'attendais à ce qu'elle se révèle la meilleure source d'information de tout le village. Bien sûr, elle n'était pas prête à me dire quoi que ce soit, étant donné la haine contre nature qu'elle me vouait. Le pasteur avait donc promis d'user de tout son charme pour tenter de soutirer ce qu'elle savait à Ada.

Je me sentais un peu gênée que mon enquête en fasse la cible de son charisme. Lors d'une conversation ordinaire, je répondais volontiers à tout ce qu'il me demandait. S'il faisait un effort particulier, comme il avait l'intention de le faire avec Ada, je redoutais d'imaginer ce qu'il serait capable de me faire avouer. Il avait un regard intense – et son sourire me transformait en idiote comme par enchantement.

En descendant la rue dans mes sempiternelles chaussures souples et mes vêtements usés, je souhaitai soudain disposer d'une armoire pleine de robes. Elles n'avaient pas besoin d'être aussi jolies que celle que Ruby m'avait prêtée la veille. Le fait de m'habiller de manière spéciale ce jour-là m'avait fait prendre conscience à quel point prendre soin de moi me manquait. Cette réflexion me rappela vaguement l'époque, avant la guerre et avant ma rencontre avec Stan, où j'aimais porter des vêtements et des chaussures de femme – l'époque où je travaillais comme dactylo.

En robe, j'avais des opportunités et des choix. Dans mes vêtements normaux, ma vie n'était que corvées et monotonie.

Je m'approchai de l'entrée du pub, puis en poussai la porte et entrai. Joe sortit de l'arrière-salle et me regarda avec surprise.

— Madame Miller ! Que faites-vous ici ?

— Il fallait que je vous parle, dis-je avec insistance. À propos de mon gin de prune.

— Moins fort ! Vous feriez mieux de passer de l'autre côté.

Il fit un signe vers l'extrémité du bar, vers laquelle il me guida, avant de soulever une trappe.

— Surveille le bar pendant que je ne suis pas là, Mavis !

Je le suivis jusqu'à ses quartiers privés, des dizaines de questions se bousculant dans ma tête. Il y avait tant de choses que j'espérais qu'il me dise.

— Qui est Mavis ?

— La barmaid. Une nouvelle fille d'Edgecumbe. Très populaire auprès des hommes du village, si vous voyez ce que je veux dire, dit Joe en faisant un clin d'œil.

J'en déduisis que Mavis était une jeune fille séduisante qui portait des hauts trop serrés ou des jupes trop courtes.

— Était-elle là quand j'ai déposé mon gin, en début de semaine ?

— Non, répondit Joe. Elle ne travaille que les week-ends. Quand elle est arrivée hier, Florence avait déjà emporté les bouteilles au parc.

— Pauvre Florence, est-ce qu'elle va bien ?

— J'ai dû lui donner une rasade de cognac quand elle est revenue ici. Elle n'arrêtait pas de trembler. Ma femme ne savait pas quoi faire d'elle.

Joe était une montagne d'homme, dépassant facilement le mètre quatre-vingt-dix et avec des mains comme des pelles. En comparaison, sa femme, Winnie, était une petite souris. Je ne fréquentais pas le pub, mais ma voisine la plus proche, Maud, m'avait raconté que Joe idolâtrait son épouse, et qu'il lui obéissait au doigt et à l'œil. J'aurais aimé connaître son secret. Il aurait été agréable d'avoir un mari qui m'adorait au lieu d'un mari qui ne semblait me remarquer que lorsque je faisais quelque chose qui lui déplaisait.

— J'aurais voulu vous poser quelques questions, ainsi qu'à Florence, si elle se sent prête à le faire.

— Oui, bien sûr, dit-il. Je vais la chercher.

Il se dirigea vers la porte du salon, exigu, mais bien ordonné, et appela Florence en criant. Reprenant sa place, il me fixa avec impatience.

Tout en essayant de garder mon calme, je passai en revue les différentes choses que je voulais tirer au clair. Un petit carnet comme celui de l'inspecteur Robertson et de Cyril Bottomley m'aurait été bien utile – mais je n'en avais pas.

Je m'éclaircis la voix.

— Dites-moi, Joe, est-ce que les bouteilles que j'ai apportées ici vendredi sont restées un moment sans surveillance, avant que Florence ne les emporte à la foire, hier ?

— Non.

J'avais espéré une réponse un peu plus circonstanciée. Je m'humectai les lèvres et fis une nouvelle tentative.

— Personne n'aurait donc pu les trafiquer ?

— Absolument pas.

— Comment pouvez-vous en être aussi sûr ?

— Je les ai mises directement dans la cave pour qu'elles soient au frais. Je ne voulais pas qu'elles restent dans le couloir, où n'importe qui aurait pu passer et se servir.

— Vos clients ont l'habitude de se promener dans l'arrière-boutique pour se servir eux-mêmes ? demandai-je, sceptique.

— Je ne leur en donne pas l'occasion, répondit-il. Je ferme toujours ma cave à clé.

Je ne connaissais rien à la gestion d'un débit de boissons, mais fermer une cave à clé me semblait plutôt étrange pour un barman devant fréquemment s'y rendre afin de changer les fûts ou réapprovisionner son stock.

— C'est la pratique habituelle ?

— Dans mon établissement, oui.

— Papa ? Florence se tenait dans l'embrasure de la porte.

Lorsqu'elle me vit, son visage se décomposa, avant de prendre une attitude défiante.

— Je ne sais rien !

— Florence ! (Joe désigna la chaise à côté de la sienne.) Assieds-toi, s'il te plaît.

Elle entra dans la pièce à contrecœur, comme si on lui faisait rencontrer un bourreau plutôt que l'une de ses voisines.

— Merci de bien vouloir m'accorder de ton temps, Florence, lui dis-je.

— J'ai déjà parlé à cet inspecteur. Je ne sais rien, comme je le lui ai dit.

Bien que je n'aie pas eu d'enfants, j'avais passé suffisamment de temps avec mes jeunes frères et sœurs pour savoir quand un adolescent était en train de mentir. Ils se mettaient généralement en colère, comme si la personne qui posait les questions était celle qui avait fauté. Florence protestait beaucoup trop, signe qu'elle dissimulait quelque chose.

Je me tournai vers Joe et lui souris d'une manière que j'espérais rassurante.

— Puis-je vous demander un verre d'eau, s'il vous plaît ?

— Bien sûr, madame Miller.

Il jeta un coup d'œil à Florence en se levant. C'était le regard implicite habituel d'un parent à son enfant : surtout ne fais rien ni ne dis rien qui puisse me mettre dans l'embarras.

Une fois Joe hors de portée, je me penchai légèrement en avant sur ma chaise et pris la parole à voix basse, utilisant les ragots que j'avais entendus de la bouche de Mme Burnett pour parvenir à mes fins.

— J'ai cru comprendre que tu avais une relation particulière avec Frank, le plus jeune fils du fermier Bennington.

— Quoi ? Non, ce n'est pas vrai !

Le teint de Florence devint plus rouge que le canapé sur lequel j'étais assise.

Pour la première fois, j'étais reconnaissante d'avoir écouté les ragots que Maud, ma voisine, se faisait un plaisir de répandre.

— Dis-moi vite, avant que ton père ne revienne. N'as-tu pas laissé les bouteilles sans surveillance, hier, pendant que Frank John Bennington et toi passiez un moment ensemble ?

— Comment le savez-vous ?

— Je ne le savais pas, dis-je. Pas vraiment. Jusqu'à ce que je te voie à l'instant, je ne me souvenais pas d'avoir vu le jeune Frank traîner sous le chapiteau. Et, soyons honnêtes, la foire de Westleham n'a pas vraiment la cote auprès des jeunes, n'est-ce pas ?

— Il n'y a rien de plus rasoir, confirma Florence.

— Raconte-moi ce qui s'est passé, lui demandai-je. C'est très important. Tout le monde pense que j'ai empoisonné Mme Warren.

— Ne dites rien à mon père, je vous en supplie, dit Florence en jetant un regard inquiet vers la porte. Mais vous avez raison, Frank et moi avions convenu d'un rendez-vous. J'ai laissé les bouteilles de gin et de limonade avec les verres à l'intérieur du chapiteau. Juste pour quelques minutes, je vous le jure.

— Pendant que toi et Frank discutiez un peu ?

— Oui, dit-elle sans hésiter. Une petite discussion, c'est tout. Pas plus de cinq minutes.

Combien de temps fallait-il à deux adolescents pour s'embrasser et se câliner à l'abri du regard des adultes ? Je n'en savais rien. Stan et moi étions allés au cinéma quatre fois et deux fois au dancing avant qu'il ose m'embrasser sur la joue, au moment de me raccompagner à la maison.

— Je pense que ça a duré un peu plus de cinq minutes, non ? (Fronçant les sourcils, je faisais de mon mieux pour paraître sévère.) Je crois que tu ferais mieux de me dire toute la vérité, jeune fille !

Florence regardait frénétiquement derrière elle. Elle semblait au bord des larmes.

— Ça a peut-être duré une vingtaine de minutes. Et Frank et moi avons bu un peu de gin.

— Vous avez pris une bouteille pour vous ? demandai-je d'un ton plus doux.

— Oui. (Elle fixa ses ongles rongés.) Oh, madame Miller, s'il vous plaît, ne le dites pas à mes parents. Ils vont se mettre dans tous leurs états.

— Je ne suis pas fâchée pour la bouteille de gin, dis-je prudemment. Mais je suis inquiète que tu sois restée seule avec Frank si longtemps. Je n'aimerais pas garder ce secret et en découvrir plus tard les conséquences.

— Nous n'avons pas… balbutia-t-elle en comprenant le sens de mon sous-entendu. Non, je ne suis pas ce genre de fille ! Ce n'était qu'un baiser. Ma mère me tuerait si je devais salir l'honneur de ma famille. Et Frank a une peur bleue de mon père.

Et pour cause. Frank était un jeune garçon costaud et, en tant que fils de fermier, il devait être plutôt fort – cependant il n'était pas de taille face à une montagne comme Joe Noble. Pourtant, Florence ne paraissait pas tant craindre la réaction de son père que celle de sa mère. Il semblait que les informations de Maud étaient vraies, une fois de plus.

— Je suis soulagée de l'entendre, dis-je en me rasseyant sur ma chaise. Alors, n'en parlons plus.

Joe revint et déposa un verre d'eau sur la table, sur un dessous de verre.

— Tout va bien ?

— Oui papa.

— Avez-vous posé toutes vos questions, Mme Miller ?

Je bus une gorgée de l'eau que j'avais demandée sans la vouloir.

— J'ai une dernière question, si ça ne fait pas trop pour toi, Florence ?

Joe regarda sa fille, qui acquiesça avec enthousiasme.

— Je serais ravie de pouvoir aider, madame Miller.

— Quelque chose t'a-t-il paru bizarre, quand tu repenses à la journée d'hier ? Même si cela ne semble pas très important. Quelque chose de particulier ?

— Mme Warren a bu deux verres de gin. C'est la raison pour laquelle j'étais si proche d'elle quand… elle s'est effondrée. Elle m'a fait un signe pour que je lui en apporte un autre.

— Mme Warren a pris un verre sur ton plateau ?

— Oui.

Un sourire narquois traversa le visage de Florence.

— Et elle n'est pas la seule à avoir aimé votre gin, hier.

— Florence, dit Joe, ce n'est pas le moment de médire de nos voisins.

— J'apprécierais que vous laissiez Florence répondre, dis-je à Joe en buvant un autre trait d'eau pour calmer mes nerfs.

Qui aurait cru que mener un interrogatoire pouvait être si éprouvant ?

Joe acquiesça et Florence sourit à nouveau.

— Mme Harrington a dû prendre au moins quatre verres sur mon plateau.

— Mme Harrington ?

— Elle aime bien boire un verre de temps en temps, acquiesça Joe.

— Mme Harrington ? répétai-je. Elsie Harrington, la femme du postier ?

— Combien d'autres Elsie Harrington y a-t-il au village ? se mit à rire Joe.

— Qu'entendez-vous par : « Elle aime bien boire un verre de temps en temps » ?

Joe se tapota le côté du nez.

— Disons que je suis à peu près certain qu'elle ne se contente pas de boire un verre de gin un soir par semaine.

Ce qui expliquerait son comportement bizarre de la veille. Qu'elle puisse avoir un problème d'alcool ne m'était même pas venu à l'esprit.

— Une dernière chose, dis-je en me retournant vers Florence. As-tu laissé tomber le plateau parce que tu avais été effrayée par ce qui était arrivé à Mme Warren ?

Florence fronça les sourcils.

— C'est là le plus étrange, madame Miller. Je ne pourrais pas le jurer, et je n'y aurais peut-être même pas pensé si vous ne m'aviez pas posé la question, mais j'ai eu l'impression que quelqu'un m'avait donné un coup de coude à ce moment-là.

— Qui t'a poussée à lâcher le plateau ?

— Eh bien, oui. (Florence rit nerveusement.) Mais tout est allé si vite que je n'en suis pas sûre.

Je n'étais pas certaine que cela ait un rapport avec la mort d'Alice, mais c'était une information assez remarquable dans une journée si pleine d'événements troublants.

— Merci beaucoup, dis-je en me levant. Vous m'avez été d'une aide précieuse, tous les deux.

— Bonne journée à vous, Mme Miller.

Une dernière pensée me vint à l'esprit alors que je m'apprêtais à quitter le salon.

— Avez-vous dit tout cela à l'inspecteur ?

Un air de perplexité se dessina sur le visage de Joe.

— Nous lui avons dit que personne n'avait accès aux bouteilles, ce qui est vrai. Mais il n'a pas demandé combien de verre les femmes avaient bu.

— Il ne m'a pas non plus demandé comment j'avais fait tomber le plateau, confirma Florence.

J'étais contente d'avoir obtenu davantage d'informations que la police, cependant ces dernières ne permettaient toujours pas de me disculper. Pour l'inspecteur Robertson, personne n'avait accès aux bouteilles de gin, excepté moi, le patron du pub et peut-être sa fille.

D'une manière incongrue, je ressentis un profond soulagement de ne plus être la seule suspecte.

*

Une chose me manquait depuis la disparition de Stan : je ne préparais plus de rôti le dimanche après l'office. Lorsque nous rentrions à la maison après l'office, Stan s'asseyait au salon avec son journal tandis que Lizzie et moi passions à la cuisine, où je préparais les légumes récoltés dans mon petit coin de jardin, accompagnés d'un peu de viande. Le salaire de Stan nous permettait de nous offrir ce petit luxe.

Ruby et moi ne mangions de viande que pour les grandes occasions, ou lorsque j'en avais obtenu contre pâtisseries auprès du fermier Bennington. Les poules du jardin me fournissaient des œufs, mais le sucre était toujours rationné, ce qui m'empêchait de faire autant de pâtisseries que je l'aurais voulu.

Lorsque le pasteur revint pour rendre compte de sa visite à Ada Garrett, j'étais justement en train d'ajouter des boulettes de légumes à mon ragoût, pour remplacer le bœuf que nous ne pouvions obtenir.

— Ça sent délicieusement bon, si je peux me permettre, madame Miller.

Luke entra dans la cuisine derrière Ruby, qui était allée lui ouvrir.

— Merci, monsieur le pasteur. Voulez-vous rester pour le déjeuner ?

— Veuillez m'excuser, intervint Ruby, mais je dois me rendre au village pour passer un coup de téléphone.

— Le déjeuner sera prêt dans une demi-heure.

— Je serai de retour, dit Ruby en faisant un petit signe de la main depuis la porte de la cuisine. À plus tard, révérend.

Luke s'agenouilla sur le carrelage pour caresser Lizzie.

— Vous allez finir par devenir aussi velue qu'elle, dis-je en désignant Lizzie de la tête. Asseyez-vous, je vous en prie.

— Je suis bien là, dit-il. (Il me regarda pensivement, puis se retourna vers ma chienne.) Comment avez-vous réussi à la nourrir, pendant la guerre ?

— J'ai travaillé comme fille de ferme, expliquai-je. Juste en haut de la route, dans les champs du fermier Bennington. Je l'ai beaucoup aidé et il me laissait tout ce qui restait de la viande qu'il ne pouvait pas vendre. Lizzie a appris à se contenter de ça. Je faisais bouillir le tout avec des légumes.

— Vous devez être très débrouillarde.

— J'ai appris à l'être.

Parler de mes difficultés passées m'embarrassait. Le pasteur sembla le sentir et s'assit à la table.

— Je vais rester pour le déjeuner, si vous êtes sûre que cela ne vous prive de rien.

— Avec plaisir.

Je mis la bouilloire à chauffer sur la cuisinière.

— Nous ne sommes pas riches, mais nous avons des légumes en abondance.

— Je crains que ma gouvernante ne soit même pas capable de faire bouillir de l'eau correctement.

Je souris.

— Oui, l'ancien pasteur disait que la seule raison pour laquelle il n'était toujours pas mort de faim était que les paroissiens avaient le bon cœur de l'inviter à dîner de temps en temps.

— Ce matin, j'ai eu droit à des toasts brûlés et des œufs durs. Les oiseaux n'ont pas voulu des toasts et les œufs étaient tellement durs que j'aurais pu les faire rebondir contre un mur.

— Vous avez tenté l'expérience ? demandai-je en riant de bon cœur.

Seigneur, depuis combien de temps n'avais-je pas eu ce genre de rire ? Trop longtemps, de toute évidence.

— Non, bien sûr, répondit-il. Mais seulement parce que j'avais peur qu'elle ne me voie faire.

— Vous ne pouvez rien pour l'aider à s'améliorer ?

— Je ne crois pas. Et c'est regrettable. Elle est rattachée au poste, et au presbytère.

— Vous avez besoin de vous trouver une femme, voilà tout, dis-je.

— Vous n'êtes pas la première personne à me le suggérer. Cependant, je crois savoir que Mme Johnson, qui fabrique ce délicieux cake Victoria, est déjà prise.

Une nouvelle fois, je regrettai que mes compétences en pâtisserie soient ce qu'elles étaient. Mes talents ne s'étendaient pas au-delà des préparations les plus simples, comme faire bouillir des légumes et préparer du thé. En revanche, je savais confectionner des toasts sans les brûler et des œufs parfaitement coulants en accompagnement.

— Mme Johnson est assez âgée pour être votre grand-mère.

Il haussa les épaules.

— Alors il semble que je sois destiné à rester célibataire. Du moins, tant que je vivrai à Westleham.

Je ne résistai pas à l'envie de lui poser d'autres questions.

— Aucune autre femme n'a attiré votre attention, depuis votre arrivée ?

Il suivit mon regard en direction de la porte par laquelle Ruby était sortie.

— Comme votre sœur, peut-être ?

Pourquoi devais-je toujours être si transparente ? C'est pour ça que j'avais fini avec un homme comme Stan. Flirter, se montrer séduisante et toutes les autres choses qui faisaient craquer les hommes n'étaient pas dans ma nature. Et je n'étais jamais parvenue à les apprendre. Contrairement à Ruby, qui excellait dans ce domaine.

Ruby était également libre de flirter avec le pasteur, ce qui n'était pas mon cas. Luke Walker m'était à peu près aussi interdit que le duc de Windsor.

Je levai le menton.

— Ruby n'est pas le moins bon parti que vous puissiez trouver au village.

— Je suis certain que votre sœur a de plus grandes ambitions pour elle-même qu'épouser un humble pasteur de village.

Il tambourinait sur la table de la cuisine tout en parlant, son regard parcourant mon visage. Je n'étais pas sûre de ce qu'il scrutait dans mon expression, mais je faisais tout mon possible pour rester neutre.

Étais-je soulagée que Luke ne semble pas être attiré par Ruby ? Oui, je l'étais. Le tiraillement de jalousie qui me nouait l'estomac s'apaisait à mesure que la conversation avançait. Quelle idiote je faisais ! Que les affections du pasteur se portent sur Ruby ou sur quelqu'un d'autre ne faisait aucune différence. Ce n'était tout simplement pas mon problème.

— Vous avez peut-être raison, dis-je en soupirant.

Si elle vivait encore avec nos parents, ces derniers l'auraient sans doute persuadée d'épouser le premier venu – comme ils l'avaient fait avec moi. Vivre ici offrait à Ruby un plus grand sentiment de liberté, ce qui, me disais-je parfois, n'était peut-être pas toujours une bonne chose. Je pouvais essayer de savoir à qui elle avait téléphoné cet après-midi, mais elle esquiverait le sujet à coup sûr. Elle ne se confiait jamais à moi.

La bouilloire se mit à siffler et je me dirigeai vers la cuisinière. Je versai de l'eau bouillante dans le bol qui reposait dans l'évier et j'y ajoutai un peu de savon. Au fil des ans, j'avais appris à ne pas laisser traîner ma vaisselle, pour ne pas avoir à en gratter le fond plus tard.

— Du thé ?

Il fit la grimace.

— Je ne suis pas sûr de pouvoir encaisser une autre tasse de thé. Mme Garrett a insisté pour que j'en reprenne une, tout à l'heure.

— Mme Garrett ne sait pas faire une tasse de thé convenable, dis-je.

Mais je regrettai aussitôt mes paroles. C'était la vérité, mais peut-être m'avait-elle déjà entendu dire ce genre de choses auparavant, raison pour laquelle elle me vouait aujourd'hui une haine farouche.

— Pourquoi ne pas essayer une tasse de mon thé à la lavande, révérend ?

— Je ne crois pas avoir déjà bu du thé à la lavande.

Son visage suggérait qu'il n'était pas certain de vouloir en faire l'expérience.

— Je vais vous en préparer. Si vous n'aimez pas, je ne le prendrai pas pour moi.

— Comment s'est passée votre rencontre avec Joe Noble ?

Je déposai la théière sur la table, accompagnée des tasses et des soucoupes. Il faudrait encore attendre quelques minutes avant que le breuvage soit prêt.

— Florence pense que quelqu'un l'a peut-être bousculée dans le but de faire tomber le plateau qui supportait les verres.

Luke avança ses coudes sur la table.

— C'est intéressant.

— En effet. Et Florence m'a également avoué avoir rencontré le fils du fermier Bennington plus tôt dans l'après-midi, laissant les bouteilles de gin sans surveillance un assez long moment.

— Quelqu'un aurait donc pu les trafiquer ?

— Oui. Cependant il me semble plus probable que le poison ait été ajouté directement dans le verre, vous ne croyez pas ?

Je fronçai les sourcils, essayant de comprendre les implications des différents scénarios.

— Si toute la bouteille avait été empoisonnée, il y aurait eu davantage de victimes.

— À moins que le gin contaminé ne se soit trouvé dans les verres du second plateau de Florence.

— Mais comment le tueur aurait-il pu être certain que seule Mme Warren s'y servirait ?

— Il pouvait difficilement en être sûr.

Les doigts de Luke rebondissaient sur la table.

— Sommes-nous certains qu'elle était la cible ?

— Je ne vois aucune raison pour laquelle quelqu'un aurait pu vouloir la tuer. Personne n'avait rien à y gagner.

— Ah, eh bien, ce fait-là n'est pas tout à fait exact.

Je soulevai le couvercle de la théière et en remuai le contenu. Satisfaite de voir qu'il était prêt, j'en versai dans nos deux tasses.

— Qu'avez-vous découvert ?

— Mme Garrett aurait entendu de Mme Harrington que Charles Warren était sur le point de gagner une importante somme d'argent grâce à une assurance vie souscrite au nom de sa femme.

— Comment Mme Harrington l'a-t-elle su ?

— Par son mari, apparemment.

Je réfléchis un moment à cette information.

— Ernest Harrington est le receveur des postes du village, aussi il est possible qu'il ait eu accès à ce genre d'information. Joe Noble m'a également dit que Mme Harrington avait un penchant pour la bouteille.

— Elle aurait donc un peu trop bu et aurait raconté à Mme Garrett des choses qu'elle aurait dû garder pour elle ?

Luke avança la soucoupe vers lui et scruta la tasse d'un air dubitatif. Je bus une gorgée devant lui.

— Vous voyez ? Je ne vais pas vous empoisonner, vous savez ?

— Je ne l'ai pas envisagé un seul instant.

Prudemment, il trempa ses lèvres dans la tasse.

— Je vous ai dit hier que je ne vous soupçonnais pas. C'est la boisson elle-même qui m'inquiète, pas vous.

J'essayai de ne pas donner trop de poids à sa confiance inébranlable, mais cela me mettait réellement du baume au cœur.

— Avez-vous appris autre chose de Mme Garrett ?

Il souffla sur son thé.

— Rien d'utile, j'en ai peur.

Je compris entre les lignes qu'il préférait ne pas tout me dire par souci de m'épargner.

— Je suppose que Mme Garrett n'a pas été très élogieuse à mon égard.

— Elle semble avoir une haine tout à fait déplacée envers vous.

J'admirai son honnêteté, mais je ne pus m'empêcher de tiquer devant le mot « haine ». Il était tellement fort, tellement négatif. Pour la première fois, je me demandai ce que j'avais pu faire pour susciter une telle émotion chez une femme que je connaissais à peine.

— Je ne comprends vraiment pas pourquoi.

— Je le lui ai demandé. Vous voulez connaître sa réponse ?

— Quelle étrange question ! rétorquai-je, piquée. Qui pourrait résister à l'envie de savoir ce que les autres pensent de lui ?

— Je m'excuse, dit-il en clignant des yeux, ses longs cils dissimulant momentanément ses beaux yeux bleus. C'était une remarque irréfléchie de ma part.

— Alors, dites-moi. Mme Garrett a donc une raison de me haïr ?

Je ne parvenais pas à masquer ma colère. Être l'objet d'un tel ressentiment quand on n'avait rien fait pour le mériter était vraiment la chose la plus exaspérante au monde.

— Elle dit que vous n'aimiez pas votre mari et qu'il vous a quittée par votre faute.

Je clignai rapidement des yeux à mon tour. Je ne m'attendais pas à ça.

— Elle ne me déteste pas parce qu'elle pense que j'ai enterré Stan dans mon jardin ?

— Je crois que c'est ce qu'elle dit aux gens, pour ne pas paraître jalouse.

— Jalouse ? répétai-je. De moi ?

— Votre mari est rentré de la guerre. Pas le sien.

— Je n'y avais pas songé, dis-je en portant la main à la bouche. Oh, mon Dieu. Pauvre Ada.

Comment avais-je pu être aussi aveugle ? Sans doute parce qu'il était plus facile de considérer Ada Garrett comme une commère et une fouineuse que d'examiner les raisons pour lesquelles elle se mêlait ainsi des affaires des autres. Elle se sentait probablement extrêmement seule. J'avais été tellement absorbée par mes propres difficultés que je n'avais pensé à aucun moment à ceux d'Ada.

— De retour au presbytère, j'ai prié pour elle, et j'ai aussi demandé au Seigneur de la consoler. (La bouche de Luke esquissa un léger sourire.) Mais j'ai également demandé qu'elle soit pardonnée pour ses offenses envers vous.

— Pourrait-elle me haïr au point de vouloir me piéger ?

— Je me suis posé cette question, répondit Luke d'un ton sombre.

— Et à quelle conclusion êtes-vous arrivé ?

— Disons qu'aucun scénario n'est pour l'instant à exclure.

J'acquiesçai.

— Oui, je vois. Peut-être devrions-nous mettre cette histoire de meurtre de côté le temps du déjeuner ?

— Je suis d'accord. J'espère en tout cas que votre repas sera meilleur que ce thé à la lavande.

Je le fixai avec indignation, mais il me lança un clin d'œil si ostentatoire que nous éclatâmes de rire tous les deux. Loin de me sentir insultée par son désamour pour mon thé, je pris sa remarque pour ce qu'elle était. Une tentative de détendre l'atmosphère après une conversation qui s'était montrée éprouvante pour moi.

Si seulement cette prévenance ne me faisait pas l'aimer encore davantage. Il fallait absolument que je trouve quelque chose qui le fasse paraître plus humain à mes yeux, et moins comme un ange descendu des cieux.

*

Après le déjeuner, Luke s'excusa et prit congé, disant qu'il était de son devoir de chrétien de rendre visite à Mme Harrington, après l'éprouvante scène de la veille. De mon côté, je le soupçonnais de vouloir en apprendre plus sur ce qu'Ada lui avait révélé. Charles Warren aurait-il vraiment pu tuer sa femme pour toucher les indemnités d'assurance ?

Cela me paraissait difficile à croire. Alice et Charles formaient un couple apprécié dans le village, cependant ils restaient le plus souvent entre eux. Mis à part le rôle de présidente du comité d'Alice, aucun des deux ne s'impliquait dans la vie de la communauté. La réaction extrême de Charles face à la perte de son épouse m'avait semblé sincère. Je ne pouvais pas imaginer que quelqu'un qui semblait adorer sa femme avec autant d'intensité puisse avoir quelque chose à voir avec sa disparition.

Ruby insista pour que je m'asseye un moment au salon pendant qu'elle faisait la vaisselle. Lizzie m'accompagna et s'installa à sa place habituelle, à mes pieds.

— Ada est sans doute jalouse de moi parce que Stan est rentré de la guerre. (Je secouai la tête en faisant la moue.) Si seulement elle savait.

Je fouillai le panier posé à gauche du fauteuil et j'en sortis mon nécessaire de tricot. Pendant la guerre, je n'avais tricoté que des chaussettes, pour les envoyer à Stan. Il avait posté de brèves notes de remerciement, bien sûr, mais j'en avais été déçue. Je n'étais pas certaine que des déclarations passionnées m'auraient plu – mais je voulais au moins un peu de la tendresse et des mots doux que j'avais vus dans les lettres d'autres soldats.

Une fille avec laquelle j'avais travaillé les champs du fermier Bennington avait reçu des pages si magnifiquement écrites que je n'avais pu m'empêcher de penser que son fiancé les avait recopiées quelque part. Était-il vraiment possible que des émotions aussi puissantes puissent être ressenties par un homme accroupi dans une tranchée marécageuse au fin fond de l'Europe ? Je n'en étais pas certaine.

En observant le patron et le tricot suspendu aux aiguilles, je tentai de retrouver le point où j'avais laissé le gilet pour nourrisson sur lequel je travaillais. Personne n'attendait d'enfant dans mon entourage, mais j'avais acheté la laine et le patron peu de temps après que Stan était rentré. Pendant quelques jours, je m'étais autorisée à croire que l'une de ces rares fois où il venait se serrer contre moi dans mon lit simple aboutirait à une grossesse. Mais ça n'avait pas été le cas, bien sûr.

Et la situation n'était pas près de changer, puisque cela faisait plus de neuf mois qu'il avait disparu, et que je dormais seule. Encore une des choses qui me blessaient concernant la désertion de Stan, et qui me poussaient à la refouler le plus profondément possible.

Quelques semaines plus tôt, j'avais retrouvé des pelotes de laine oubliées dans un tiroir et la voix de ma mère m'était revenue avec force : qui ne gaspille pas ne manque de rien. Je m'étais donc mise à tricoter un gilet sans savoir à qui je l'offrirais.

— Je devrais peut-être l'agrandir pour qu'il t'aille, dis-je à Lizzie.

Ma fidèle compagne frappa le plancher de sa queue avec enthousiasme. Je n'étais pas dupe. Lizzie était d'accord avec tout ce que je disais, même lorsque mes idées étaient ridicules.

— Je devrais peut-être rendre visite à Margaret Leaming pour avoir une liste des vainqueurs du concours. (Je consultai le patron et commençai la rangée suivante.) Peut-être que ça peut avoir un rapport avec le meurtre d'Alice.

— Un rapport ? En quoi ? demanda Ruby en entrant dans la pièce.

— Je ne sais pas, répondis-je honnêtement. Peut-être qu'un des participants s'est senti spolié.

— Et il aurait tué Alice pour l'empêcher de décerner le prix à un autre ?

— Peut-être.

— Est-ce que c'est une manche ? demanda Ruby en jetant un coup d'œil à mon travail.

— Non, à moins que l'enfant ait des bras de l'épaisseur d'un cure-dents.

Je tendis le tricot pour exposer mon ouvrage à la lumière.

— Ça fait partie du modèle.

— Vraiment ?

Ruby s'assit sur le canapé.

J'ignorai ses remarques. Je ne connaissais pas grand-chose au tricot, mais Ruby, encore moins que moi.

— Quoi qu'il en soit, Luke pense qu'Alice n'était peut-être pas la cible. Comment le tueur aurait-il pu être sûr qu'elle consommerait le bon verre ?

— Luke ?

Je levai les yeux de mon tricot à son ton amusé.

Elle haussa les sourcils.

— Martha, le pasteur te plaît-il ?

J'enfonçai mon aiguille dans le point suivant et terminai la maille avant de jeter un coup d'œil à Ruby.

— Bien sûr que non ! Quelle supposition idiote.

— Tu rougis.

— J'ai pris un coup de chaud en faisant la cuisine, rétorquai-je, gênée d'avouer à ma sœur à quel point la présence de Luke m'étourdissait.

Elle avait un esprit assez moderne pour trouver parfaitement acceptable que j'éprouve des sentiments pour un homme, bien que je sois mariée. En revanche, j'avais trop honte d'admettre que je n'avais jamais éprouvé une telle sensation en présence de Stan.

— Je ne suis pas sûre de comprendre, dit-elle. À propos de la personne qui aurait tué Alice pour n'avoir pas eu de prix.

— Jusqu'à présent, nous avons raisonné logiquement sans pouvoir trouver de mobile concluant au meurtre d'Alice.

Parler et continuer à tricoter était impossible, aussi, je reposai les aiguilles sur mes genoux et me tournai vers Ruby.

— Mais celui qui a tué Alice n'a peut-être pas agi de manière rationnelle.

Je décidai de ne pas lui parler de ce que Luke avait appris au sujet de Charles Warren et de l'assurance vie. Nous ne savions pas si l'information était exacte. Il ne me semblait pas juste de diffuser ce qui n'était pour l'instant qu'une rumeur. Surtout quand je savais personnellement à quel point cela pouvait blesser.

— Bonne chance pour faire le tri entre tous les fous du village ! s'esclaffa Ruby. Il y a vraiment l'embarras du choix.

J'eus envie de dire à Ruby que ce n'était pas très gentil. Certes, il y avait plusieurs personnages excentriques au village, mais les traiter de fous était sans aucun doute exagéré. Puis je me souvins à quel point je détestais que notre mère me corrige.

Ruby était une adulte. Ce n'était pas à moi de lui dire comment s'exprimer. Après tout, à quoi m'avait-il servi de suivre les conseils de ma mère ? J'étais coincée ici, mariée à un homme que je n'avais pas vu depuis plus d'un an. Pendant ce temps-là, Ruby ignorait tout ce que sa mère lui avait inculqué et vivait une vie merveilleuse en se rendant à Londres tous les week-ends pour tel ou tel rendez-vous galant.

— Je crois que je vais aller rendre visite à Margaret, dis-je en remettant le tricot dans le panier. Elle a dit hier qu'elle viendrait me voir. Je vais prendre les devants.

— Ton tricot est un peu au point mort, pas vrai ?

— Qu'est-ce qui te fait dire ça ?

— Quoi que tu fasses, il ne semble jamais grandir.

— C'est un patron très complexe.

— Que dirait Luke si tu racontais un tel mensonge ? dit-elle en souriant. Et un dimanche, de surcroît !

Me saisissant d'un oreiller, je le lui lançai au visage.

Son rire me suivit alors que je refermais la porte pour descendre l'allée qui menait à la route. Si une vraie relation entre sœurs ressemblait à ça, alors je voulais bien en être.

# 6

La maison de Margaret Leaming était la première sur la route qui rejoignait Westleham, et la mienne, la dernière, celle qui en sortait, de sorte que nous vivions aussi loin l'une de l'autre qu'il était possible dans notre petit village.

Approchant du parc, je gardai les yeux fixés sur la route au-devant de moi. Je ne voulais pas voir le chapiteau où Alice avait rendu son dernier souffle, allongée dans mes bras.

Je dépassai le pub, le bureau de poste et la mercerie. Le village était inhabituellement calme. Je me rappelai qu'on était dimanche et que la plupart des gens faisaient sans doute la sieste ou prenaient le soleil dans leur jardin.

Finalement, après avoir laissé la banque et quelques autres magasins et maisons derrière moi, j'arrivai à la porte du cottage de Margaret. Elle était relativement nouvelle dans le village et je ne savais pas grand-chose d'elle. Serait-elle chez elle, ou peut-être en visite chez des parents ? Il est vrai qu'on ne pouvait pas aller bien loin un dimanche, à moins de posséder une voiture.

Les bus ne desservaient pas Westleham les dimanches et les jours fériés.

Je frappai à sa porte et me tournai vers la fenêtre du salon, sur la gauche. Les rideaux de dentelle s'agitèrent et j'attendis que Margaret vienne répondre. De longues secondes s'écoulèrent avant que je n'entende des pas approcher. Elle entrouvrit à peine la porte et jeta un coup d'œil à l'extérieur.

— Bonjour, madame Leaming, dis-je en faisant un grand sourire, surtout destiné à dissimuler mon trouble.

Margaret avait une mine épouvantable. Ses cheveux partaient dans tous les sens, comme s'ils n'avaient pas été coiffés depuis des semaines, et son visage était cireux.

— Je suis vraiment désolée de vous déranger avec les affaires du comité un dimanche, mais il y a quelques points que je dois absolument éclaircir avec vous.

— Cela ne peut pas attendre ? s'exclama-t-elle, l'impatience teintant chacun de ses mots.

— Je crains que non, dis-je aussi aimablement que possible. Ma liberté pourrait bien être menacée.

— Hum. J'imagine que vous ne me laissez pas le choix. Entrez, dit-elle sans le moindre enthousiasme.

J'étais perplexe. La veille, Margaret avait été la seule personne à avoir été attentionnée avec moi. À part le pasteur, bien sûr. Qu'est-ce qui avait bien pu se passer pour que la secrétaire du comité soit aussi froide aujourd'hui ?

Elle me fit passer devant le salon et me conduisit vers la cuisine, à l'arrière de la maison. Je fronçai le nez en la suivant dans l'étroit couloir. Une forte odeur d'urine de chat embaumait l'atmosphère. Margaret s'arrêta brusquement devant la porte de la cuisine et la referma.

— Tout compte fait, allons dans le salon. (Elle tendit la main.) Après vous, madame Miller.

Un frisson d'angoisse me parcourut l'échine tandis que je me retournais. Margaret allait-elle m'attaquer maintenant que je lui tournais le dos ? Non, Margaret et moi travaillions en étroite collaboration depuis des mois. Si elle était capable d'une telle atrocité, je m'en serais sans doute rendu compte avant. Ce qui était arrivé à Alice me rendait nerveuse et paranoïaque. Je devais me ressaisir.

La porte du salon était entrebâillée. Je tendis la main et l'ouvris en grand. La pièce était encombrée de meubles et surtout de chats, couchés ou postés sur absolument toutes les surfaces disponibles.

— Bonté divine, murmurai-je. Je ne savais pas que vous aimiez tant les animaux, madame Leaming.

Elle entra à ma suite.

— Laissez-moi vous trouver une place.

Tiraillée entre la peur de paraître désobligeante et l'envie de dire à Margaret que je préférais rester debout, j'observai la moquette sous mes pieds. Elle devait autrefois avoir été décorée de motifs de fleurs sur un fond bordeaux, cependant il était extrêmement difficile de le dire avec certitude, tant elle était couverte d'innombrables poils de chat.

— Oh, ne les dérangez pas pour moi, je vous en prie ! Je peux rester debout, cela ne me gêne absolument pas.

— Ne soyez pas ridicule. (Elle chassa deux chats sur le plancher – ou peut-être trois, mais compter avait-il encore un intérêt, à ce stade ?) Asseyez-vous.

J'obtempérai sans broncher. Après tout, je voulais obtenir des informations. Je décidai donc que le meilleur moyen d'y parvenir était de rester aussi agréable que possible. Je me demandai si elle savait seulement combien de chats habitaient chez elle.

— Quelle jolie pièce !

— Je devrais vraiment me débarrasser de deux ou trois choses, dit-elle en ramassant un torchon sur le dossier d'une chaise et en l'agitant en direction des chats qui occupaient cette dernière.

Avec des miaulements indignés, les félins sautèrent au sol et quittèrent la pièce.

— Mais ces meubles appartenaient à mon défunt mari, et je ne parviens pas à m'en séparer.

À ma grande horreur, les yeux de Margaret commencèrent à se remplir de larmes.

— Ce sont aussi ses chats ?

Elle cligna des yeux et ces derniers cessèrent de luire.

— Mon Dieu, quelle étrange question !

— J'ai juste pensé, balbutiai-je, que comme les autres objets de la pièce étaient à lui… les animaux l'étaient peut-être aussi.

C'était une chose remarquablement stupide, mais l'apparence négligée de Margaret et son comportement étrange me mettaient sur les nerfs. Sans compter que notre amie et voisine avait été horriblement assassinée la veille.

— Je ne peux pas vous offrir de thé. Je crains de ne plus avoir de lait.

— Oh, ça ira, je vous remercie. Je ne peux pas rester longtemps, de toute façon. (Je ne veux pas rester aurait été plus exact. Un verre d'eau aurait été le bienvenu après cette longue marche, mais si la cuisine était aussi négligée que le salon, j'attendrais d'être rentrée à la maison.) Je me pose quelques questions, depuis hier soir, et vous êtes la seule à pouvoir y répondre.

Elle s'assit lourdement sur sa chaise.

— Dites toujours.

Margaret Leaming était l'une de ces femmes dont l'âge est difficile à déterminer avec précision. Elle pouvait avoir autour de la quarantaine ou de la cinquantaine. Elle coiffait généralement ses cheveux en chignons serrés et soignés. D'ordinaire, elle avait un teint plutôt rouge et une physionomie que l'on aurait poliment qualifiée de trapue.

— Votre mari est-il mort à la guerre ?

Elle me répondit par un regard noir.

— Je ne pense pas que vous soyez venue ici pour parler de mon mari, madame Miller. Je suis très occupée, vous savez.

Dit autrement : posez-moi les questions que vous êtes venue me poser, et partez immédiatement de chez moi. Son attitude à mon égard contrastait totalement avec sa nature sympathique de la veille. Qu'est-ce qui avait pu changer à ce point ?

— Je suis désolée. C'est seulement que je ne prends que maintenant conscience que vous êtes veuve et je…

— Madame Miller… commença-t-elle en fixant ostensiblement l'horloge qui reposait sur la cheminée, sous plusieurs couches de poussière.

— Euh… oui, excusez-moi. Je voudrais une liste des vainqueurs du concours de la foire du village.

— En quoi cela pourrait-il vous aider ?

Je haussai les épaules et m'efforçai de sourire.

— Je ne sais pas encore. Enquêter est nouveau pour moi. J'essaie de trouver autant d'informations que possible, en espérant qu'elles me mènent au meurtrier.

— Vous perdez votre temps.

Le ton de Margaret était aimable, en dépit de ses paroles. Elle se leva et se dirigea vers un joli bureau installé dans un coin de la pièce.

— Je crois que ça ne vous mènera nulle part, mais j'ai la liste ici.

Elle me tendit une feuille de papier, encore attachée à son sous-main.

— Puis-je l'emporter ou dois-je en faire une copie ?

— Ce n'est pas à moi d'en décider. (Margaret me fixa d'un air narquois.) C'est vous, la nouvelle présidente. C'est à vous de décider si ceux qui ont été désignés doivent recevoir leur prix ou pas.

— Oui, merci, marmonnai-je en songeant à ce nouveau rôle.

Je n'avais pas convoité ce poste, mais si le reste du comité acceptait que j'en reprenne les rênes, je m'efforcerais de l'assumer au mieux, en dépit de la terrible façon dont il m'était revenu. Il serait cependant difficile de rester présidente d'un comité de village si j'en venais à être emprisonnée – une raison de plus de mener l'enquête.

— Je voulais également vous demander si vous aviez remarqué quelque chose d'anormal chez Mme Warren ce jour-là. On m'a dit qu'elle avait bu beaucoup d'alcool au cours de la journée. Savez-vous si c'était dans ses habitudes ?

— Je crains de ne pas mieux connaître Mme Warren que n'importe qui d'autre dans le village, dit Margaret en s'approchant de moi, attendant manifestement que je me lève pour partir. Autrement dit, presque pas.

— Merci, je vais vous laisser à votre (affreuse et dégoûtante maison) journée.

— Ravie d'avoir pu vous aider.

— Quel beau buffet, dis-je en me dirigeant vers la porte. Il est vraiment superbe.

Les pieds incurvés du buffet en acajou suggéraient qu'il s'agissait d'un meuble victorien. Il était doté de grands compartiments de chaque côté et de trois tiroirs au centre, tous sertis d'une poignée en laiton.

— Pas du tout, répondit sèchement Margaret. Je sais que les amateurs le prennent tous pour un Sheraton, mais ce n'est pas le cas.

— Je ne distinguerais pas un Sheraton d'un meuble fabriqué par un menuisier de quartier, je le crains.

Elle sourit et passa devant moi pour m'ouvrir la porte d'entrée.

— Eh bien, bonne journée à vous, madame Miller.

J'inclinai la tête, puis m'engageai sur le chemin qui menait au portail.

— Bonne journée à vous, madame Leaming.

Une fois la porte fermée, j'inspirai profondément. D'après l'apparence et les manières que je lui connaissais, jamais je n'aurais imaginé que le foyer de Margaret soit aussi négligé. Elle avait habituellement un air très compétent et ressemblait à un croisement entre une secrétaire et une gouvernante, ayant pris le sens de l'organisation de l'une et la stricte rigueur de l'autre. Rien ne laissait supposer qu'elle aimait les animaux, et encore moins qu'elle les collectionnait de manière compulsive.

J'étais en train de me rendre compte que je n'en savais pas autant que je le pensais sur les habitants de Westleham. Et l'un d'entre eux était un tueur, me dis-je – le souvenir de ce fait rendant l'obsession féline de Margaret bien inoffensive en comparaison.

Quelqu'un avait soigneusement tondu la pelouse de part et d'autre du chemin. La haie, à l'avant de la propriété, était également entretenue. Margaret devait faire appel à quelqu'un pour s'occuper du jardin. Il était impossible qu'une personne qui prenne aussi mal soin de son intérieur puisse avoir un jardin aussi bien entretenu.

C'était peut-être une perte de temps, mais j'ajoutai cette incohérence à la liste des problèmes à examiner. Qui était le jardinier de Margaret Leaming ? Et savait-il quelque chose sur son mari disparu ?

*

Les informations obtenues après un bref coup d'œil aux documents que m'avait remis Mme Leaming me conduisirent tout droit à la maison située juste en face de la mienne. George Felton vivait là avec sa femme, Gertrude, qui travaillait comme gouvernante pour le pasteur. Je n'avais jamais entendu George se plaindre de la cuisine de sa femme et je me demandais s'il s'y était habitué après toutes ces années de mariage, ou si ses piètres compétences ne se manifestaient que dans la cuisine du presbytère.

Personne n'avait répondu à mes coups à la porte d'entrée, aussi, je fis le tour par le côté pour voir si George était au jardin. Alors que je déverrouillais le portail latéral, une cloche se mit à sonner. Je fis un pas en arrière et ramenai mes bras le long du corps.

George apparut quelques instants plus tard, le visage rouge et les sourcils froncés.

— Oh, c'est vous, madame Miller. Qu'est-ce que je peux faire pour vous ?

— Puis-je vous parler un instant ? (Je fis un geste en direction de la porte.) Je vois que vous avez installé une sorte d'alarme.

— Je ne voulais pas que le saboteur du village s'attaque à nouveau à mon jardin. Il ne semblait avoir aucune intention d'ouvrir le portail. Je me suis dit qu'avec ce genre de précaution, j'aurais peut-être même une chance d'attraper ce vaurien.

— Ingénieux. Je me demande si Lizzie ne fait pas aussi office d'alarme, chez moi. Il semble étrange que nos deux jardins aient été relativement épargnés.

— Relativement épargnés ! s'écria George, ses deux bras pendant mollement le long de son corps. Vous n'avez pas vu dans quel état ce criminel a laissé mes champs de haricots verts ? Non, vous n'avez rien vu, n'est-ce pas ? Ni vous ni Mme Warren n'avez pris la peine de venir constater les dégâts. Vous étiez trop occupées à organiser la foire pour ceux qui avaient encore des légumes à exposer.

Envahie par la honte, je me souvins que le jardin de George avait été le premier à faire les frais du vandale – toutefois, il n'avait pas paru aussi accablé à l'époque qu'il le semblait maintenant. Fixant le presse-papiers, je trouvai le nom de George et je passai le doigt sur la ligne correspondante, où étaient annoncés les prix remportés.

— Il y a certainement une erreur.

— La seule erreur qui ait été commise est d'avoir permis à deux femmes de diriger le comité du village, s'emporta George. Je l'ai dit à l'époque et je le répète. Les postes de cette importance devraient être réservés aux hommes.

— À quel point vos cultures de haricots verts ont-elles été affectées ?

J'avais parlé à voix basse, en contraste total avec son ton irrité, tentant désespérément de ne pas donner de crédit à ses opinions sur les femmes et sur leur incapacité à assumer des responsabilités.

— Vous êtes sourde ? demanda-t-il en s'égosillant, comme s'il s'était agi de tester mon audition.

Je voulais m'éloigner du portail, mais il me fallait entendre sa réponse.

— Elles ont été anéanties ! Les nazis n'auraient pas fait mieux que ça !

Je levai un sourcil, sans chercher à dissimuler mon sarcasme.

— Alors pouvez-vous m'expliquer comment vous avez pu obtenir le premier prix du concours pour ces mêmes haricots ?

En quelques secondes, son visage passa du rouge pâle à une teinte dangereusement cramoisie.

— Comment j'ai pu… maudite petite sorcière !

Je ne comprenais pas comment il pouvait laisser entendre que j'étais l'agresseur dans l'histoire.

— Lorsque le moment sera venu, nous organiserons une réunion pour déterminer la meilleure manière de procéder à la distribution de ces prix.

— J'exige d'obtenir mon dû !

— Vous venez de me dire que le vandale avait détruit vos haricots verts. (Je serrai le presse-papiers contre ma poitrine.) Pourtant, vous avez reçu le premier prix pour ce même légume. Je suis sûre que nous sommes d'accord pour dire que ces deux faits ne sont pas compatibles.

— C'est vous qui avez commis une erreur, dit-il d'un ton venimeux, son regard s'assombrissant de seconde en seconde. (Il pointa un doigt vers moi.) Vous m'avez mal compris. J'ai dit que mes haricots beurre avaient été détruits, pas mes haricots verts.

— Mme Leaming prend des notes précises de toutes les réunions du comité, dis-je en faisant un pas en arrière. Ces procès-verbaux sont ensuite dactylographiés et distribués à tous les membres présents, ce qui permet à chacun de signaler d'éventuelles inexactitudes. Je suis certaine que ces notes montreront que la culture que vous avez déclarée endommagée était bien une culture de haricots verts.

— Vous devriez faire extrêmement attention à ce que vous allez entreprendre, grogna-t-il.

— Vous me menacez ? demandai-je avec ce qui me restait de bravoure.

— Non, madame Miller. Mais je tiens à vous le dire, souffla-t-il en se penchant sur la barrière et en pointant l'index dans ma direction. Il serait dans votre intérêt d'oublier que cette conversation a eu lieu.

Bien qu'il s'agisse de la première foire organisée au village depuis la fin de la guerre, Mme Warren m'avait prévenue des rivalités intenses et de l'hostilité ouverte que l'événement générait entre les villageois. J'avais cru ses avertissements exagérés, cependant, il était évident qu'ils étaient plutôt en dessous de la réalité. Alice en avait peut-être été victime et, si je m'en tenais à mon ressenti, il semblait que George Felton n'était pas contre le fait de m'étrangler ici et tout de suite.

Je m'éloignai précipitamment du portail, retenant mon souffle jusqu'à être de retour dans la rue. Au moment où je me retournais pour refermer la porte de la propriété, quelqu'un me tapa sur l'épaule. Je me retournai brusquement, brandissant mon presse-papiers comme si j'avais l'intention de m'en servir comme d'une arme.

Le pasteur leva les deux mains.

— Je n'ai rien fait, je le jure !

Son regard était triste, malgré la jovialité de sa voix.

— Je viens de vivre une expérience des plus troublantes.

— Moi aussi, dit Luke en désignant le bout du chemin. On en discute au presbytère ?

Je fixai sa maison d'un air dubitatif.

— Mme Felton est-elle là ?

— Je suis sûr qu'elle m'aura laissé un délicieux dîner froid et qu'elle sera rentrée chez elle pour s'occuper de son mari.

Il fronça le nez pour montrer qu'il s'attendait à ce que son repas soit tout sauf une partie de plaisir.

Je n'arrivais pas à savoir ce qui était le pire : que Mme Felton soit au presbytère et qu'elle puisse entendre notre conversation, ou que le pasteur et moi nous retrouvions seuls chez lui. Les ragots à mon sujet ne pouvaient pas être pires, mais ma nature prudente reprit le dessus.

— Je peux peut-être aller chercher Lizzie et nous pourrions faire une balade ensemble.

Il rougit légèrement.

— Bien sûr. C'est sans doute plus approprié.

Je n'étais pas certaine que ma réputation puisse tomber plus bas, mais je n'avais pour autant aucune envie de le vérifier.

— Je reviens dans un instant.

Je me hâtai de traverser la rue, quelque peu déçue que cette promenade avec le pasteur ne soit en réalité qu'une excuse pour un échange d'informations autour du meurtre.

*

— Marchons en direction de la ferme, suggérai-je après que le pasteur eut longuement caressé Lizzie.

J'aurais peut-être dû tester Stan avec les animaux avant de décider de l'épouser. J'avais recueilli Lizzie alors qu'il était à la guerre. À son retour, il n'avait jamais été désagréable avec elle, mais sa manière de l'ignorer était là pour me signifier qu'il désapprouvait ma décision.

— Il y a moins de chances que les gens s'installent derrière leurs rideaux si nous prenons cette route.

— Qu'avez-vous appris ?

— Je suis allée voir Mme Harrington. Elle était seule à mon arrivée, et elle avait très envie de parler.

— Seigneur, dis-je. Pense-t-elle toujours que je suis la meurtrière ?

— Elle m'a confirmé que M. Warren allait recevoir une énorme indemnité suite au décès de sa femme.

— Bonté divine, cette rumeur était donc vraie.

— Les ragots de village ne sont-ils pas vrais, généralement ?

— Mon mari n'est pas enterré sous mon champ de pommes de terre, répondis-je sèchement.

— Je pense que ce fait est déjà établi, dit-il d'une voix légère, sans prendre ombrage de mon ton acerbe. Autrement, je ne serais pas aussi à l'aise avec l'idée de me promener avec vous sur ce chemin désert.

Je désignai le fossé qui longeait l'étroite route sur laquelle nous marchions.

— Si je devais me débarrasser de quelqu'un, je le cacherais là-dedans. On ne le découvrirait probablement jamais. Je crois que je suis la seule personne à jamais me promener par ici. Le fermier Bennington utilise son tracteur et Lord Chesden a une voiture.

— Et les domestiques de Lord Chesden ? Ne descendent-ils pas au village ?

— Vous avez raison, répondis-je. Les stocks de nourriture leur sont livrés, mais je pense que certains doivent descendre au village quand ils ont un moment de libre.

— Vous êtes-vous demandé pourquoi je croyais si facilement à votre innocence ? (Luke tendit la main et la posa sur mon bras, m'incitant à me retourner pour capter mon regard.) Vous feriez une très mauvaise meurtrière. Votre incapacité à envisager tous les scénarios est flagrante. Mais à mon avis, vous n'êtes pas assez retorse.

— Et qu'est-ce qui fait de vous un tel expert ? demandai-je en souriant.

Luke détourna le regard et continua à marcher. Nous eûmes le temps de faire une vingtaine de pas avant qu'il ne réponde.

— Avant d'être aumônier militaire, je n'avais pas pris conscience de quoi les hommes étaient vraiment capables. Être témoin de la rouerie à laquelle certains sont prêts à s'abaisser a changé mon point de vue sur les choses. Et je ne parle pas que des Allemands.

— Stan ne m'a jamais parlé de la guerre. Je me demande souvent s'il s'est passé quelque chose là-bas, quelque chose qui l'a poussé un jour à ne pas rentrer.

— La plupart des hommes n'aiment pas parler de cette expérience.

Luke fixa les champs d'orge qui se balançaient dans la brise.

— Vous croyez que Stan est encore en vie ?

— Oui, répondis-je immédiatement. Je ne peux pas vous dire comment je le sais, mais je le sais. Nous n'avons pas eu un mariage malheureux, mais je sais que je n'étais pas l'amour de sa vie. J'ai toujours pensé qu'il avait rencontré quelqu'un d'autre à Londres. Une femme plus belle, plus intelligente et plus drôle.

— Il doit être difficile d'être attachée à un homme qui vous a abandonnée si brutalement.

— Je pourrais divorcer, dis-je d'une voix plus forte qu'attendu. Dans deux ans, quand le délai de trois ans sera passé après son départ.

— Le ferez-vous ? Divorcer, je veux dire ?

— Je ne sais pas, répondis-je honnêtement. Ce n'est pas ce que ferait une jeune femme bien élevée, n'est-ce pas ? La plupart des habitants du village pensent déjà que mon mari est parti par ma faute.

— Les temps changent, déclara Luke. Regardez le duc de Windsor.

— Oui, je l'admire beaucoup. Il a tout abandonné pour la femme qu'il aime. Il me semble que c'est ce dont toutes les jeunes filles rêvent lorsqu'elles se marient. Vivre ce type d'amour puissant.

— J'en déduis que le vôtre ne l'était pas.

J'étais gênée d'admettre que Stan et moi nous étions mariés un peu au hasard. Nous étions tous les deux célibataires. La guerre avait éclaté et, d'une certaine manière, je m'étais laissée entraîner par le romantisme de la situation. Non pas qu'il y ait eu quoi que ce soit de romantique dans la guerre, ou dans notre relation. Mais, au début, c'est ce qu'il m'avait semblé.

— Et quand il est revenu ?

— Nous étions comme deux étrangers vivant sous le même toit, admis-je avec tristesse. C'est à ce moment-là que Lizzie est devenue ma meilleure amie. Vous savez, je n'ai jamais parlé à personne de ces choses-là.

Discuter de mon mariage avec Luke ne me semblait pas être une trahison envers Stan. Je trouvais étonnamment facile de dire à Luke des choses que je n'avais jamais dites à personne. À part à Lizzie, bien sûr, mais ça ne comptait pas vraiment. Prononcer ces réalités à haute voix me les rendait plus palpables et, pour la première fois, j'acceptais le fait que Stan et moi n'étions pas faits l'un pour l'autre. Si seulement je n'avais pas été aussi désireuse de suivre les souhaits de mes parents, de quitter la maison et de me marier. S'ils ne m'avaient pas pressée de la sorte, peut-être aurais-je trouvé un homme dont je serais vraiment tombée amoureuse. Un homme comme Luke.

— Vous n'êtes pas proche de votre sœur ?

— Non, pas vraiment, admis-je. J'aimerais bien, mais je crois qu'aucune de nous deux ne sait vraiment comment faire.

— Je ne suis pas d'accord, dit Luke. Je vous mets au défi, Martha Miller, de rentrer chez vous ce soir et de dire à votre sœur une chose que vous ne lui avez jamais dite auparavant. Tout le monde peut voir à quel point cette jeune femme se soucie de vous. Elle n'attend probablement qu'un signe de votre part.

— Que dois-je lui dire ? demandai-je en retenant mon souffle, alors que je me laissais aller à espérer pouvoir nouer avec Ruby cette relation étroite que j'appelais de mes vœux.

— Quelque chose de personnel. Quelque chose qu'elle ne connaît pas à propos de vous. Partagez une partie de vous-même.

— Mon Dieu, c'est le genre de choses qu'on vous apprend au séminaire ? demandai-je en laissant échapper un rire gêné.

Nous n'appartenions pas à une famille qui partageait ses émotions, et encore moins ses espoirs et ses rêves.

— Non, c'est ce que j'ai appris d'une mère qui a élevé ses enfants en leur apprenant à s'aimer les uns les autres et à s'aimer eux-mêmes avant tout. Une leçon très importante.

Je ne pouvais pas imaginer ce qu'avoir une telle mère pouvait être. Était-il trop tard pour apprendre cette leçon à mon tour ? Il serait sans doute bien que je parvienne à m'aimer un peu plus, moi aussi.

— C'est aussi ce que votre père vous a appris ?

— Mon père était trop égoïste pour penser à qui que ce soit d'autre que lui-même, dit sombrement Luke, avant de changer de sujet. Pour en revenir à Mme Harrington, elle était très loquace, comme je vous l'ai dit, et trop heureuse de pouvoir me répéter les informations concernant l'assurance vie d'Alice. En revanche, sa conversation s'est tarie lorsque M. Harrington est rentré. Il s'est empressé de me parler à nouveau des problèmes de santé de sa femme et m'a très vite montré la porte.

— D'où arrivait-il ?

J'avais accepté le brusque changement de sujet sans faire de commentaire. Si le pasteur voulait me parler de son père, il le ferait de lui-même. Pour l'instant, ce n'était manifestement pas le cas.

— Je ne sais pas. Je ne le lui ai pas demandé et il ne me l'a pas dit.

C'est une drôle d'heure pour sortir, pensai-je. Rien n'est ouvert le dimanche. Même le pub est fermé.

— Une chose est sûre, dit Luke. Mme Harrington était extrêmement ivre, et M. Harrington en était terriblement embarrassé.

— Nous devons trouver un moyen de parler à nouveau à M. Warren. Maintenant que nous avons vérifié cette histoire d'assurance vie, nous devons approfondir les choses avec lui.

— J'ai déjà prévu de le voir demain pour discuter de l'organisation des funérailles. Vous devriez venir avec moi.

— Je pourrais dire que j'ai besoin de certains documents pour le comité, dis-je avant de grimacer. Non, ce serait une démarche terriblement indélicate.

— Venez simplement et n'avancez aucune explication. À deux, nous aurons davantage de chances d'obtenir des informations.

Nous atteignîmes le chemin qui menait aux champs du fermier Bennington et je bifurquai vers le village. Le pasteur accomplissait probablement une sorte de devoir paroissial en m'aidant à prouver mon innocence. Je ne me souciais plus de ses motivations. J'appréciais simplement qu'il me consacre son temps et son énergie. En réalité, c'était plus que ça. Le fait de savoir qu'il croyait en moi me réchauffait le cœur et me faisait me sentir vivante pour la première fois depuis de longues années.

# 7

Le lendemain matin, je retrouvai Luke devant le presbytère et nous rejoignîmes le cottage de Charles Warren ensemble. Serrant le presse-papiers récupéré chez Mme Leaming l'après-midi précédent, j'espérais que nous apprendrions quelque chose d'utile auprès du nouveau veuf. Jusqu'à présent, nous n'avions découvert qu'un fatras d'informations dont aucune ne semblait liée à l'autre.

— C'est de loin la partie la plus pénible de mon travail, dit Luke en s'arrêtant devant la porte avant de se tourner vers moi, une grimace déformant son beau visage.

— Comment réconforter quelqu'un qui a traversé une telle épreuve ?

— Avec le secours de la foi, tout est possible, répondit-il. Mme Warren est entre les mains de Dieu, désormais. Même si cela n'efface pas la peine, je prie pour que cela puisse être une consolation.

— Était-il difficile de garder la foi pendant la guerre ?

Je craignais de l'avoir heurté avec une question aussi intime, mais son expression n'indiquait aucune gêne.

— Presque impossible.

Luke avait vu les choses dont Stan avait été témoin. Bien que j'aie été soulagée que les détectives enquêtant sur la disparition de Stan m'aient suggéré que ses expériences là-bas l'avaient peut-être gravement affecté, je ne croyais toujours pas qu'il s'agisse de la véritable raison de sa disparition. Stan avait simplement rencontré quelqu'un d'autre, c'est ce que je pensais, et il n'avait pas supporté l'idée de revenir vivre auprès de moi.

Cela en disait peut-être plus sur mon manque de confiance en moi que sur les intentions de Stan. Mon mari allait au travail et rentrait à la maison tous les jours aux mêmes heures. En réalité, je ne voyais même pas comment il aurait pu trouver le temps de rencontrer une femme et de vivre avec elle une relation si intense qu'il décide de plier bagage pour ne plus revenir. Pourtant, si Stan avait rencontré une personne qui faisait battre son cœur un peu plus vite – comme le faisait le mien quand j'étais avec Luke –, il semblait compréhensible qu'il ait décidé de la suivre.

Ça restait le scénario le plus probable. Je ne voyais pas Stan mettre fin à ses jours. Mais que savais-je vraiment de son expérience de la guerre et des dommages psychologiques qu'elle avait pu lui causer ? La triste vérité était que je ne connaissais pas vraiment mon mari, et qu'il ne me connaissait pas vraiment – ne m'avait pas vraiment connue – non plus.

Luke ouvrit le portail et fit un pas en arrière pour me laisser passer. Plus loin, j'effectuai à mon tour un pas de côté pour le laisser soulever l'impressionnant heurtoir en laiton de la porte d'entrée.

La porte s'ouvrit sur un Charles Warren des mauvais jours. Il n'était pas rasé et ses cheveux étaient gras et désordonnés. Un bas de pyjama rayé dépassait de son épaisse robe de chambre.

— Bonjour, monsieur Warren. (Luke regarda sa montre.) Suis-je en avance ?

— Vous êtes parfaitement à l'heure, monsieur le pasteur. (Charles me regarda, puis observa sa tenue.) Excusez-moi, madame Miller. Je ne vous attendais pas.

— Ne vous souciez pas de ça, dis-je. Je peux repartir si vous préférez, mais je tenais à vous présenter mes respects.

Il ouvrit la porte en grand.

— Non, entrez, je vous en prie.

Charles nous fit pénétrer dans un salon soigné et élégamment décoré. Deux fauteuils étaient disposés de part et d'autre de la cheminée et un petit canapé faisait face au foyer. Un immense tableau représentant une scène de campagne dominait le mur au-dessus de la cheminée. Bien que je ne connaisse absolument rien à l'art, je le trouvai magnifique.

— Quelle superbe toile !

Charles leva les yeux, comme scandalisé de la présence du tableau, puis son visage se décomposa.

— Alice en est tombée amoureuse lors de notre lune de miel à Scarborough. C'était une somme terriblement importante, mais je n'ai pas pu lui dire non. Je n'ai jamais su lui dire non. Et maintenant, elle est partie. Oh, que vais-je devenir ?

Je m'efforçai de ne surtout rien dire de plus. Pourquoi fallait-il toujours que je mette les pieds dans le plat ?

Qu'il s'agisse d'interroger le pasteur sur des choses qui ne me regardaient pas ou de pousser George Felton à bout, la plupart de mes interventions finissaient mal.

— Monsieur Warren, dit Luke d'un ton apaisant, y a-t-il quelque chose que nous puissions faire pour vous ?

Charles avait l'air effaré.

— Je ne vous ai pas offert de thé, et encore moins de sièges. Asseyez-vous, je vais faire chauffer la bouilloire.

— Nous n'avons pas besoin de thé, Charles, lui dit Luke. Nous sommes venus voir si vous, vous aviez besoin de quelque chose. Et je me demandais également si vous seriez prêt à parler de la cérémonie à venir.

Charles sortit un mouchoir de la poche de sa robe de chambre et s'épongea les yeux avant de se moucher dedans.

— Je ne peux pas enterrer Alice avant la fin de l'enquête.

— Je ne savais pas qu'une enquête était ouverte. Mais je suppose qu'il fallait s'y attendre, dans le cas d'une mort si soudaine et inexpliquée.

— Avez-vous de la famille pour vous accompagner ? demanda Luke. Il y aura sûrement des formalités à remplir. Je ne voudrais pas que vous traversiez une telle épreuve seul.

— Il n'y a personne, dit Charles en secouant la tête. Il n'y avait qu'Alice et moi.

— Je pourrais vous accompagner, si vous le souhaitez.

— Merci, monsieur le pasteur. C'est vraiment très aimable de votre part, dit Charles avant de se tourner vers moi. Et vous, madame Miller ? Serez-vous là ?

— Je pense que Mme Miller sera également appelée à témoigner.

Bonté divine. Je n'y avais pas pensé un seul instant.

— Vous croyez ?

— Presque certainement, dit Luke. Vous étiez tout près de Mme Warren lorsque l'incident s'est produit, et je suis sûr que le médecin légiste aura besoin que vous lui disiez exactement ce qui s'est passé.

— Vous le ferez, n'est-ce pas, madame Miller ? (Charles se tourna vers moi, le regard suppliant.) Pour ma pauvre Alice.

— Bien sûr, acceptai-je.

Je ne pensais pas que les témoins d'une enquête aient vraiment le choix de décliner l'invitation, mais cela n'avait aucune importance. J'étais d'accord pour dire tout ce que je savais et je ne pouvais qu'espérer que cela serve à quelque chose. En tout cas, ce que j'avais appris jusqu'ici ne m'avait pas été d'un grand secours. La police aurait peut-être davantage de chance que moi.

— Vous devriez emporter les documents du comité, dit Charles en se levant d'un bond. Alice aurait voulu que vous ayez tout sous la main. D'autant que vous allez prendre sa suite.

Ses paroles se noyèrent dans un sanglot et il se précipita hors de la pièce. Je me tournai vers Luke.

— Une enquête ?

— C'est une bonne chose, murmura-t-il. Avec un peu de chance, cela permettra de mettre fin aux rumeurs qui vous concernent.

— Seulement si la police arrive aux mêmes conclusions que vous, à savoir que je n'ai rien à voir avec cette affaire.

— Ne soyez pas si négative, dit-il. Vous n'avez rien fait de mal. L'assassin d'Alice pourrait être n'importe qui dans le village, la police le sait bien.

— Nous y voilà, dit Charles d'une voix faussement enjouée.

Il déposa à mes pieds l'une des caisses habituellement utilisées par le magasin du village pour stocker les légumes.

— La documentation concernant le comité. Alice a tout gardé.

— Merci, c'est très gentil, mais…

Luke me donna un coup de coude et je m'interrompis. Je l'observai et il me fit un imperceptible mouvement de tête. Était-il possible qu'il lise dans mes pensées et qu'il sache ce que j'étais sur le point de dire ? À savoir que je ne savais pas si j'allais vraiment pouvoir être la prochaine présidente du comité ? Que cela dépendait du fait qu'on m'accuse ou non du meurtre de sa femme ?

— Je vais vous aider à le porter jusque chez vous, madame Miller, dit-il. Cette caisse a l'air très lourde.

— J'imagine que tout le monde pense que c'est moi qui l'ai tuée, dit Charles à brûle-pourpoint.

— Que voulez-vous dire ?

— J'ai vu Mme Garrett hier soir, quand je suis allé téléphoner. (Charles s'essuya les yeux.) J'avais besoin de prévenir le bureau de mon absence. Elle m'a dit qu'une rumeur courait dans tout le village, disant que j'avais tué Alice pour récupérer l'argent de son assurance vie.

— Oh, monsieur Warren ! Mais c'est absurde ! dis-je instinctivement, émue par ce que j'estimais être une détresse sincère.

Tuer Alice pour son assurance vie était un mobile, certes, mais Charles aurait-il vraiment pu faire quelque chose d'aussi terrible ?

— Mme Miller a raison. Il ne faut pas écouter les rumeurs. Elles peuvent être très cruelles.

— Ne vous laissez pas perturber par ce que les imbéciles pensent de vous.

— Ne le seriez-vous pas à ma place, madame Miller ? N'êtes-vous pas affligée quand vous entendez que les gens suggèrent que vous vous êtes vous-même débarrassée de votre mari ? J'aimais ma femme.

L'insinuation était là, même si elle était implicite – qu'il aimait son épouse, alors que moi, je n'avais pas aimé mon mari. Je ne pouvais pas le corriger en ce sens qu'il n'avait pas tort. J'aimais bien Stan, mais j'avais accepté depuis longtemps que je n'avais pas pour lui l'amour qu'une femme devrait avoir pour son homme.

— Je suis vraiment désolée, dis-je en baissant les yeux.

— Vous n'avez pas à vous excuser, soupira Charles. Seulement je trouve très difficile d'accepter que des gens que j'appelle mes amis depuis des années ne soient même pas venus à la maison pour me présenter leurs condoléances. Je sais pourquoi, maintenant. Parce qu'ils pensent tous que je vais devenir riche, et que j'ai tué ma femme pour le devenir.

— Avez-vous parlé de cette assurance à la police ?

Je retins mon souffle, pendue à la réponse de Charles. Luke était si intelligent. Il avait d'abord mis en doute la véracité des rumeurs et attendu que Charles lui en parle, sans jamais poser directement la question.

— J'ai immédiatement informé l'inspecteur Robertson de son existence. (Charles se prit la tête dans les mains.) Mais comment vais-je pouvoir faire bonne figure dans le village, désormais ?

— Le plus simple est d'agir au jour le jour, dis-je avec sérieux. Continuez à vivre normalement, et la rumeur s'intéressera à quelqu'un d'autre.

— C'est un bon conseil, dit Charles d'une voix cassée. C'est ce que je commencerai à faire demain. Après tout, on m'attend pour reprendre le travail.

— Au vu des circonstances, votre employeur ne vous laisserait-il pas quelques jours de plus ?

— Je suis certain que mes employeurs le feraient, révérend, répondit Charles. Seulement je leur ai dit que je serais de retour demain. Mme Miller a raison, il faut que je reprenne une vie normale aussi vite que possible.

Il essaya de sourire, mais cela ressemblait davantage à un rictus grotesque. Il garda cette expression un moment avant de s'effondrer à nouveau en sanglots dans son mouchoir.

*

Je rentrai chez moi avec Luke après que M. Warren nous eut assuré qu'il n'avait besoin de rien.

Luke posa la boîte contenant les documents d'Alice sur la table de la cuisine.

— Je devrais probablement retourner à mes tâches paroissiales, dit-il. Je dois encore rédiger le sermon de dimanche.

— Il me semble que celui d'hier a été bien accueilli.

— Vraiment ? (Luke appuya ses longs doigts sur la table.) C'est toujours difficile à savoir, pour moi.

— Si la majorité de l'assemblée est encore réveillée lorsque vous avez fini de parler, c'est à coup sûr le signe d'un sermon réussi.

Après avoir lancé la bouilloire, je retournai à la table et commençai à feuilleter la documentation de l'ancienne présidente.

— Je ne suis pas sûre de comprendre le système de classement d'Alice.

Luke jeta un coup d'œil à la caisse.

— Je ne suis pas sûr qu'il y ait de système du tout.

— Je dois trouver les notes de la réunion d'avril.

— Je vais vous aider à chercher. Aider une paroissienne en détresse est certainement l'une de mes attributions.

Je lui tendis une liasse de papiers en souriant.

— Si vous êtes sûr que cela ne vous dérange pas ? J'apprécierais en effet votre aide.

— Que cherchons-nous, exactement ?

— Des notes manuscrites, principalement. Mme Leaming dactylographie le procès-verbal officiel à partir de ses notes. J'ai vérifié mes propres retranscriptions, hier, après avoir parlé à George Felton. Le procès-verbal mentionne seulement qu'il s'est plaint de certaines récoltes endommagées. J'espère que Mme Leaming aura été plus précise et aura noté la culture qu'il prétend avoir perdue.

— Prétend ?

— Je soupçonne George d'être le vandale.

— George, le mari de ma gouvernante ? (Luke fronça les sourcils.) Pourquoi pensez-vous cela ?

— J'ai rendu visite à Mme Leaming, hier, après l'office, ce qui, permettez-moi de vous le dire, était une expérience très particulière. L'avez-vous déjà visitée ?

— Non. J'ai une liste des habitants du village et je m'apprête à les voir tous, mais je ne suis pas encore passé chez Mme Leaming. Y a-t-il quelque chose que je devrais savoir ?

— Mme Leaming aime les chats.

— J'aime aussi les chats, répondit Luke.

— Je peux vous garantir que vous ne les aimez pas autant que Mme Leaming, dis-je en baissant la voix, bien que nous soyons seuls à la maison. Elle en a tellement qu'il est tout bonnement impossible de pouvoir tous les compter.

Il me fit signe de continuer.

— Et ? J'ai l'impression que cette histoire ne s'arrête pas là.

— Ne prenez pas cela pour de la médisance, dis-je en craignant que mes paroles écornent l'image qu'il avait de moi, mais les animaux rendaient son intérieur très insalubre. De plus, Mme Leaming elle-même n'était pas aussi présentable qu'à son habitude.

— Elle n'était pas à l'église, hier ?

— Si elle s'était présentée ainsi à l'église, elle aurait été le nouveau sujet de discussion du village avant la première lecture.

— Est-ce qu'elle a l'habitude d'assister à l'office ?

J'y réfléchis un instant.

— Non, elle ne le fait que rarement. Pourtant, après ce qui s'est passé au village, je pensais qu'elle s'y rendrait.

— Pourquoi ça ?

— Tout est fermé le dimanche, révérend, expliquai-je. Je suis au regret de vous apprendre que la plupart des villageois vont à l'église pour obtenir leur dose quotidienne d'informations locales. Après la mort d'Alice, je m'attendais à ce qu'elle soit pleine.

Luke haussa les épaules.

— Peu importe pourquoi ils viennent, tant qu'ils passent les portes de mon église. Je suis seulement heureux qu'il y ait eu tant de monde. Il y avait du monde, n'est-ce pas ?

— Oui, il y avait beaucoup de monde, confirmai-je. Mais je m'y attendais, car non seulement c'était votre premier sermon, mais en plus les gens voulaient entendre les dernières nouvelles au sujet de cette terrible histoire.

— Ça y est ! s'exclama-t-il en brandissant une feuille. L'écriture de Mme Leaming est assez terrifiante, mais elle note que « M. George Felton a officiellement déposé plainte pour la destruction de l'ensemble de sa récolte de haricots verts par une ou plusieurs personnes inconnues ».

— Je le savais ! dis-je triomphalement.

— Pourquoi est-ce si important ?

— Parce que M. Felton a remporté le premier prix du concours pour ses haricots verts, précisément !

— Oh. En effet, je vois pourquoi ça pose problème. Qu'allez-vous faire ?

— Je pense que je devrais téléphoner à l'inspecteur Robertson pour lui faire part de cette information.

— Est-il possible que M. Felton ait tué Mme Warren pour conserver son prix ? demanda Luke, dubitatif.

— Tout est possible, monsieur le pasteur. (Je me dirigeai vers la cuisinière, où la bouilloire sifflait joyeusement.) Du thé ?

— Seulement s'il ne contient pas de lavande. (Il fronça le nez.) Pourquoi buvez-vous cette horreur ?

— Si j'économise les coupons pour le thé et le sucre, je peux obtenir de la viande supplémentaire pour Lizzie.

— Dans ce cas, j'en prendrai volontiers une tasse, dit-il en souriant.

— J'apprécie votre sacrifice, révérend, mais je peux utiliser le thé de Ruby. Elle n'en saura jamais rien.

— Ah ! s'exclama-t-il en levant un doigt en l'air. Mais moi, je le saurai. Une tisane pour moi. Je finirai peut-être par l'aimer. Et pour M. Felton, alors ?

— Oh, je pense que faire taire Mme Warren est un mobile probable. Son comportement était assez alarmant. Au fond, je ne serais pas si étonnée qu'il ait pu tuer pour conserver son prix.

— Vous ne devriez peut-être pas parcourir le village et interroger les gens seule.

— C'est très gentil à vous de vous inquiéter de ma sécurité, dis-je en plaçant les fleurs de lavande dans la boule à thé, avant de verser l'eau bouillante. Mais je sais me défendre.

— J'en suis certain, répondit-il. Mais tant que le meurtrier est dans la nature…

— Nous ne pouvons pas mener cette tâche ensemble. Je suis certaine que quelqu'un nous a vus promener Lizzie, hier. Et aujourd'hui, nous sommes de nouveau ensemble. Vous n'avez jamais travaillé dans un village, auparavant ?

— Si, bien sûr. Mais dans mes paroisses précédentes, les femmes de la communauté avaient pour la plupart l'âge de ma grand-mère.

— Alors vous devriez faire plus attention à votre réputation, dis-je avec le plus grand sérieux. La mienne est définitivement détruite, aussi, je sais à quel point cela peut arriver facilement. Vous avez porté une boîte pour moi ce matin. Une tasse de thé entre voisins est acceptable, mais vous devez partir dans les quinze prochaines minutes, sinon je peux vous garantir que l'on mettra votre moralité en doute avant que le boucher ne ferme boutique pour le déjeuner.

— Si rapidement, vous croyez ?

— J'en ai bien peur.

J'apportai la théière sur la table, avec deux tasses et deux soucoupes.

— Nous devons aller vite. Quelle est la prochaine étape ?

Je trouvai délicieux d'employer le mot « notre » et je retins mon souffle, attendant sa réponse.

— Vous devez téléphoner au détective. Peut-être que je…

Un coup frappé à la porte interrompit Luke, et je haussai les sourcils en le regardant.

— Je vous l'avais bien dit.

Je me hâtai de répondre à la porte, où ma voisine d'en face m'attendait.

— Bonjour, madame Miller. Auriez-vous un court instant à me consacrer, je vous prie ?

— Venez dans la cuisine, madame Burnett. Le pasteur vient gentiment de m'aider à rapporter une caisse de documents appartenant à feu Mme Warren, pour que je puisse les examiner. Voulez-vous une tasse de thé ?

— Oh, ce serait avec plaisir. (Maud Burnett balaya l'air devant son visage.) Il fait à nouveau très chaud, aujourd'hui.

— Oui, j'ai négligé mon jardin ces derniers jours. Le soleil a dû faire pousser les mauvaises herbes encore plus vite que d'habitude.

Maud entra dans la cuisine devant moi.

— Monsieur le pasteur, quelle bonne surprise ! s'exclama-t-elle comme si je ne lui avais pas déjà dit qu'il était là.

— Mme Burnett, c'est bien ça ?

Luke se leva et tira une chaise pour ma curieuse voisine.

— Comment va M. Warren ?

Ainsi, elle savait exactement où nous nous étions rendus.

— Aussi bien qu'il est possible d'aller, au vu des circonstances, déclara Luke. Il nous a dit qu'il reprenait le travail dès demain.

— C'est trop tôt ! dit Maud comme si seule son opinion comptait. Beaucoup trop tôt. Peut-être que ce que j'ai entendu dire à propos de cet homme est vrai.

— Qu'avez-vous entendu ? demandai-je avant de pouvoir m'en empêcher. Est-ce une information que nous devons transmettre au détective ? Cela pourrait-il aider l'enquête ?

— Je crois qu'il est déjà au courant, répondit Maud en nous regardant tour à tour, faisant durer le moment aussi longtemps que possible. Il est également au courant pour l'assurance vie d'Alice.

— Il y a donc autre chose ?

Je ne faisais plus aucun effort pour prétendre que l'information ne m'intéressait que dans le cadre de l'enquête.

— En effet ! annonça Maud, triomphante. J'ai entendu dire que M. Warren avait une amante en ville.

— Non, je ne peux pas le croire ! dis-je en secouant la tête. M. Warren semblait sincèrement affligé.

— Mme Miller, dit Maud, la voix chargée de condescendance, si quelqu'un doit comprendre le besoin d'un homme d'avoir une amie en ville, c'est bien vous.

Je rougis et baissai les yeux.

— Stan n'a pas…

— C'est parce que vous êtes sa femme, très chère, dit Maud en me tapotant la main. Tout le village sait bien que l'affection de votre mari était malheureusement dirigée… ailleurs.

Je voulais continuer à nier la réalité et lui assurer que Stan n'était pas ce genre d'homme, que mon mari n'était pas capable d'une telle duplicité – mais c'était au-dessus de mes forces. Pas alors que je savais qu'elle avait probablement raison. J'étais heureuse qu'au moins une personne dans le village soit convaincue que mon mariage était définitivement terminé – et pas parce que j'avais enterré Stan sous mes pommes de terre.

— Mme Garrett pense que mon mari m'a quittée par ma faute.

Luke se tortilla sur sa chaise et je regrettai aussitôt mes paroles. C'est lui qui m'avait rapporté les mots de Mme Garrett, et je le mettais en défaut en répétant ce qu'il m'avait confié.

— Balivernes ! s'exclama Maud. Vous avez fait de votre mieux. Vous devriez faire comme Mme Simpson et demander le divorce. Je ne pense pas que vous pourrez faire aussi bien qu'elle et vous trouver un prince, mais vous pourriez au moins rencontrer un homme moins rustre avec lequel fonder une belle famille.

Je pensais avoir atteint le niveau d'embarras maximum, mais je me trompais. La dernière chose dont je voulais parler devant Luke était mon mari, notre mariage et mon incapacité à avoir des enfants, malgré une union assez longue.

— Merci, madame Burnett, marmonnai-je. Je ne manquerai pas de réfléchir à vos conseils.

— Je peux peut-être vous aider ? proposa Luke.

— Vous ? demandai-je, épouvantée.

— Certaines personnes sont réticentes à parler à la police, dit-il. Si je rendais visite à l'employeur de votre mari, il pourrait peut-être me donner d'autres informations. Il est rare que les gens osent mentir à un pasteur.

— Oh non, je ne peux pas vous demander ça, insistai-je en secouant la tête. C'est très gentil de vous proposer, mais…

— C'est une formidable idée ! (Mme Burnett applaudit à tout rompre.) Vous devez absolument vous rendre à Londres dès demain, révérend. Comment Mme Miller pourra-t-elle se trouver un époux convenable tant qu'elle restera mariée à ce Stan ?

— Je suis sûre que le pasteur a mieux à faire, madame Burnett, protestai-je.

— Et moi, je suis sûre qu'il n'en est rien. (Elle porta la main à son cœur.) Tout ce que vous avez à faire, révérend, c'est trouver des preuves qui permettraient à Mme Miller d'être libérée de son épouvantable mariage. Ainsi, elle pourra être heureuse à nouveau.

— Je ne pense vraiment pas que…

Maud agita une main devant mon visage.

— Vous pensez trop. Ne seriez-vous pas soulagée de savoir ce qui est arrivé à Stan ?

— Je serais ravi de vous aider, déclara Luke. Si vous êtes d'accord, bien sûr ?

En réalité, je trouvais cette perspective absolument terrifiante. Je préférais m'occuper l'esprit à Westleham et essayer de ne plus penser à Stan. Même si je pensais que Mme Burnett avait raison et que mon mari m'avait quitté pour une autre femme, je n'avais aucune envie qu'on me prouve que j'avais vu juste. Aucune épouse ne voulait avoir la preuve catégorique que son homme ne voulait plus d'elle.

Je me tournai vers Luke, qui souriait et hochait la tête d'un air encourageant, puis vers Mme Burnett, qui semblait remplie d'espoir pour moi. Être libérée de Stan et de notre mariage ? Comment réagirais-je ? Cela me donnerait-il le courage de voir si mon amitié naissante avec Luke pouvait devenir quelque chose de plus ?

Je voulais aussi suivre la piste Charles Warren et vérifier la teneur des dernières rumeurs à son sujet. Je pourrais peut-être me retrouver dans le même train que Luke.

— Si vous êtes certain de vouloir le faire, je vous en serais reconnaissante, révérend. Il vaudrait sans doute mieux que j'apprenne la vérité, plutôt que de vivre dans l'incertitude. Vous prendrez donc ce train pour Londres ?

Luke se leva.

— Oui, et au plus vite. Maintenant, si vous voulez bien m'excuser, je dois malheureusement vous quitter. Je viens d'arriver dans cette paroisse et j'ai encore beaucoup à faire.

— Quel dévouement !

Maud posa un coude sur la table, se pâmant d'admiration.

— Je vous raccompagne. (Je me tournai vers Luke avant d'ouvrir la porte et lui murmurai :) Je prendrai le même train que vous demain matin.

— Je m'y attendais et vous êtes la bienvenue, madame Miller.

*

Tôt le lendemain matin, Ruby et moi quittâmes la maison ensemble pour parcourir la courte distance qui nous séparait de la gare. Une fois arrivée à Slough, Ruby se rendrait au travail comme d'habitude et je resterais dans le train jusqu'à Paddington.

La veille au soir, je m'étais rendue à la cabine téléphonique située à côté de la poste pour laisser un message à l'inspecteur Robertson, lui expliquant ce que j'avais découvert sur George Felton et lui faisant part de mes soupçons sur son éventuelle implication dans les actes de vandalisme commis au village. J'espérais qu'il fasse bon usage de ces informations nouvelles en mon absence.

— Voilà M. Warren, commenta Ruby en regardant par la fenêtre pendant que nous nous installions à nos places. Il a une mine affreuse. Je ne pense vraiment pas qu'il ait une relation amoureuse en ce moment.

— Tu arrives à deviner ça ?

— Presque toujours, dit-elle sur un ton catégorique.

— Crois-tu que Stan ait eu une amante ?

Mon cœur battait au rythme effréné du train et j'attendais nerveusement sa réponse.

— Pourquoi penses-tu à lui maintenant, Martha ?

Ruby me regarda avec inquiétude.

— Tu en sais tellement plus que moi, dis-je. Sur les gens, les relations humaines et le reste.

— Je ne vous ai pas vus ensemble assez souvent pour me faire une opinion de lui, dit Ruby avec précaution.

— Mais comment le voyais-tu ? insistai-je.

— Pourquoi est-ce si important pour toi ?

— S'il avait eu une relation extraconjugale, je serais en droit de divorcer.

— Tu serais en droit, mais le ferais-tu ? Qu'est-ce qui te fait penser au divorce, tout d'un coup ?

— Maud Burnett, avouai-je.

— Maud, ou ce superbe nouveau pasteur ?

— Les deux, admis-je avant que la tentation d'inventer un mensonge ne prenne le dessus.

— Eh bien, sache que j'en suis ravie, dit Ruby en souriant. Tu as passé assez de temps à être triste, Martha. Tu dois vivre ta vie, maintenant.

— Ça ne fait qu'un an, protestai-je.

— Ça ne fait qu'un an qu'il a disparu, corrige Ruby. Mais tu es malheureuse depuis bien plus longtemps que ça.

Je voulais lui dire qu'elle se trompait. Habituellement, j'aurais fait preuve de loyauté envers mon mari, j'aurais essayé de convaincre Ruby qu'elle avait tort. Mais me souvenant des conseils de Luke concernant ma relation avec ma sœur, je décidai de lui dire la vérité.

— Tu as raison. C'est très difficile à admettre, mais nous n'étions pas heureux ensemble. Il est peut-être temps pour moi de laisser Stan et notre mariage derrière moi.

Ruby m'observa avec surprise.

— C'est une chose difficile à avouer ?

— Oui, convins-je. Ce n'est pas ce qu'il est convenable de faire, n'est-ce pas ? Nous, les Britanniques, nous disons toujours que tout va bien, même quand ce n'est pas le cas.

— Je suis désolée que Stan et toi n'ayez pas été heureux, Martha.

— C'est pour ça que tu ne t'es pas encore mariée ? Tu as peur de faire un mariage aussi désastreux que moi ?

— Si j'étais restée à la maison plus longtemps, je suis sûre que maman et papa auraient insisté pour que je me trouve un mari, comme ils l'ont fait pour toi. J'ai été très reconnaissante de recevoir ta lettre et d'avoir une occasion de m'échapper.

— Ce ne sont pas de mauvaises personnes.

— Non, bien sûr, acquiesça Ruby. Ils avaient seulement besoin d'espace pour nos jeunes frères et sœurs. Mais je ne laisserai pas ça entraver ma quête d'un homme qui me rende vraiment heureuse.

— Aucun de ceux avec qui tu vas au cinéma ne l'a encore fait ?

— Non, dit-elle en regardant par la fenêtre. Pas encore.

Elle me cachait quelque chose, et je voulais savoir ce que c'était. Je cherchai désespérément un moyen de le lui demander, mais je ne trouvai pas les mots. On m'avait appris à taire mes émotions pendant tant d'années que je ne parvenais pas à briser ce cycle.

Le train s'arrêta à Slough et Ruby se pencha en avant pour m'embrasser sur la joue.

— À ce soir, Martha.

La manifestation d'affection inattendue de ma sœur me réchauffa le cœur. Je chassai des larmes de surprise juste à temps pour voir un homme saisir le bras de Ruby alors qu'elle avançait sur le quai. Il y avait quelque chose de particulier dans sa façon de la tenir. Alors que le train quittait la gare, j'entraperçus le visage de Ruby. Elle se détournait de l'homme, mais je pus clairement voir son expression. À mon grand désarroi, son joli visage n'était plus qu'un masque de détresse.

# 8

Luke m'attendait à la descente du train, sur le quai très fréquenté de Paddington. Il prit mon bras.

— Vite, M. Warren a déjà quitté le train.

Les bras liés, nous nous précipitâmes à travers la foule. La plupart des voyageurs étaient des hommes portant mallettes, chapeaux élégants et chaussures brillantes, nombre d'entre eux se dirigeant vers les places d'affaires de Londres. Quelques dames semblaient habillées pour une journée de travail, et plusieurs paraissaient venues pour faire du shopping. Elles avaient toutes une chose en commun, cependant : elles étaient tellement prises par leurs affaires et leurs emplois du temps qu'elles ne faisaient pas attention à moi ni au beau pasteur qui marchait à mes côtés.

— Le voyez-vous toujours ? demandai-je alors que nous arrivions au bas d'un grand escalier.

— Oui, dépêchons-nous.

Luke me fit signe de monter les marches avant lui. Au sommet, il me reprit le bras et j'émergeai dans la lumière du jour, passablement essoufflée.

Quelques minutes plus tard, Charles Warren entra dans un bâtiment. Luke et moi nous arrêtâmes brusquement à l'extérieur.

— Et maintenant ?

— Je vais entrer et m'enquérir de lui.

— Cela ne va-t-il pas paraître louche ?

— Je dirai que nous sommes des amis. Que je l'ai aperçu dans la rue, et que j'aimerais en profiter pour l'inviter à déjeuner. Ce n'est qu'un demi-mensonge.

Luke me fixa d'un air inquiet.

— Pouvez-vous rester seule ici pendant que j'entre un moment ?

— Je viens souvent seule à Londres.

Il m'observa d'un air dubitatif.

— Si vous le dites.

J'acquiesçai une dernière fois et Luke entra.

Il avait raison de se montrer dubitatif. « Souvent » était pour le moins exagéré. J'étais venue en ville une fois pour dîner avec Stan et quelques-uns de ses collègues. Enhardie par cette excursion, j'avais repris le train quelques semaines plus tard et fait une surprise à Stan en venant le voir à son bureau. Il en avait été choqué et mécontent.

— Alors ? demandai-je à Luke tandis qu'il revenait, quelques instants plus tard.

— Charles est avocat. Il travaille pour le cabinet Marshall et Reynolds, au troisième étage.

— Que fait-on ?

Luke regarda par-dessus mon épaule.

— Il y a un café de l'autre côté de la rue. On peut s'y asseoir et voir ce qu'il fait à l'heure du déjeuner ?

— Il pourrait s'écouler plusieurs heures avant qu'il ne sorte pour déjeuner.

— Nous n'avons pas très bien planifié notre coup, n'est-ce pas ?

J'éclatai de rire.

— En effet.

— Madame Miller. Il indiqua le café en face. Permettez-moi de vous offrir une tasse de thé. Une tasse de vrai thé, avec autant de sucre que vous le souhaitez.

L'idée paraissait divine, aussi je ne tardai pas à acquiescer.

— J'en serais ravie. Merci, révérend.

Nous trouvâmes un passage pour piétons et nous nous hâtâmes de traverser l'avenue. Il me tint la porte du café. Une fois assis, il se tourna vers moi d'un air grave :

— Pensez-vous que, pendant que nous sommes loin du village, nous pourrions nous appeler par nos noms chrétiens ? Cela me paraît terriblement rigide de vous appeler « madame Miller », même si je sais que nous ne nous connaissons que depuis quelques jours.

— Je ne pense pas que ça puisse faire de mal, convins-je.

Une serveuse s'approcha et nous adressa un sourire radieux.

— Puis-je vous servir quelque chose ?

— Que voulez-vous, Martha ?

Les yeux de Luke brillèrent alors qu'il prononçait mon nom pour la première fois. Pendant un instant, je restai muette. Repoussant mes inquiétudes sur le fait que notre relation semblait ambiguë, je me raclai la gorge.

— J’aimerais une tasse de thé et un scone au fromage, s’il vous plaît.

— Je prendrai la même chose, merci.

La serveuse fit une courte révérence.

— Je reviens avec vos commandes, messieurs-dames.

Était-il mal de nous comporter autrement, pendant que nous étions au café, de prétendre que je n’étais pas Mme Martha Miller de Tulip Cottage, Westleham, et que Luke n’était pas le révérend Walker, de la même paroisse ? Avais-je le droit d’imaginer que j’étais simplement une jeune femme normale, et qu’il était un homme splendide, qui voulait apprendre à mieux me connaître ?

Derrière Luke, la porte s’ouvrit et un homme que je reconnus vaguement entra dans le café.

— Mme Miller ? Martha Miller, est-ce vous ?

Luke me regarda avec méfiance.

— Qui est-ce ?

Je n’eus pas le temps de répondre à sa question, car l’homme nous avait déjà rejoints.

— Bonjour.

— Oui, c’est bien vous ! (Il me regardait comme si nous étions des amis perdus de vue depuis des années, tandis que je m’efforçais de retrouver son visage et son nom dans les profondeurs de ma mémoire.) Cela fait… Mon Dieu… Combien de temps ?

— Un certain temps, murmurai-je.

— Je suppose que c'était à ce dîner. (Il toussa maladroitement.) Ces événements professionnels sont souvent ennuyeux, mais on ne peut pas refuser d'y assister.

Je ne me souvenais toujours pas de son nom, mais il en avait dit suffisamment pour que je le situe comme étant l'un des anciens collègues de Stan.

— J'ai trouvé que le repas était excellent, fis-je honnêtement, cherchant désespérément quelque chose d'autre à dire qui ne me fasse pas passer pour une idiote.

— Est-ce que je peux me joindre à vous ?

Il avait adressé sa question à Luke.

— Oui, bien sûr. (Luke lui indiqua une chaise libre.) Je vous en prie. Je suis Luke Walker, le pasteur de Mme Miller.

— Enchanté, révérend.

L'homme en costume élégant serra la main de Luke.

— Gilbert Newberry. J'ai travaillé avec le mari de Mme Miller avant que... (Il me fixa, la détresse visible dans ses yeux.) Avant que Stan ne disparaisse.

— Tout va bien, M. Newberry. Le pasteur est au courant de la disparition soudaine de Stan.

— En fait, c'est la raison pour laquelle nous sommes ici en ville aujourd'hui.

— Vraiment ? (Gilbert Newberry me scruta en fronçant les sourcils.) Dans quel but ?

— J'espérais pouvoir parler à des personnes avec lesquelles Stan travaillait, déclara Luke. D'après ce que j'ai compris, la police n'a pu trouver aucune explication à sa disparition soudaine. J'ai pensé que certains de ses amis seraient peut-être plus ouverts avec moi.

— Parce que vous êtes pasteur ?

— Oui, en effet.

— Savez-vous quelque chose, monsieur Newberry ? demandai-je à brûle-pourpoint.

Après avoir passé tant de temps à ne pas savoir et à ne pas vouloir savoir, je me rendais compte que j'avais désespérément besoin connaître la vérité. Ruby avait raison. J'avais été malheureuse trop longtemps. Il était grand temps que je prenne le contrôle de ma misérable existence.

La serveuse revint avec notre commande et prit celle de M. Newberry. Il attendit qu'elle reparte avant de parler.

— Je ne sais que ce que j'ai dit à la police.

— Que lui avez-vous dit ?

Gilbert se repositionna sur sa chaise, mal à l'aise, et passa un doigt dans le col de sa chemise.

— Êtes-vous certaine de vouloir que je vous le dise ?

— J'en suis tout à fait certaine, dis-je d'une voix beaucoup plus forte que je n'aurais pu l'espérer. Je crains que la police ne m'ait pas tout dit.

— Le comportement de Stan a changé de façon très nette au cours des semaines qui ont précédé sa disparition. (Gilbert regarda Luke, qui lui fit un léger signe de tête.) Il ne me l'a pas dit personnellement, vous comprenez, mais j'ai entendu dire que Stan avait l'intention de déménager à Brighton.

— Brighton ? répétai-je avant de cligner rapidement des yeux pour éclaircir ma vision.

C'était une chose de croire quelque chose pendant plus d'un an, mais c'en était une autre d'apprendre que non seulement vous aviez raison, mais qu'en plus votre mari avait planifié votre abandon. À l'intérieur de moi, le chagrin le disputait à la colère. J'étais triste que notre mariage ait été un échec, mais aussi très remontée d'avoir passé tant d'années mariée à un homme capable de fuir ses responsabilités de la sorte.

— Oui. (Gilbert rougit et tourna le regard vers la table.) Je suis terriblement désolé, madame Miller. Je savais que ça vous choquerait. La police ne vous l'a pas dit ?

— Non, elle ne m'en a rien dit, confirmai-je. Bien que je ne comprenne pas pourquoi elle me cacherait une information aussi cruciale.

— Elle a peut-être pensé que cela vous ferait de la peine d'apprendre qu'il avait l'intention de déménager.

— Je suis plus bouleversée par le fait que la moitié du village où je vis pense que j'ai quelque chose à voir dans sa disparition. (Mes joues brûlaient d'embarras.) Je préférerais qu'ils sachent que je n'y suis pour rien.

— Eh bien, euh, oui, bredouilla Gilbert. Je comprends que ce soit très difficile pour vous. Cependant, pour autant que je sache, la police n'a pu trouver aucune trace de Stan à Brighton.

Je bus une gorgée de thé, puis levai le menton.

— Savez-vous si une autre femme est impliquée ?

— Non, je ne sais pas, dit rapidement Gilbert.

Trop rapidement ?

— À ce stade, je préférerais le savoir.

— Mme Miller se retrouve dans une situation de grande précarité à cause de l'abandon de son mari, déclara Luke.

C'est l'une des raisons pour lesquelles j'espérais en apprendre plus aujourd'hui.

— De quelle manière ?

— Le nom de Stan est le seul à figurer sur le compte en banque et sur l'acte de propriété de notre maison, marmonnai-je. (La honte de parler de mon indigence était terrible, mais je me forçai à continuer.) J'ai dû prendre une locataire pour pouvoir faire face aux échéances du crédit et payer nos factures. La vie est difficile pour moi, depuis son départ.

— Je suis profondément désolé d'entendre ça. (Gilbert releva la tête tandis que la serveuse revenait avec sa commande.) Si j'en savais plus, je vous le dirais, soyez-en sûre. Personnellement, je n'ai entendu parler d'aucune autre femme, seulement que Stan avait l'intention de déménager à Brighton. Je crains qu'après tout ce temps, je ne puisse même pas me souvenir auprès de qui j'ai entendu cette information.

— Pourrais-je venir à votre bureau avec vous ? demanda Luke. Mme Miller vous en serait extrêmement reconnaissante.

Gilbert fixa mon visage, lequel, j'en suis sûre, avait perdu toutes ses couleurs, et hocha la tête.

— Je ne sais pas si ça aboutira à quelque chose, mais je serais heureux de pouvoir vous aider.

Je poussai mon assiette vers Luke.

— Je n'ai pas très faim, lui dis-je. Mangez mon scone, je vous en prie.

Luke sourit avec autodérision.

— Mme Miller connaît mon penchant pour le sucre. Je n'ai jamais réussi à refuser une bonne pâtisserie.

— J'imagine que les dames du village se rendent au presbytère les bras chargés de scones, gâteaux et autres ? lui sourit Gilbert d'un air entendu.

— Je suis nouveau à Westleham, répondit Luke, mais c'est en effet ce qui se passe généralement quand un nouveau pasteur reprend une paroisse.

Gilbert nous observa tous les deux avec curiosité, et je pouvais le comprendre. Pour un nouveau pasteur, Luke avait l'air d'en savoir beaucoup sur mon histoire personnelle. Si Gilbert trouvait étrange que Luke se montre aussi impliqué, il n'en laissa rien paraître.

*

Plus tard dans la journée, Luke et moi retournâmes à Paddington. Pour autant que nous le sachions, Charles n'avait pas quitté son bureau, pas même pour déjeuner.

Gilbert avait emmené Luke à la banque et l'avait présenté aux différentes personnes qui avaient côtoyé Stan. Le collègue qui avait mentionné le déménagement de Stan à Brighton avait malheureusement quitté la banque. Luke m'avait assuré qu'il s'agissait d'un homme, cependant personne n'avait d'adresse à nous fournir. Je me retrouvais dans une impasse, et je n'avais pas les moyens d'engager un détective privé pour retrouver Stan ou son collègue.

Lorsque Charles Warren quitta finalement le bureau, à la fin de la journée, Luke et moi le suivîmes un moment, sans remarquer quoi que ce soit d'étrange. Le veuf était parti travailler normalement et revenait maintenant chez lui. S'il avait une autre femme dans sa vie, nous n'en avions vu aucun indice.

Nous nous assîmes dans des compartiments différents, au cas où un villageois de Westleham monterait à bord en chemin. Le train de Ruby arrivait plus tard que le mien, mais je ne pus m'empêcher de la chercher du regard par la fenêtre, à l'approche de Slough, pour le cas où je pourrais l'apercevoir, elle ou le jeune homme qui l'avait abordée plus tôt dans la matinée. J'étais déterminée à lui poser des questions sur ce dernier lorsque nous serions à la maison.

Quand nous arrivâmes à Westleham, j'observai Luke descendre du train et quitter le quai à grandes enjambées. Charles Warren était descendu avant moi, la tête baissée. Bien que Luke et moi fassions attention à ne pas être vus, Charles était tellement perdu dans ses pensées qu'il semblait pouvoir marcher à côté du roi George en personne sans s'en apercevoir.

— Nous ne pouvons pas le suivre en pleine rue, chuchotai-je au pasteur en le rattrapant au niveau du guichet. Quelqu'un nous verra ensemble, ou remarquera que nous suivons Charles.

— Je vais me diriger vers le bureau de poste et faire mine de passer un appel. Vous, rentrez chez vous normalement. Quelle que soit la direction qu'il prendra, l'un de nous sera toujours derrière lui.

— Il va sans doute rentrer directement à la maison, lui dis-je. Regardez ce pauvre homme. Il a du mal à garder la tête haute. Il est complètement abattu.

Nous attendîmes près de la gare, à l'abri des regards, que Charles et les autres voyageurs arrivent au bout de la route qui menait à l'avenue principale de Westleham. Je le suivis seule, mais à ma grande surprise, Charles ne bifurqua pas à droite pour rejoindre sa propre maison.

Lorsqu'il arriva à l'église, il contourna le joli bâtiment en pierre blanche par l'arrière. C'est avec un pincement au cœur que je compris. Jetant un coup d'œil par-dessus le mur du cimetière, j'aperçus Charles à genoux à côté d'un monticule de terre fraîchement extrait.

L'enquête n'était pas terminée, et le corps d'Alice n'avait pas encore pu être rendu – Peter Cameron, qui faisait office de fossoyeur et d'homme à tout faire de la municipalité, devait être particulièrement à court de travail cette semaine-là pour que le trou soit creusé si longtemps à l'avance. N'ayant nulle part où se recueillir, Charles avait choisi de se rendre à l'endroit qui devait servir de dernière demeure à sa femme disparue.

Le bruit de ses sanglots me parvint et, honteuse de l'avoir ainsi espionné, je me hâtai de reprendre le chemin de la maison.

*

J'avais à peine atteint ma porte que Maud sortit précipitamment de chez elle.

— Madame Miller ! Où diable étiez-vous passée toute la journée ?

J'étais sur le point de lui dire que j'avais fait des courses en ville – un mensonge manifeste, puisque je n'avais aucun sac avec moi, autre que mon sac à main.

— J'avais des choses à faire à Londres. En rapport avec Stan… c'est-à-dire… M. Miller.

— Je suis heureuse d'entendre que vous prenez le taureau par les cornes. Oh, regardez, voilà le pasteur. Pasteuuur !

Je tressaillis quand elle héla Luke d'une voix qui aurait pu arrêter tout le monde. Il fit un signe depuis l'autre côté de la route.

— Bonsoir, madame Burnett.

— Il faut que vous veniez immédiatement chez Mme Miller ! s'écria Maud.

Luke se précipita vers nous et me jeta un regard interrogateur. Je haussai les épaules pour lui signifier que je n'en savais pas plus que lui.

— Devons-nous rentrer ?

— Oui, il le faut, insista Maud.

— Quelque chose ne va pas ?

Je fouillai dans mon sac pour trouver la clé de ma porte. Ce matin-là, fermer la porte à clé en partant m'avait vraiment paru étrange, mais après la mort d'Alice, j'avais décidé d'être plus prudente. Stan aurait été fier de moi.

— Quelque chose de terrible est arrivé, dit Maud avec insistance.

Je trouvai finalement la clé, déverrouillai la porte et entrai. Lizzie arriva en trombe dans le couloir. Peu habituée à rester seule toute la journée, et encore moins à voir arriver trois personnes en même temps, elle était folle d'excitation.

— Je devrais aller la promener.

— Madame Miller, dit Maud d'un ton brusque, j'insiste pour que vous vous asseyiez à la table de la cuisine avec le pasteur. Je dois vous mettre au courant de ce qui s'est passé en votre absence.

Mes joues commencèrent à s'échauffer. Avions-nous été repérés, malgré tous les soins que nous avions pris ? L'évêque s'était-il rendu en personne au village pour fustiger Luke et ses mœurs laxistes ? Je m'écroulai dans mon fauteuil sans même lancer l'eau pour le thé. Je n'avais aucune envie de prolonger le séjour de Mme Burnett plus qu'il n'était nécessaire.

— Que se passe-t-il, madame Burnett ? demanda calmement Luke.

Comment pouvait-il être aussi détendu, alors que le monde entier semblait devoir être sur le point de s'écrouler sur nos têtes ?

— C'est Mme Harrington.

Maud marqua une pause dramatique.

— Qu'y a-t-il ?

— Elle est morte.

— Morte ?

Je me redressai et fixai Luke. Son visage reflétait le choc que devait également exprimer le mien.

— Oui, confirma Maud. Morte.

— Quelle affreuse tragédie !

Luke secoua la tête. Pour une fois, il semblait commencer à perdre son sang-froid. Son regard errait dans la cuisine, comme à la recherche d'une parole sensée à prononcer. Il finit par croiser le regard de Mme Burnett.

— M. Harrington doit être dévasté. Bonté divine, et les pauvres enfants !

— La mère de Mme Harrington a déjà emmené les enfants chez elle. D'après ce qu'on dit, M. Harrington est inconsolable.

Maud se délectait manifestement de nous apprendre une histoire aussi ahurissante.

— Que s'est-il passé ?

— Eh bien, je ne suis pas du genre à répandre la rumeur, comme vous le savez (Maud se pencha en avant, apparemment inconsciente de l'ironie de sa déclaration) mais je l'ai entendu de la bouche de Mme Felton qui, c'est un fait connu de tous, est une bonne amie de la femme de ménage du docteur. Il semble que Mme Harrington se soit empoisonnée avec les somnifères prescrits par le médecin. Ce détective plutôt séduisant a interrogé le docteur Briggs tout l'après-midi.

— Empoisonnée ? demandai-je vivement.

— Quelle nouvelle épouvantable, dit Luke.

Il nous regarda tour à tour, Mme Burnett et moi, comme s'il avait du mal à assimiler les faits que Maud venait de nous exposer.

— Vous avez tout raté, déclara Maud, comme si le village avait été une salle de cinéma et que nous étions sortis pendant la meilleure partie du film.

— Serait-il possible que Mme Harrington ait été empoisonnée de la même manière que Mme Warren ?

— Deux empoisonnements coup sur coup suggèrent que la chose est probable.

Ma première réaction fut de ressentir un grand soulagement. Si Elsie était morte de la même manière qu'Alice, cela ne signifiait-il pas que j'étais innocentée ? La honte m'envahit alors que la réalité de la situation rattrapait mon réflexe égoïste.

— Je dois me rendre chez les Harrington au plus vite, dit Luke en se levant précipitamment de sa chaise.

— Je ne peux pas rester non plus, madame Miller.

Maud se leva également, plus vite qu'on aurait pu l'attendre d'une femme de son âge.

Je rejoignis machinalement la porte du jardin pour laisser sortir Lizzie. Je m'assis sur les marches, à l'arrière de la maison, pendant que ma chienne courait joyeusement dans le jardin, s'arrêtant tous les deux pas pour renifler un carré d'herbe.

Que signifiait ce nouveau rebondissement ? Mme Warren et Mme Harrington, mortes toutes les deux – apparemment empoisonnées. Y avait-il un tueur en série au village ? Et si tel était le cas, qui serait la prochaine victime ?

# 9

J'avais à peine eu le temps de commencer à réfléchir à ce nouvel incident qu'on frappa à la porte de façon inquiétante. Sans doute l'inspecteur Robertson, venu vérifier mon alibi pour la journée.

Je laissai Lizzie dans le jardin et me dirigeai vers l'entrée de la maison, une indécision naissante ralentissant mon pas. J'avais vu juste. Le détective se tenait sur le pas de ma porte, accompagné de deux agents en uniforme.

— Bonsoir, inspecteur.

— Madame Miller, répondit-il en levant son chapeau en guise de salut. Pouvons-nous entrer ?

J'acquiesçai et me reculai pour les laisser passer. Gardant la tête baissée, je refermai la porte derrière eux. Nul besoin de scruter la rue pour savoir que je devais à nouveau être le sujet de conversation de tout le village. Pendant les mois qui avaient suivi la disparition de Stan, j'avais attisé la curiosité de chacun des habitants. Les épouses des petits villages anglais ne se faisaient pas abandonner par leurs maris de manière aussi soudaine. Elles ne transformaient pas non plus leurs pelouses en potagers. S'il était acceptable que je survive en travaillant la terre en période de guerre, la chose était mal vue en temps de paix. Je n'aspirais qu'à rester anonyme et à faire le moins de vagues possible, comme ça avait été le cas pendant mon mariage avec Stan.

J'ouvris la porte du salon et m'assis à ma place habituelle, près de la fenêtre.

— En quoi puis-je vous aider ?

C'était une question ridicule. La raison pour laquelle il était là, avec deux officiers en uniforme, était claire. Il allait m'arrêter. Essayant de masquer ma crainte, je croisai les mains sur mes genoux pour les empêcher de trembler.

— Où étiez-vous, aujourd'hui ?

— Je faisais du shopping à Londres.

Le mensonge était sorti comme par automatisme.

— Madame Miller, dit le détective avec une patience surfaite. Je vous ai vue marcher dans la rue et faire un étrange détour par l'arrière de l'église, avant de rejoindre votre cottage. Vous ne portiez aucun sac.

— Je n'ai rien trouvé à acheter.

Il haussa les sourcils.

— Vous n'avez rien trouvé à votre goût dans les magasins de Londres ?

— Ce n'est pas ce que j'ai dit, répondis-je, ma confiance revenant à mesure que mon mensonge prenait forme. J'ai vu beaucoup de belles choses, mais bien trop chères pour moi.

— Vous êtes en train de me dire que vous avez pris le train jusqu'à Londres pour regarder des choses que vous ne pouviez pas vous offrir ?

— Oui, c'est exactement cela.

— Vous souvenez-vous des noms de certaines des boutiques où vous avez observé ces choses intéressantes, mais hors de prix ?

Son ton tranchant m'indiquait que le détective ne comptait pas se laisser mener en bateau. Un officier ricana et je regrettai de n'avoir pas trouvé une raison plus plausible pour expliquer mon absence.

Je ne pouvais pas admettre être restée avec le pasteur toute la journée. Ce n'était pas approprié. Je ne voulais surtout pas l'entraîner dans le bourbier dans lequel je me débattais. Je n'avais pas non plus envie de partager mon humiliation d'avoir découvert que Stan avait l'intention de me quitter et de déménager à Brighton.

— Je suis désolée, mais je ne m'en souviens pas. (Je souris pour masquer mon malaise croissant.) J'aime tellement flâner que je n'ai pas fait attention aux noms des boutiques dans lesquelles je suis entrée.

— Cela vous met dans une situation embarrassante, madame Miller.

— Vraiment ? Et pourquoi ?

— Pendant votre absence, un autre meurtre a été commis au village.

S'il m'avait vue descendre l'allée et suivre Charles Warren jusqu'à l'église, il savait certainement que Maud m'avait rendu visite dès mon retour. Je passai à la vérité.

— Oui, j'ai appris cette terrible nouvelle.

— Vous êtes une femme intelligente. Je suis sûr que vous comprenez que je dois vérifier les alibis de chacun. Tout particulièrement celui de quelqu'un comme vous qui, m'a-t-on dit, a été agressé verbalement par Mme Harrington ce samedi.

— Ce qui lui donne certainement un mobile pour me tuer, moi.

— En effet (il inclina la tête, mais avant que je puisse savourer cette petite victoire, ses yeux luisirent d'un éclat carnassier), si vous étiez la morte et que Mme Harrington était celle qu'on interrogeait.

— Oui, certainement. (Je me levai.) Je m'excuse, où sont mes manières ? Je vais faire du thé ? Qui voudrait…

— Asseyez-vous, Mme Miller.

Je me renfonçai dans mon fauteuil et un frisson d'effroi me parcourut l'échine, faisant se dresser mes poils sur ma nuque.

— Bien. Je crois que nous avons établi que vous n'avez pas d'alibi pour aujourd'hui. Par ailleurs, pourriez-vous m'expliquer comment Mme Harrington en est venue à avoir une bouteille de votre gin aux prunes sur sa table de chevet ?

Je clignai des yeux. Mon gin aux prunes ? Pas d'alibi ?

Ce n'était pas tout à fait vrai. J'avais un alibi, seulement je ne voulais pas embarrasser Luke ou le mettre dans une situation difficile en admettant que nous avions passé la journée ensemble à Londres. Même si nous étions partis pour une mission parfaitement valable, je voulais protéger la réputation du pasteur – en même temps que la mienne. Je pouvais certainement expliquer au détective pourquoi je n'avais pas pu tuer Elsie sans impliquer Luke. Je savais mieux que quiconque ce qu'il en coûtait de voir sa réputation exposée en place publique. Je ne voulais pas que le pasteur subisse la même honte.

Quant au gin, mon esprit s'emballait. J'avais fait don de quelques bouteilles à la foire du village et, bien sûr, Joe Noble en vendait au pub. Il me paraissait malvenu d'attirer l'attention sur Joe, après ce qu'il m'avait confié sur les problèmes d'alcool d'Elsie.

— Peut-être en a-t-elle pris une après l'exposition ?

— Pourquoi ferait-elle ça après avoir vu Mme Warren mourir ?

— Même si elle l'avait acheté quelque part avant la foire, pourquoi l'aurait-elle gardée si elle pensait qu'elle pouvait être liée à la mort de Mme Warren ? dis-je en relevant le menton. Dois-je supposer que le décès a quelque chose à voir avec mon gin aux prunes ? On m'a dit que des somnifères étaient en cause.

— Nous avons d'abord supposé que le verre à côté de son lit avait contenu de l'eau, qu'elle aurait utilisée pour ingérer une surdose de somnifères. Puis j'ai trouvé la bouteille de gin.

— Alors, le verre ne contenait peut-être que de l'eau ? (Je plissai les yeux, la colère prenant le pas sur la peur.) Pourquoi êtes-vous venu m'interroger sur mon gin alors que vous ne savez même pas ce qui l'a tuée avec certitude ?

— Je suis sûr que vous comprenez la nécessité que nous avons de rassembler des preuves à ce stade précoce. Le verre de Mme Harrington, comme celui utilisé par Mme Warren, sera dûment analysé pour déterminer s'il contenait du poison.

— C'est ridicule ! (Le maelström d'émotions que j'avais essayé de contenir toute la journée explosa.) Comment osez-vous suggérer que mon gin a quelque chose à voir avec l'un ou l'autre de ces décès ? Beaucoup de gens ont bu de ce gin l'autre jour et personne n'a eu aucun symptôme. Quant à la bouteille que Mme Harrington avait près de son lit, elle a pu contenir de mon gin, mais qui peut dire ce qu'on a pu y rajouter depuis ? Vous savez que Mme Harrington ne m'aimait pas. Alors, dites-moi comment j'aurais pu rentrer chez elle, et *a fortiori* dans sa chambre, pour empoisonner cette bouteille.

— Comme je l'ai dit, nous n'en sommes qu'aux premières étapes de la collecte d'informations.

Sa voix était calme et raisonnée, ce qui ne faisait que me tendre davantage.

— Au lieu de rester là à m'insulter et à insulter mon gin, pourquoi n'allez-vous pas parler à George Felton, de l'autre côté de la route ? Vous avez reçu le message téléphonique que je vous ai laissé, je suppose ?

— Quel message ?

— Pour l'amour du ciel, explosai-je. Je ne devrais pas avoir à faire votre travail à votre place.

— Pouvez-vous m'expliquer de quoi vous parlez, je vous prie ?

Les yeux bruns se déplacèrent entre ses collègues et moi. La force avec laquelle il serrait le bras du fauteuil montrait qu'il était sur le point de perdre son sang-froid. J'espérais que c'était en rapport avec ses collègues, et non avec moi. Il y avait en lui une veine d'acier qui m'intriguait et me terrifiait à la fois.

— Le message que je vous ai laissé vous informait de la découverte de preuves concernant George Felton, qui habite en face de chez moi, dis-je en faisant un signe de tête en direction de la fenêtre sur ma gauche. Je crois qu'il est responsable des actes de vandalisme commis dans les jardins du village.

— Avec tout le respect que je vous dois, madame Miller (la bouche de l'inspecteur Robertson se tordit un instant, comme s'il essayait de se retenir de rire), nous enquêtons sur deux meurtres consécutifs. Le vandalisme ne nous intéresse pas vraiment pour le moment.

— Eh bien, vous avez tort, et je vais vous montrer pourquoi. (Je saisis mon panier à tricot à côté de ma chaise et j'en fouillai le fond, où j'avais caché les notes manuscrites qui incriminaient George. Bien que j'aie fermé ma porte à clé, je ne voulais rien laisser au hasard et j'avais donc caché les documents dans un endroit où j'espérais que personne ne penserait à regarder.) J'ai rendu visite à Mme Leaming le lendemain du spectacle, pour voir qui avait gagné les prix. J'ai été surprise de voir que George avait remporté celui de la catégorie des haricots verts, alors qu'il s'était plaint en début d'année d'avoir vu ces légumes précis détruits par le vandale.

Le détective se pencha en avant, son attention manifestement piquée.

— Continuez.

— M. Warren m'a remis les documents du comité conservés par sa femme. Lorsque j'ai vérifié les comptes-rendus de la réunion de mai, j'ai découvert que c'était bien ses haricots verts que George prétendait avoir perdus.

— Mme Warren aurait-elle pu être au courant ?

— Le document prouvant le mensonge de George était en sa possession, aussi, elle a pu faire le même rapprochement que moi. Peut-être a-t-elle parlé à George, menaçant de révéler son imposture en public et de donner le prix à quelqu'un d'autre, suite à quoi il l'aurait tuée pour la faire taire. Je n'en sais rien. Comme vous l'avez souligné vous-même, enquêter sur les crimes importants vous revient.

Il cligna des yeux tandis que mon attaque faisait mouche.

— George a-t-il un lien particulier avec Mme Harrington, à votre connaissance ?

— C'est le jardinier des Harrington. Bien qu'il s'agisse d'un travail extérieur, je suis à peu près sûre qu'il a accès à la maison. Si l'on en croit les rumeurs qui courent au village, Mme Harrington aurait un fort penchant pour l'alcool – ce qui expliquerait la présence d'une bouteille de gin à côté de son lit. George était peut-être au courant de ses problèmes d'alcool, et se serait alors servi de cette faiblesse.

— Quel mobile aurait-il pu avoir pour la tuer ?

— Je ne sais pas, inspecteur. J'imagine que vous allez devoir le découvrir sans mon aide.

Son visage s'éclaira d'un sourire, qui rehaussait encore son allure.

— Je vais me renseigner sur M. Felton. (Il pointa l'index dans ma direction.) Mais vous n'êtes pas encore tirée d'affaire, madame Miller.

Après avoir fait sortir les officiers, je retournai dans le jardin, où Lizzie accourut à ma rencontre. Si j'étais soulagée de ne pas avoir avoué que j'avais passé la journée avec le pasteur, le fait que quelqu'un semblait utiliser mon gin pour empoisonner les villageois me préoccupait au plus haut point. Il était déconcertant de penser que quelqu'un me haïssait au point de faire tout son possible pour que l'on m'accuse d'une série de meurtres.

— Je sais, ma fille, dis-je à Lizzie en lui caressant la tête. Encore un mort et mon gin à nouveau impliqué. Je suis dans de beaux draps !

*

Peu de temps après, Ruby entra en trombe dans la cuisine.

— Martha ! Tu ne vas jamais le croire ! Je viens de voir George Felton se faire embarquer par la police.

— Tu as entendu ce qui s'est passé ?

— À propos de l'affreuse Harrington ?

— Ruby !

Elle leva les paumes au ciel.

— Eh bien, elle était plutôt affreuse, Martha, tu dois en convenir.

— Elle a été mauvaise avec moi, convins-je, mais personne ne mérite de mourir.

— Qui sait ? Peut-être a-t-elle fait quelque chose qui a déplu au tueur, et il l'aurait punie pour ça.

— Il ?

— Les meurtriers sont presque toujours des hommes, non ?

— Oui, je suppose. (J'ouvris la porte du réfrigérateur.) J'ai bien peur que nous n'ayons que de la salade à manger pour ce soir, Ruby. Je n'ai pas eu l'occasion de cuisiner quoi que ce soit depuis mon retour de Londres.

Elle haussa les épaules.

— Ça ne me dérange pas. Il fait très chaud et je n'ai pas très faim.

— Ruby, je peux te demander quelque chose ?

— Tu peux me demander tout ce que tu veux, Martha, mais je ne peux pas y répondre si je ne sais pas de quoi il s'agit.

Je pris une grande inspiration et me forçai à poser ma question avant de changer d'avis et de demander quelque chose d'anodin.

— Qui est l'homme avec qui je t'ai vue ce matin ?

Son regard se remplit de culpabilité et elle baissa la tête, faisant mine d'examiner ses ongles.

— Quel homme ?

— Celui de la gare de Slough. Je l'ai vu te prendre par le bras.

Je retins mon souffle. Notre relation s'améliorait, et je ne voulais pas que ma question gâche tout – mais je devais savoir. Je n'avais pas aimé la façon dont il l'avait touchée.

— Oh, lui. (Elle donna un coup de pied dans ses chaussures.) Ce n'est personne.

— Je n'ai pas aimé son attitude.

— Il est plutôt inoffensif.

— Inoffensif ? Ruby, je…

— Ne t'inquiète pas pour moi. J'ai la situation bien en main. (Elle ramassa ses chaussures et se dirigea vers la porte.) Je vais monter me changer. Honnêtement, Martha, tout va bien.

Sa réticence à me donner le nom de l'homme me fit comprendre que les choses n'allaient pas si bien qu'elle le disait. Je ne pouvais qu'espérer que Ruby savait ce qu'elle faisait.

*

Le lendemain, je me rendis au pub peu avant son ouverture. Je voulais demander à Joe Noble ce qu'il avait fait des bouteilles restantes, après la foire du village. L'événement s'était terminé si brutalement que la plupart d'entre elles avaient dû rester intactes.

Je fis le tour par l'arrière et tombai sur Florence, qui étendait le linge dans la petite cour.

— Oh, madame Miller. Bonjour.

— Bonjour, Florence. Je me demandais si je pourrais parler à ton père, s'il te plaît.

— Vous n'êtes pas venue lui parler de… notre secret, n'est-ce pas ?

— Non, bien sûr que non, la rassurai-je. Je t'ai dit que je garderais ça pour moi.

— Je vais le chercher. (Elle sourit, mais s'arrêta sur le pas de la porte.) Maman n'aimerait pas qu'il bavarde alors qu'il devrait être occupé à préparer le pub.

— Je serai brève, je te le promets.

Joe ressortit avec sa fille.

— Qu'y a-t-il, madame Miller ? Je suis très occupé.

— Quand avez-vous reçu la visite de votre fournisseur pour la dernière fois ?

J'avais réfléchi toute la nuit à la meilleure façon d'aborder le sujet de la vente illégale d'alcool avec M. Noble, mais, finalement, j'avais décidé d'être plutôt directe.

Son visage rougit.

— Cela fait un certain temps.

Je me frottai le menton :

— Est-ce que vous gardez la cave fermée à clé lorsqu'ils viennent inspecter votre pub ? Ou est-ce que l'établissement leur appartient ? Je ne sais jamais très bien comment ces choses-là fonctionnent.

— Madame Miller, dit Joe d'un ton apaisant, j'ai l'impression que vous savez exactement comment les choses fonctionnent. Pourquoi ne pas en venir au fait ?

— Malgré ce que vous m'avez fait croire, votre fournisseur ne vous a pas autorisé à commercialiser mon gin, n'est-ce pas ?

— Qu'est-ce qui vous fait dire ça ?

— S'ils étaient au courant, vous auriez certainement dit à l'inspecteur que la raison pour laquelle une bouteille de mon gin se trouvait dans la chambre de Mme Harrington était que vous la lui aviez vendue. C'est aussi la raison pour laquelle vous connaissiez son penchant pour la boisson. Parce que vous lui vendez mon gin.

— Je suis sûr que nous pouvons trouver un arrangement, dit-il en abaissant la voix, le ton désormais plaintif et inquiet. Il n'est pas nécessaire que quelqu'un d'autre soit au courant. Surtout pas ma femme.

— Il va falloir un bel arrangement, alors, dis-je en croisant les bras. Si votre fournisseur n'a pas pris sa part pendant tous ces mois, c'est que vous m'avez très mal payée et que vous avez empoché l'ensemble des marges.

— Ce n'est pas si simple.

— Alors, simplifions. Vous ne voulez pas que je parle à l'inspecteur et que je lui explique comment Mme Harrington a pu se procurer une bouteille de mon gin, n'est-ce pas ? À moins, bien sûr, que vous ne l'ayez empoisonnée vous-même avant de la lui vendre.

— Pourquoi voudrais-je la mort de Mme Harrington ? demanda-t-il d'un ton indigné, complètement désarçonné par mon accusation soudaine.

J'écartai les deux mains, paumes ouvertes.

— Quelle raison aurais-je de le faire, moi ?

— Chacun a entendu comment elle vous a traitée après la mort de Mme Warren.

— Si je tuais tous ceux qui ont été impolis avec moi à un moment ou à un autre, il n'y aurait plus grand monde dans ce village, rétorquai-je.

— C'est vrai, dit-il en riant. Les gens vous accusent de tous les maux, alors que c'est votre mari qui est parti avec une autre.

— Qu'en savez-vous ? demandai-je brusquement.

— J'ai entendu des officiers en parler. (Il piétina, mal à l'aise.) L'un des assistants de l'inspecteur a dit que les villageois voulaient se venger parce qu'ils vous croyaient responsable de la mort de Stan, alors qu'il savait en réalité que…

Je levai une main.

— Je pense que ça me suffit. Je ne veux pas en entendre davantage.

— Je suis désolé, dit-il en baissant la tête. Pour ce que ça vaut, votre mari était un homme grossier, et qui n'aurait pas reconnu une chose bonne pour lui si on la lui avait jetée à la tête.

— Merci, monsieur Noble. C'est très gentil, souris-je, agréablement surprise des paroles du tenancier.

Avais-je été si préoccupée par mon propre désarroi face à l'abandon de mon mari que je n'avais pas soupçonné que tous les villageois ne pensaient pas comme Ada Garrett ?

— Mais qu'allons-nous faire de l'argent que vous me devez ?

— Vous comprenez, ça me met en fâcheuse posture avec ma femme…

— Et moi, avec mon portefeuille, dis-je en posant une main sur ma hanche. Je ne veux pas vous mettre dans l'embarras, mais tout le village sait à quel point j'ai du mal à joindre les deux bouts. Permettez-moi de vous proposer un marché.

— Un marché ? répéta-t-il d'un air méfiant.

Mais ma décision était prise. J'entrevoyais un moyen d'aider à détourner les soupçons du détective à mon égard et d'obtenir l'argent que Joe me devait.

— Je veillerai à ce que le détective ne parle pas de votre petit commerce au noir.

— Et en retour ?

— Vous lui direz que vous avez fourni la bouteille de gin à Mme Harrington et vous me paierez ce que vous me devez. Aujourd'hui même.

— Ça ressemble plutôt à du racket ! dit-il en passant une main dans sa chevelure clairsemée. Je ne suis pas sûr d'aimer ça.

— Et moi je suis sûre de ne pas aimer que vous profitiez de ma bonne nature. Je vous ai fait confiance quand vous m'avez confirmé l'accord du fournisseur. Je vous ai fait un prix !

— Je vais voir ce que je peux…

— Ce n'est pas assez, lui rétorquai-je sans le laisser poursuivre. Arrêtez de profiter de moi, ou j'irai vous dénoncer moi-même.

Et je tournai le dos pour partir. Comme Ruby aurait été fière de moi ! La brave petite Martha Miller apprenait à se défendre !

J'espérais que Joe me paierait, car je voulais inviter Ruby en ville ce week-end pour aller voir un film.

Ma seule crainte concernait le scénario où Joe s'avérait être le tueur. Si tel était le cas, je venais de provoquer frontalement l'assassin. Je secouai la tête. C'était absurde. Joe n'avait aucune raison de tuer Alice ou Elsie – mais en étais-je vraiment si sûre ?

# 10

Le déjeuner achevé, je décidai de travailler au jardin – après l'avoir délaissé bien trop longtemps et malgré la chaleur étouffante de cette belle journée d'été. Lizzie s'était allongée à l'ombre de notre énorme pommier.

— Cette affaire est un vrai casse-tête.

Je tirai sur une mauvaise herbe particulièrement tenace, confortablement installée au milieu de ma rangée de betteraves.

— Je ne pense pas que George ait pu les tuer. Je sais que la police l'a arrêté, et c'était à prévoir. Mais même après qu'il a été si agressif envers moi, je ne crois toujours pas qu'il s'agit du tueur.

Lizzie entrouvrit un œil, sentant que je la regardais. Elle agita sa queue et referma les yeux.

— Tu ne m'es pas d'un grand secours. Tout ce que tu fais, c'est rester allongée à dormir. Ce dont j'ai besoin, c'est que quelqu'un passe en revue avec moi l'ensemble des informations que nous avons récoltées. À plusieurs, nous serons plus à même de trouver de nouvelles pistes.

— Madame Miller. (La tête de Maud surgit de la haie qui séparait nos jardins.) Vous savez que ce chien ne vous répondra jamais, n'est-ce pas ?

Je ravalai mon embarras.

— J'aime bien lui parler.

— Vous devriez passer plus de temps à parler à des êtres humains. (Maud pointa l'index dans ma direction.) Vous avez avancé, en ville ? Avec votre mari ? Vous devriez faire plus d'efforts pour vous habiller correctement. Comme vous l'avez fait le jour de la foire. Soigner son apparence est le plus sûr moyen de capter l'attention d'un homme.

— Je n'ai jamais été du genre à passer des heures devant le miroir, dis-je. Et j'ai quand même réussi à trouver un homme.

— Il faut voir lequel.

Je voulais argumenter, être une épouse loyale et dire quelque chose qui fasse l'éloge de Stan. Il était malheureusement trop difficile de penser à quoi que ce soit de positif concernant mon mari ou notre mariage.

— J'ai vu la façon dont le pasteur vous regardait, samedi. Qui aurait pensé que sous ces horribles vêtements que vous portez habituellement, vous avez de si belles jambes ?

Je n'étais pas sûre de pouvoir trouver une réponse appropriée. Évidemment, je savais que Maud remarquait absolument tout. Rien ne lui échappait. Pourtant, je ne me sentais pas du tout à l'aise avec le fait qu'elle ait observé ma ligne avec autant d'attention.

— Je vous remercie. C'est très gentil de votre part.

J'effectuai un geste du bras en direction de mon potager.

— Il faut vraiment que je retourne au travail, maintenant.

— Ne vous privez pas pour moi.

Mais Maud ne reprit pas le chemin de son jardin, comme je l'espérais.

— Qu'a découvert ce charmant pasteur lorsqu'il s'est rendu à Londres, hier ?

Je devais faire attention à ce que je lui disais. Elle en répéterait l'intégralité à l'ensemble des habitants du village, en exagérant sans doute – qu'ils se soucient ou non de ma vie intime.

— Rien de très significatif, commençai-je. Il semblerait que Stan ait déménagé pour vivre dans la région de Brighton. Apparemment, la police disposait déjà de cette information et n'a pas été en mesure de la vérifier. Je crains donc de ne pas être plus avancée.

— Alors, vous devez le retrouver, dit-elle avec ferveur. Vous ne pouvez pas vous arrêter maintenant. Vous devez absolument découvrir où il se trouve, et le forcer à signer les papiers pour le divorce.

— Je crains que ce ne soit pas si simple. Pour que je puisse divorcer de Stan, je dois pouvoir prouver qu'il a commis l'adultère. Autrement, il faut qu'il m'ait abandonnée depuis trois ans.

Je la fixai avec horreur. Pourquoi lui racontais-je tout ça ?

— Et je ne suis même pas sûre que c'est ce que je veux faire.

— Absurde ! Pourquoi diable voudriez-vous rester attachée à cet homme ?

— Nous nous sommes mariés devant un prêtre, dis-je, sur la défensive. Je crois fermement en l'institution du mariage.

— Et moi aussi, dit Maud. Mais seulement quand on est marié à la bonne personne. Je pense que vous et le nouveau pasteur feriez un couple formidable.

— Madame Burnett ! Même si le pasteur s'intéressait à moi, ce dont je doute sincèrement, l'Église aurait sans doute son mot à dire.

Nous étions allées bien au-delà de la discussion que je me sentais de soutenir avec ma voisine. Je ne savais pas comment elle rapporterait cette conversation au reste du village, mais j'étais certaine que sa version contiendrait nombre d'inexactitudes et d'ajouts, tous destinés à rendre son histoire plus sensationnelle.

J'avais vraiment besoin de me trouver de vrais amis si je ne voulais pas invariablement finir par raconter ma vie à mon chien – ou à mon insatiable voisine.

*

Plus tard dans la soirée, Ruby rentra du travail en compagnie d'un invité inattendu.

— Bonsoir, madame Miller. Je tenais à venir vous informer de l'état d'avancement de l'enquête, déclara l'inspecteur Robertson après que j'eus ouvert la porte.

— Êtes-vous toujours partisan de cette théorie ridicule selon laquelle ma sœur aurait tué Alice et Elsie ?

demanda Ruby en posant une main sur sa hanche avec un air de défi.

— Ruby, ne pouvons-nous pas au moins laisser l'inspecteur entrer pour en parler ?

— Pas s'il continue à porter ces accusations ridicules contre toi.

— Votre sœur a refusé de me donner un alibi concernant le jour où Elsie Harrington a été assassinée, mademoiselle Andrews.

— Oh, mais rien de plus simple.

Le regard de l'inspecteur se porta un moment sur Ruby, et j'en profitai pour secouer énergiquement la tête à son attention, prononçant plusieurs « non » muets. Bien sûr, ma sœur ignora mes mimiques désespérées.

— Martha était à Londres toute la journée avec le pasteur.

— Pourquoi ne pas simplement me l'avoir dit ? me dit-il en me fixant, la colère assombrissant ses traits harmonieux.

Ruby se tourna vers moi, ajoutant son regard perplexe à celui du détective.

— Je suis une femme mariée, dis-je, sur la défensive. Si les gens découvraient que je suis partie à Londres avec le pasteur, il serait la victime d'un flot ininterrompu de rumeurs malveillantes.

— Madame Miller, dit l'inspecteur avec une patience feinte, cela vous a peut-être échappé, mais je ne suis pas « les gens ». Je suis inspecteur de police. Je n'ai pas l'habitude de divulguer les informations en ma possession à qui que ce soit.

— Oui, bien sûr, je comprends, dis-je en fixant le sol. Luke, enfin, monsieur le pasteur, s'est proposé pour parler à certains collègues de Stan. J'ai appris des nouvelles pénibles au cours de cette excursion et c'est peut-être ce qui m'a poussée à être si secrète lorsque vous êtes venu m'interroger à la suite de la mort d'Elsie.

— Quelles sont ces nouvelles pénibles ?

Il parlait prudemment, mais son visage était très expressif. Il ne faisait aucun doute qu'il était déjà au courant des informations que j'avais apprises. Il était tout aussi évident qu'il était sous le charme de Ruby. Cela se voyait à la façon très étudiée qu'il avait d'éviter son regard. Pourtant, le bout de ses oreilles semblait s'échauffer chaque fois qu'elle prenait la parole.

— Apparemment, Stan avait prévu de déménager à Brighton.

— Oui, je l'ai lu dans le dossier.

— En quoi la disparition de mon mari pouvait-elle vous intéresser ?

J'essayai de masquer mon mécontentement. Tout ça était tellement humiliant.

— Oui, en quoi ? ajouta Ruby, faisant à nouveau s'échauffer les oreilles du détective. Et plus précisément, pourquoi n'avez-vous pas partagé cette information avec ma sœur ?

L'inspecteur Robertson ôta son chapeau et fit un geste en direction de la porte du salon.

— Peut-être pourrions-nous nous asseoir un moment ?

— J'ai hâte d'entendre ce que vous avez à dire, annonça Ruby en se dirigeant vers le salon.

Avant d'y entrer, elle se retourna et toisa le détective par-dessus son épaule. Il devint plus rouge que la cabine téléphonique qui ornait la façade du bureau de poste.

— Où dois-je… Je veux dire…

— Oui, détective ?

Oh, comme j'enviais la capacité de Ruby à rendre un homme pratiquement muet.

— Mon chapeau…

Il le souleva légèrement, comme s'il pouvait y avoir un doute sur l'objet que désignait le mot. J'indiquai le portemanteau situé en face de la pendule du salon.

— Vous pouvez laisser votre chapeau et votre veste là.

— Bien sûr.

— Puis-je vous apporter un verre d'eau ? Vous avez l'air d'avoir pris chaud.

Taquiner ainsi le détective n'était pas très gentil de ma part, mais après la façon dont il m'avait traitée – comme si j'étais une suspecte dans non pas une, mais deux affaires de meurtre –, je n'avais pu résister aux sirènes de la vengeance gratuite. Sans parler du fait qu'il était affreux de devoir encore une fois discuter de la désertion de mon mari.

— Je vous remercie, dit-il, semblant se ressaisir. C'est très aimable de votre part.

Je rejoignis la cuisine et sortis un pichet de limonade que je plaçai sur le plateau avec trois verres. Quand je revins dans le salon, je ne sais pas qui avait l'air le plus embarrassé : ma sœur, qui était maladroitement assise dans son fauteuil habituel, ou le détective, qui regardait résolument devant lui comme si une seule œillade sur Ruby pouvait lui faire risquer la combustion spontanée.

— J'ai de la limonade fraîchement sortie du réfrigérateur.

Mes paroles s'avéraient tout à fait inutiles, étant donné que n'importe quel imbécile pouvait voir ce qu'il y avait dans le pichet. Je posai le plateau sur la table, devant le détective.

— Servez-vous, je vous en prie.

— Ma sœur fait la meilleure limonade du village, se vanta Ruby. Je suppose qu'il faudrait que l'une d'entre nous prenne un verre pour vous prouver qu'elle n'est pas en train de tenter de vous empoisonner.

— Ce ne sera pas nécessaire, dit-il d'un ton rigide. Je suis sûre qu'elle est excellente.

— Vous avez dit que vous étiez venu ici spécialement pour me dire quelque chose ? demandai-je.

— Oui. J'ai pensé que vous aimeriez savoir que vous aviez raison au sujet de George Felton. Il a avoué être le vandale du village.

Un léger frisson me parcourut l'échine. Mon enquête commençait à porter ses fruits. Il ne me restait plus qu'à découvrir le meurtrier !

— Que risque-t-il ?

— Pour acte de vandalisme simple, je ne m'attends pas à ce qu'il soit condamné à une peine particulièrement lourde, dit-il en fronçant les sourcils. Probablement une amende et des travaux d'intérêt général.

— Je pense que la honte qui va le poursuivre après ça sera bien plus douloureuse que n'importe quelle sanction pénale.

— Vous avez relâché ce fou ? demanda Ruby avec colère.

— M. Felton est maintenant de retour chez lui avec sa femme, oui.

Ruby se pencha en avant et se tourna pour toiser le détective.

— Que faites-vous pour assurer la sécurité des femmes de ce village ?

— Vous parlez de M. Felton ?

— Bien entendu, je parle de M. Felton, s'emporta-t-elle.

— M. Felton a un alibi pour chacun des deux assassinats.

— Et vous croyez ce qu'il dit ?

— Nous avons des témoins indépendants qui corroborent ce que M. Felton nous a dit.

— Pouvez-vous nous communiquer ces alibis ? demandai-je.

L'inspecteur ne savait-il pas que les gens mentent souvent pour se sortir d'une situation difficile ?

— Dans un village comme celui-ci, j'imagine qu'il est inutile de vouloir dissimuler ce type d'information. Je suis sûr que la plupart des habitants savent déjà que M. Felton n'est pas entré dans le chapiteau avant la mort de Mme Warren. De nombreux témoins attestent qu'il a passé toute la journée avec ses légumes et un approvisionnement continu en bière fraîche. Le matin de la mort de Mme Harrington, il n'était pas au village, mais est allé rendre visite à de vieux amis, des anciens soldats, à Slough. Nous avons recueilli plusieurs témoignages qui confirment sa présence au déjeuner des anciens combattants.

Ruby se rassit sur sa chaise.

— Alors nous sommes revenus à notre point de départ ?

— Je ne pensais pas que George avait tué qui que ce soit, de toute façon.

— Vraiment, madame Miller ? Et pourquoi pas ?

— Je pense que le tueur est une personne plutôt rusée et intelligente. George n'est ni l'un ni l'autre. C'est un homme très impulsif et pas assez intelligent pour commettre ce que je pense être des meurtres bien préparés.

— Qu'est-ce qui vous fait dire qu'ils ont été bien préparés ?

— C'est simple, continuai-je, comme si la réponse était évidente – car pour moi, en effet, elle l'était. Nous n'avons pas la moindre idée de l'identité de cette personne, pas la moindre. Cela me laisse penser que le tueur est très astucieux et extrêmement prudent.

L'inspecteur Robertson vida sa limonade d'un trait et croisa les bras sur sa poitrine.

— Je trouverai le coupable, vous pouvez en être sûre. Quelles que soient son intelligence, sa ruse ou sa prudence.

*

Dix minutes après le départ du détective, on frappa de nouveau à la porte. Ruby se leva, mais je lui fis signe de se rasseoir.

— Je m'en occupe. Tu as eu une journée de travail bien remplie. Monte te changer et je vais préparer le dîner. Qui que ce soit, il devra me parler pendant que je suis en cuisine.

J'ouvris, m'attendant à tomber sur Maud, venue me questionner sur l'entrevue avec le détective. Mais c'était Luke.

— Bonsoir, monsieur le pasteur.

— Je viens de voir partir l'inspecteur Robertson.

— Vous avez le nez au moins aussi fin que Mme Burnett.

Il sourit.

— Venez, entrez.

— Vous êtes sûre que je ne dérange pas ?

— Accompagnez-moi à la cuisine, j'étais sur le point de commencer à préparer le dîner. Je peux vous proposer une omelette aux légumes ?

— C'est très gentil de votre part, dit-il en fronçant le nez, soudain mal à l'aise. Malheureusement, Mme Felton a laissé une sorte de ragoût pour moi. Je dois essayer de l'avaler, sinon je crains qu'elle ne me dénonce à l'évêque.

— Elle ferait ça ?

— L'autre jour, elle a fait une remarque sur le fait que je ne mangeais pas ses plats. Elle a ajouté que si ses compétences n'étaient pas à la hauteur de mes attentes, autant demander à l'évêque de la faire remplacer.

— Seigneur !

J'enfilai mon tablier par-dessus ma tête et le nouai dans mon dos.

— Alors maintenant, vous vous sentez obligé de manger tout ce qu'elle vous sert ?

— Je suis nouveau, ici. La dernière chose que je souhaite, c'est que l'évêque en vienne à croire que quelque chose se passe mal dans ma paroisse, et qu'il se déplace jusqu'à Westleham.

— Je pense qu'il serait très surpris s'il apprenait ce qui s'est passé ici récemment.

Je pris une planche à découper et je sortis du réfrigérateur poivrons, échalotes, tomates ainsi qu'une courgette. Je tirai ensuite le saladier contenant les œufs frais du placard.

— Je n'ai pas grand-chose, mais j'ai assez d'œufs et de légumes pour contenter tout le monde. Êtes-vous sûr de ne pas vouloir rester dîner avec nous ?

— Non, je crains de devoir me contenter du plat de Mme Felton, dit-il en faisant la grimace. Pour être honnête, j'étais tellement intrigué par ce que voulait le détective que j'en ai oublié toute faim. Avez-vous appris quelque chose de nouveau ?

Je tranchai un poivron et en retirai les graines avec une cuillère.

— C'est amusant, cet après-midi, avant que l'inspecteur Robertson n'arrive, je comptais passer en revue tout ce que je savais sur ce mystère. Je suis contente que vous soyez là. En nous y mettant tous les deux, nous aurons plus de chance de découvrir ce qui nous échappe.

— Qu'est-ce qui vous semble le plus inhabituel, dans cette énigme ?

— Le comportement de Mme Harrington après la mort d'Alice. Nous n'avons jamais été amies, mais son attitude envers moi a été très étonnante. C'est habituellement une femme très droite, pas du genre à perdre le contrôle, surtout en public. J'ai eu du mal à croire qu'elle ait pu nous traiter de traînées, Ruby et moi. Quel mot terrible !

— Mais nous savons pourquoi elle s'est comportée ainsi, dit Luke. À cause de l'alcool, principalement. Malheureusement, beaucoup de gens deviennent mauvais lorsqu'ils boivent trop d'alcool.

— Nous devrions faire preuve de prudence quant aux rumeurs qui circulent, mais cette partie semble correcte du point de vue des faits. Joe Noble a admis que Mme Harrington lui avait acheté de l'alcool en cachette. Et elle avait également une bouteille de gin dans sa chambre. Seule une forte dépendance à l'alcool peut pousser à entreposer des spiritueux à côté de son lit.

— Qu'en est-il de Charles Warren ? Il semblait si sincèrement désemparé par la mort d'Alice, mais pouvons-nous vraiment l'exclure de la liste des suspects alors qu'il va toucher une si grosse somme d'argent ?

— Je ne vous ai pas raconté ce qui s'était passé lorsque je l'ai suivi à la sortie du train, mardi. Il s'est rendu directement au cimetière et s'est effondré sur la tombe d'Alice.

— Mais elle n'a pas encore de tombe, protesta Luke. Il n'y a qu'une fosse, en attendant que le légiste ait terminé son travail.

— Je sais. C'est ce qui m'a rendu la situation encore plus tragique. Alice n'était même pas là, mais le malheureux M. Warren semblait désespérément avoir besoin d'un lieu pour la pleurer.

— Pauvre homme. (Luke marqua une pause, fixa la table un moment et poursuivit :) J'ai réfléchi au cas de Mme Leaming. Vous avez dit qu'il y avait beaucoup de meubles et d'animaux chez elle. J'ai étudié à l'université avec un homme qui travaille maintenant comme vétérinaire. Je pourrais peut-être l'appeler et lui demander de rendre visite à Mme Leaming sous un prétexte ou un autre.

Je haussai les sourcils.

— Je ne vois pas très bien en quoi ça pourrait nous avancer. Elle a agi de manière étrange, c'est vrai, mais elle a été extrêmement amicale envers moi après la mort d'Alice. Je ne sais pas si votre ami pourrait découvrir la raison de son brusque changement d'humeur.

— Il pourra peut-être lui soutirer quelques informations, lui qui est un étranger. C'est un homme très sympathique. Cela vaut peut-être la peine d'essayer.

— Je pense que vous devriez lui rendre visite vous-même, lui dis-je. Cela n'aurait pas l'air si étrange. Vous avez notifié que vous comptiez rendre visite à tous vos paroissiens.

— C'est vrai, acquiesça-t-il. Je crois que je vais essayer. De votre côté, pourriez-vous parler à Ernest Harrington ? Il se méfie de moi après m'avoir surpris en train de parler à Elsie l'autre jour.

— Pensez-vous qu'il serait plus enclin à me parler ?

— Il est peut-être le genre de personne qui se confie plus facilement à une femme.

Il haussa les épaules devant mon expression dubitative.

— Je pense qu'il faut essayer tout ce qu'on peut, même si ça paraît étrange. À ce propos, j'ai rendez-vous au pub.

— Je ne savais pas que vous fréquentiez les pubs, révérend.

En y réfléchissant, il y avait beaucoup de choses que je ne savais pas sur son compte. Mais je voulais en apprendre davantage. Il m'avait tellement réconfortée ces derniers jours. Qu'aurais-je fait s'il n'avait pas cru en moi à ce point ? Bien sûr, Ruby savait que je ne pouvais pas être impliquée dans la mort d'Alice et d'Elsie, mais c'était ma sœur. Elle était en devoir de me défendre en tant que membre de ma famille. Luke, lui, était nouveau dans le village, et il n'y avait *a priori* aucune raison pour qu'il soit de mon côté. Et pourtant, il avait décidé de l'être.

La perspective de voir notre amitié s'approfondir me réchauffait le cœur. Ma confiance en moi s'améliorait presque chaque jour, car je me rendais également compte que tout le monde ne me rendait pas responsable de l'échec de mon mariage.

— Je n'ai rien contre une pinte de bière ou un verre de brandy de temps en temps. Comme je n'ai pas encore rencontré Joe Noble, ça me semble l'occasion toute désignée.

Je levai les yeux de la planche à découper et vis le sourcil haussé de Luke, destiné à me faire comprendre que sa visite au pub n'avait rien à voir avec son goût pour l'alcool.

— Ah, je comprends votre idée. Vous vous rendez au pub pour obtenir des informations auprès de Joe. Nous avons vraiment besoin de savoir s'il y a une raison pour laquelle il aurait pu tuer Alice. Savait-elle quelque chose sur lui ? Nous savons qu'il vendait de l'alcool à l'insu de son fournisseur. Alice aurait-elle pu l'apprendre ? Le menaçait-elle ?

— Nous avons davantage de questions que de réponses. En en écartant quelques-unes, nous nous rapprocherons du meurtrier.

— Je suppose qu'après ce que vous m'avez dit au sujet de Mme Garrett, je dois lui parler et m'expliquer avec elle.

Il resta pensif un moment.

— Je crois qu'avoir une femme comme Mme Garrett de votre côté serait beaucoup plus bénéfique que de l'avoir comme ennemie.

— Sans compter qu'elle est la reine de la rumeur. Il ne se passe rien au village sans qu'elle le sache aussitôt. Je devrais peut-être faire de mon mieux pour m'en faire une amie, malgré nos différends passés.

— C'est une excellente idée.

— Sauf si elle s'avère être la meurtrière, bien sûr.

— Vous pensez que c'est possible ?

Je cassai mes œufs dans un bol et les fouettai à la fourchette.

— Je ne veux exclure aucune piste, à moins que nous ayons des preuves catégoriques du contraire.

— Pouvons-nous croire à ce qu'a dit l'inspecteur Robertson, concernant l'innocence de George ?

— Je ne vois pas en quoi l'endroit où il se trouvait le matin du second meurtre l'innocente, dis-je en déposant la fourchette dans l'évier. Le lieu où il se trouvait juste avant l'assassinat n'a pas d'importance. Il aurait pu ajouter le poison dans la bouteille n'importe quand.

— En effet, dit Luke en me regardant pensivement. Nous savons où il était au moment de la mort d'Elsie, mais il n'avait pas besoin d'être présent pour que le poison agisse.

— Sauf si on considère le fait que le poison a dû être ajouté juste avant qu'elle ne se serve un verre. S'il avait été présent dans la bouteille au moment de l'achat, elle serait morte au premier verre.

— Et si elle n'avait pas versé le verre elle-même ?

— Bien sûr ! Comment n'y avions-nous pas pensé ?

— La police l'a sûrement fait. Alice ne s'est pas versé son verre elle-même non plus.

J'abandonnai mes légumes tranchés et m'assis à la table en face de Luke.

— Devrions-nous mettre Florence sur la liste des suspects ?

— C'est elle qui a préparé les boissons ?

— Je n'ai pas pensé à le demander, admis-je. J'ai simplement supposé que c'était le cas.

— Et si ça avait été quelqu'un d'autre ? demanda-t-il à voix basse. Cela changerait tout, n'est-ce pas ?

Je m'essuyai les mains sur mon tablier.

— Nous savions déjà que ça aurait pu être n'importe qui, mais jusqu'à présent, je supposais que le meurtrier avait ajouté le poison dans la bouteille.

— Moi aussi. Sa bouche se tordit de désarroi. Si le poison a été ajouté dans un verre individuel, ça rend les choses encore plus compliquées.

— Et ça signifie que le meurtrier ne pouvait pas savoir qui allait prendre le verre. Il s'ensuit donc qu'Alice n'était peut-être pas la cible du tueur.

— Ça change absolument tout. (Je fixai Luke avec horreur.) Ça signifierait que quelqu'un empoisonne les villageois au hasard et sans aucune raison.

Je frémis. C'était trop horrible pour être même envisagé.

Pourquoi quelqu'un agirait-il ainsi dans un petit village aussi paisible que le nôtre ?

# 11

Le lendemain matin, je venais à peine de finir la vaisselle du petit-déjeuner que l'on frappait déjà à ma porte. Qui pouvait bien venir me rendre visite si tôt ? Mon cœur se mit à battre la chamade. Y avait-il eu un autre assassinat ? Qu'était devenue mon existence pour que ma première pensée soit de me demander si une nouvelle personne était morte aujourd'hui ?

Je quittai la cuisine à contrecœur et gagnai la porte d'entrée. Je pris une grande inspiration. La personne qui se trouvait sur le seuil souleva à nouveau le heurtoir et le frappa contre la porte. Je reculai d'un bond et fis sursauter Lizzie, qui se mit à aboyer.

Je l'attrapai par le collier.

— Chut, tout va bien.

Sans tergiverser davantage, j'ouvris la porte d'un coup sec, les nerfs à vif et les mains tremblantes.

— Bonjour, madame Miller.

Margaret Leaming regarda Lizzie d'un air méprisant.

— Cet animal est-il dangereux ?

*Certainement pas. Et en outre, elle n'utilise pas mon salon pour faire ses besoins.*

Je gardai cette première pensée pour moi.

— Non, ne vous inquiétez pas.

— Pourrais-je entrer un instant, très chère ?

Je reculai et la laissai entrer. Aujourd'hui, Mme Leaming avait une allure normale. La créature déguenillée qui m'avait ouvert la porte dimanche après-midi n'était plus visible nulle part.

— Je vous en prie, entrez.

D'habitude, j'emmenais mes visiteurs à la cuisine. Comme tous les autres villageois, je réservais mon salon à la détente du soir ou aux invités importants. Vu la façon dont Margaret regardait Lizzie, je préférai laisser ma chienne bien-aimée dans la cuisine plutôt que de la voir s'approcher de la secrétaire du comité.

À l'instant où ses fesses touchèrent le canapé à rayures vertes, Margaret alla droit au but.

— Madame Miller, en votre qualité de présidente intérimaire du comité municipal, je vous informe que je démissionne de mes fonctions de secrétaire.

Elle posa une enveloppe sur la table. Je restai un moment près de la porte, me demandant si je devais faire du thé ou si la conversation venait déjà de se terminer. Je ne pouvais pas la laisser partir avant de lui avoir posé d'autres questions, aussi, je poussai Lizzie dans la cuisine et refermai la porte du salon derrière moi.

À mon retour, elle était debout à côté de la cheminée.

— Y a-t-il quelque chose que je puisse faire pour que vous reconsidériez la question ?

— Non, je regrette, dit Margaret, les bras croisés sur sa poitrine. Trop de gens sont morts, madame Miller. Non seulement je démissionne de mon poste de secrétaire, mais j'ai bien l'intention de quitter ce village. Si je ne le fais pas, je serai peut-être la prochaine personne empoisonnée par ce fou.

À mon grand désarroi, Margaret éclata en sanglots bruyants. Je m'approchai d'elle et lui tapotai maladroitement l'épaule.

— Je suis sûre que tout va bien se passer, ne vous inquiétez pas.

Je n'étais pas sûre de quoi que ce soit de ce genre, en réalité. Si nous ne connaissions pas le mobile de l'empoisonneur, comment pourrions-nous savoir qui serait la prochaine cible ?

Margaret fouilla dans un sac à main disproportionné et finit par en extraire un mouchoir froissé.

— Oh, madame Miller. Nous pourrions toutes deux être dans sa ligne de mire en ce moment même. Mme Warren a été tuée devant tout le village et Mme Harrington, dans sa propre maison. Aucune de nous n'est en sécurité. Aucune des femmes du village n'est en sécurité. Les hommes, eux, ne semblent devoir s'inquiéter de rien.

Sauf de l'éventuelle mort de leur femme, bien entendu – mais je gardai cette pensée pour moi. Dans ces circonstances, je ne pensais pas qu'elle soit très utile.

— Et vous avez tellement peur que vous avez l'intention de quitter le village ?

— Dès que possible, confirma-t-elle. Je crains de manger ou de boire quoi que ce soit, et je n'arrive plus à dormir. Je suis terrifiée à l'idée de ne plus jamais me réveiller.

— Vous aviez l'air très contrariée quand je vous ai vue dimanche, dis-je en observant attentivement son visage pour jauger sa réaction.

— Quand je suis venue vous parler, le jour du premier meurtre, je crois que j'étais en état de choc – sans m'en être rendu compte d'abord. Par la suite, lorsque j'ai compris ce qui s'était réellement passé, j'ai eu toutes les peines du monde à me ressaisir. Je ne crains pas d'admettre, madame Miller, que cette affaire a été la pire chose qui me soit jamais arrivée.

Pire que la perte de son mari ? Je ne m'étais pas effondrée lorsque Stan avait disparu, mais la plupart des épouses dans sa situation auraient certainement répondu de la sorte.

— Votre départ sera une terrible perte pour le village, madame Leaming.

Elle se moucha bruyamment, et je fus soulagée de constater qu'elle avait cessé de pleurer.

— Vous êtes une secrétaire si efficace.

J'étais vraiment horrible. Bien qu'il soit agréable d'être félicité pour un travail bien fait, il n'était pas très flatteur d'entendre que le domaine pour lequel on vous regretterait le plus était d'ordre professionnel.

— C'est très gentil de votre part.

Elle renifla et remit son mouchoir dans son sac à main. Je devais lui poser d'autres questions avant de la laisser partir. Je m'efforçai de me souvenir des choses que nous voulions lui demander. Ce n'était pas la première fois que je regrettais de ne pas avoir pris de notes lors de ma conversation avec Luke. Ou d'avoir une meilleure mémoire. L'un ou l'autre m'aurait été utile à cet instant.

— Où allez-vous déménager ? demandai-je en me dirigeant vers mon fauteuil, près de la fenêtre.

— J'ai une maison en Cornouailles.

— Vraiment ? Quelle chance !

Margaret rougit et baissa les yeux sur son sac à main.

— J'en ai hérité.

— Oh, mon Dieu, dis-je avec autant de sympathie que possible. Appartenait-elle à votre mari ?

— C'est aussi pour cela que je pars ! (Margaret se leva d'un bond.) Vous êtes aussi curieuse qu'Alice Warren l'était !

S'enquérir de son mari ne semblait pas pouvoir être mis sur le même plan que la menace d'un meurtrier courant en liberté dans le village, mais qui étais-je pour juger des émotions d'autrui, alors que les miennes étaient loin d'être simples ? Pourtant, la colère soudaine et extrême de Margaret me semblait tout à fait excessive.

— Je cherchais seulement à faire la conversation. Je suis terriblement désolée si je vous ai offensée.

— Vous, les femmes d'ici, ne pouvez pas vous contenter de laisser leur intimité aux gens. Vous êtes toujours en train de fourrer votre nez partout.

La dureté de son ton me rappela le sentiment que j'avais éprouvé lorsque je l'avais précédée dans son couloir. C'était de la peur. Une peur passagère, mais de la peur tout de même. Malgré la chaleur de la journée, un frisson me parcourut. Rester enfermer chez moi avec Mme Leaming n'était peut-être pas une bonne idée. Que ferais-je si elle m'attaquait ?

Mais je perdais mes moyens. Margaret quittait le village parce qu'elle avait peur d'être assassinée. Elle venait de me le dire. À moins qu'il ne s'agisse d'une ruse élaborée et qu'elle ne quitte Westleham pour éviter de se faire prendre. Me débarrassant de mon malaise, j'inspirai profondément pour me calmer. Je laissais la théâtralité de Margaret influencer mes propres pensées et sentiments.

— Je suis désolée que vous voyiez les choses comme ça, marmonnai-je en essayant d'avoir l'air désolée tout en échafaudant ce que je pensais être un plan machiavélique. Alice était extrêmement gentille et…

— Alice était une fouineuse qui profitait de son rôle de présidente du comité pour satisfaire sa curiosité mal placée. Elle ne valait pas mieux que les autres commères de cet horrible village. Je ne serai pas triste de partir d'ici. Pas le moins du monde.

J'attendis que Margaret ait terminé sa tirade avant de lui faire une réponse mûrement réfléchie.

— C'est pour ça que vous m'avez dit que vous passeriez me voir le lendemain du meurtre ? Vous ne vouliez pas que je vienne chez vous, n'est-ce pas ?

Qu'y avait-il dans cette maison, que Margaret voulait cacher ?

— Et bien sûr, c'est exactement ce que vous avez fait.

Je me levai et m'éclaircis la voix.

— Bien. Je pense qu'il n'y a rien à ajouter. Au nom du comité du village de Westleham, j'accepte votre démission. Je vous souhaite bonne chance en Cornouailles.

J'espérais avoir eu l'air plus confiante que je ne l'étais réellement. Mes genoux tremblaient et ma gorge était sèche. Je marchai jusqu'à la porte du salon et l'ouvris. Margaret se leva et passa devant moi.

Quelques instants plus tard, la porte d'entrée se refermait et je poussai un soupir de soulagement.

— Bonne journée à vous aussi, madame Leaming.

*

Dès que j'eus la certitude que Margaret avait poursuivi son chemin jusqu'à sa propre maison, je fermai à clé derrière moi et me précipitai sur la route du presbytère.

Gertrude Felton, la gouvernante du pasteur, ouvrit la porte. Elle me détailla de haut en bas.

— Oui, c'est pour quoi ?

Ignorant son ton mal élevé, j'affichai un sourire radieux.

— Je me demandais si le pasteur était là. J'aurais voulu lui parler.

— Je pense que le pasteur se porterait mieux s'il n'était pas vu en compagnie de gens comme vous.

— Que voulez-vous dire, madame Felton ?

— Eh bien, laissez-moi vous exposer franchement ce qu'il en est. Je sais que vous avez dénoncé mon George à la police. Il ne voulait faire de mal à personne. Tout ce qu'il voulait, c'était gagner un prix pour son labeur. Il travaille dur dans les jardins des gens et personne ne le remercie jamais. Mais non, il fallait que vous vous en mêliez et que vous le fassiez arrêter. Je ne vois pas quel intérêt vous aviez à faire ça.

Je fronçai les sourcils. La réponse à cette question était évidente.

— George a commis un délit. Beaucoup de gens ont vu leurs récoltes détruites par sa faute. Je trouve normal que la police enquête là-dessus. Si cela a conduit à son arrestation, je ne peux pas en être tenue pour responsable. Pourrais-je parler au pasteur, maintenant ?

Elle me foudroya du regard, me faisant comprendre à quel point elle souhaitait me claquer la porte au nez. Elle se retourna finalement et se retira dans le couloir, avant de revenir quelques instants plus tard.

— Le pasteur va vous recevoir immédiatement, dit-elle sur un ton grandiloquent.

— Je vous remercie, madame Felton. C'est très aimable de votre part, répondis-je sur un ton tout aussi faussement affecté.

Il ne faisait aucun doute qu'elle avait changé d'intonation de peur que le pasteur ne l'entende.

Elle me conduisit jusqu'au bureau de Luke. Il avait l'air très différent de la dernière fois que je l'avais visité. À l'époque où le révérend Gibbs l'utilisait, sa surface était recouverte de papiers en désordre. Il perdait d'ailleurs souvent ses lunettes dans ce fouillis.

Aujourd'hui, les papiers étaient rangés en piles soigneusement ordonnées. Une petite photographie encadrée trônait dans un coin. Je me penchai en avant.

— Je peux ?

— Oui, bien sûr.

Il prit la photo et me la passa, puis il se tourna vers Mme Felton, qui se tenait dans l'embrasure de la porte et nous observait tous les deux.

— Du thé pour deux, s'il vous plaît, Mme Felton.

Je m'approchai de la porte une fois la gouvernante partie.

— Vous me quittez déjà ? demanda-t-il en souriant.

— Non. Je vérifie juste qu'elle est bien partie avant de vous raconter ce qui vient de m'arriver, qui est la chose la plus étrange qui soit.

— Je ne suis pas sûr de pouvoir vous croire.

— Que voulez-vous dire ?

— Qu'est-ce qui n'est pas étrange dans ce village ? Je parie que ce qui vient de se passer n'est pas aussi bizarre que l'ensemble des événements s'étant déroulés ces derniers jours dans ce petit bourg si pittoresque.

— Vous marquez un point. (J'observai le cliché.) Est-ce qu'il s'agit de votre mère et de vos frères et sœurs ?

— Oui, c'est exact. Il tendit la main et je m'approchai pour le lui rendre.

— Votre père n'aimait pas qu'on le prenne en photo ?

Je regrettai ma question aussitôt après avoir fermé la bouche, car son visage s'assombrit soudain sous l'effet d'une émotion indéchiffrable. Margaret Leaming avait raison – j'étais beaucoup trop curieuse.

— Non, répondit-il en fixant la photo et en se tournant à nouveau vers moi. Il n'aimait pas ça.

Je revins sur mes pas et laissai tomber ce sujet trop manifestement délicat.

— Je viens de recevoir la visite de Mme Leaming. Elle m'a donné sa démission. Elle dit vouloir vendre et déménager en Cornouailles, où elle possède une maison. Ne trouvez-vous pas cela étrange ?

— Oui, vous avez raison.

— Elle ne semble pas être le genre de femme à posséder une maison en Cornouailles, bien qu'elle ne m'ait jamais semblé manquer de rien. Enfin, disons qu'elle ne s'est jamais plainte de manquer d'argent, ce qui n'est pas tout à fait la même chose, je suppose. Cependant, tout le monde sait que je suis pauvre, alors que je n'ai jamais entendu une telle rumeur concernant Mme Leaming.

— Et elle a parlé de vendre ? Comme si la maison qu'elle avait au village lui appartenait ?

J'acquiesçai.

— C'est bien ce qu'elle a dit.

Luke tapota la table, une habitude qu'il avait lorsqu'il réfléchissait, comme j'avais pu le remarquer.

— Connaît-on quelqu'un qui travaille dans l'immobilier ?

— Il y a M. Finnegan, qui tient l'agence locale.

— Oui, oui, dit Luke en agitant la main. Mais nous ne voulons pas avoir affaire à M. Finnegan. Lui ne nous dira rien, à mon avis.

— En effet. Sa femme est sa secrétaire, mais je ne m'attends pas à ce qu'elle nous dise quoi que ce soit non plus.

— Depuis combien de temps Mme Leaming vit-elle là ?

— Depuis environ un an, je dirais.

— Y avait-il un panneau « À vendre » à l'extérieur de la maison, avant qu'elle n'y emménage ?

— Je ne me souviens pas d'en avoir vu un.

— Alors à qui appartenait-elle ?

— Elle appartenait à une vieille dame du nom de Phyllis Jones. Elle est décédée pendant la guerre et la maison est restée vide pendant un assez long moment. Puis, comme je vous l'ai dit, Mme Leaming y a emménagé voici environ un an.

— Mais à qui appartient-elle maintenant ?

— Je n'en ai aucune idée. Les meilleures personnes pour tout savoir sur tout le monde sont Mme Burnett et Mme Garrett.

Luke sourit.

— Et il se trouve que vous allez voir au moins l'une d'elles aujourd'hui.

— Avec un plan qui pourrait m'attacher Mme Garrett, qui plus est.

— Peut-on connaître la teneur de ce plan génial ?

Je me tapotai le côté du nez.

— Voyons d'abord s'il donne des résultats. En tant que pasteur, vous pouvez sans doute me renseigner sur un point important. Est-il facile de trouver une copie de l'acte de mariage de quelqu'un ?

— C'est très facile, en fait, répondit Luke. Il suffit de se renseigner auprès de Somerset House, à Londres. De quel certificat de mariage avons-nous besoin ?

— J'aimerais savoir… Je pense qu'il serait intéressant de savoir si Mme Leaming a été mariée par le passé. Pouvez-vous obtenir cette information ?

— Oui, bien sûr. Je peux téléphoner à l'un de mes amis qui habite Londres et lui demander de passer à Somerset House pour moi.

— Devons-nous informer l'inspecteur Robertson de l'intention de Mme Leaming de quitter le village ?

— Pensez-vous que c'est important pour l'enquête ? demanda-t-il. Croyez-vous qu'elle puisse être impliquée d'une manière ou d'une autre ?

— Le fait que Margaret veuille absolument quitter le village après que deux personnes ont été tuées est une coïncidence pour le moins étrange.

— Elle a peut-être vraiment peur.

— Ou elle quitte le navire avant de se faire prendre.

— Mais pourquoi se serait-elle mise à pleurer, alors ? Et quels seraient les mobiles des meurtres ?

— Elle est peut-être seulement bonne actrice. Elle m'a accusée d'être trop curieuse, et elle a dit qu'Alice était une fouineuse invétérée.

— Les gens d'ici sont plutôt curieux, il faut le reconnaître, madame Miller.

Je clignai des yeux tandis que ses mots atteignaient leur cible.

— Je suppose que vous avez raison. Et je suis moi-même en train de médire de mon prochain alors que je sais les dégâts que ça peut faire.

— Votre thé, révérend, annonça Mme Felton en entrant dans la pièce et en déposant le plateau sur une table latérale.

Sa présence austère mit fin à la conversation. Bien qu'elle ait fait comme si je n'avais pas été là, Mme Felton attendit de sortir du champ de vision de Luke pour me lancer un regard assassin.

*

Après avoir bu une tasse de thé avec Luke, je marchai le long du chemin jusqu'à la maison de Mme Garrett.

J'aurais aimé rester au presbytère et discuter plus longuement de notre affaire – comme je commençais à la désigner – avec Luke. Mais Mme Felton avait certainement dû faire mine de s'attarder dans le couloir, essayant de capter la moindre miette de discussion. Ou, pire encore, elle s'était peut-être précipitée au bureau de poste pour appeler l'évêque et lui faire part de mon comportement scandaleux.

C'était risible. Je n'avais jamais rien fait de scandaleux de ma vie. J'étais sans aucun doute la personne la plus ennuyeuse que je connaisse. Si demander son soutien à mon pasteur en plein jour était un crime, alors Mme Felton pouvait bien appeler l'évêque.

Je frappai à la porte d'entrée de Mme Garrett avant d'avoir le temps de changer d'avis et de repartir chez moi travailler à mon jardin.

Mme Garrett ouvrit et me toisa un long moment avant de prendre la parole.

— C'est pour quoi ?

— Puis-je entrer un instant, Mme Garrett ? (J'adoptai le ton le plus conciliant possible.) J'ai une proposition à vous faire.

— Je ne pense pas que vous ayez quoi que ce soit à dire qui puisse m'intéresser.

— Oui, je comprends vos sentiments. Je suis vraiment navrée, mais il semble que nous soyons parties du mauvais pied toutes les deux. Peut-être que ce que j'ai à vous dire pourrait contribuer à combler le fossé qui nous sépare.

J'affichai un grand sourire, ce qui était en parfait désaccord avec ce que je ressentais. Pour autant que je sache – et Luke me l'avait confirmé –, je n'avais rien fait de mal, si ce n'est d'avoir eu la chance que mon mari rentre de la guerre.

Ce n'était pas une chose sur laquelle je pouvais avoir une quelconque prise. Le destin en était le seul responsable – pas quelque chose que j'avais pu faire ou ne pas faire. J'avais prié moi aussi, ni plus ni moins qu'une autre femme. Enfin, ça n'était peut-être pas tout à fait vrai. J'avais probablement prié beaucoup moins que les autres femmes. Non pas parce que je ne voulais pas que Stan rentre à la maison, mais parce que je ne l'aimais pas aussi désespérément que d'autres femmes aimaient leur mari.

Je détournai les yeux du grain de beauté qui trônait sur la joue de Mme Garrett en essayant de l'imaginer en prière, intensément désireuse de retrouver son mari sain et sauf. J'avais beau essayer, je n'arrivais pas à l'imaginer dans une posture aussi passionnée. Bien sûr, je n'aurais jamais pensé que Charles Warren soit aussi dévasté par la perte de sa femme. Que savais-je des émotions des autres ? Je n'avais jamais été amoureuse. Enfin, pas vraiment.

Elle me fixa en pinçant les lèvres, puis me toisa de mes bottes de jardinage jusqu'au sommet de mon foulard.

— Suivez-moi dans la cuisine. Je n'ai pas le temps pour les enfantillages, madame Miller, alors j'espère que vous n'êtes pas venue me voir pour rien.

— Non, Mme Garrett, je vous l'assure.

J'avais l'impression d'être une écolière fautive qu'on emmenait dans le bureau de la directrice – où j'allais très certainement recevoir la canne.

— Asseyez-vous là.

Elle indiqua une chaise et prit elle-même place en bout de table, devant une grande théière brune vêtue d'un couvre-pot rouge vif.

*Oui, m'dame.*

Pour qui se prenait Mme Garrett – la reine Elizabeth ? Mais je me rendis compte, une fois assise, que je me mettais moi-même dans cette position, agissant de la sorte parce que je me sentais socialement inférieure à Mme Garrett.

— Je suis venue vous demander si vous accepteriez d'assumer le rôle de secrétaire du comité du village.

— Comment ? aboya Mme Garrett.

— Je ne peux pas vous le proposer officiellement, tant que nous n'aurons pas convoqué une assemblée. Et nous devrons procéder à un vote. Mais vous êtes une personnalité respectée au village et je pense que vous feriez un excellent travail.

Je retins mon souffle. Je me souvenais que le comité l'avait déjà approchée par le passé, mais qu'elle avait dit être trop occupée pour pouvoir accepter.

— Pourquoi me le demander maintenant ? Vous n'avez pas de secrétaire ?

— Si. Enfin, non. Plus maintenant. Mme Leaming a démissionné ce matin et j'ai pensé que vous feriez une remplaçante idéale.

Il faisait très chaud dans la cuisine de Mme Garrett. Un filet de sueur se forma entre mes omoplates et commença à descendre le long de ma colonne vertébrale. C'était bien la chaleur, et non la peur qui faisait trembler mon corps.

— Vous n'avez pas répondu à ma question. Pourquoi moi ?

— Eh bien, comme je l'ai dit, répondis-je d'une voix hésitante, vous êtes très respectée… hum… un pilier de la communauté et… sans doute… parfaite pour le poste.

— Vous ne me connaissez même pas.

Elle croisa les bras sous sa poitrine et me fixa d'un air soupçonneux.

— Comment pouvez-vous savoir que je suis parfaite pour le poste ? C'est le pasteur qui vous envoie ?

Je levai le menton.

— Je reviens du presbytère, en effet, mais non, ce n'est pas lui qui m'envoie. En fait, je ne crois même pas lui avoir parlé de ce projet.

— Nous ne nous sommes jamais entendues. Pourquoi voudrais-je être votre secrétaire ?

— La secrétaire du comité, précisai-je en me levant. Mais je ne veux pas vous faire perdre votre temps. Si vous ne voulez pas du poste, je trouverai quelqu'un d'autre.

— Je n'ai pas dit ça, rétorqua-t-elle. Rasseyez-vous, je vous en prie.

En manière de défi, je décidai de rester debout. Soit elle voulait le poste, soit elle ne le voulait pas. Je n'allais certainement pas la supplier. J'avais assez courbé l'échine devant elle pour la journée.

— Mme Garrett, savez-vous à qui appartient le cottage actuellement occupé par Mme Leaming ?

Elle sortit deux tasses et deux soucoupes d'un placard et versa du thé dans l'une d'elles sans me quitter du regard.

— C'est la véritable raison de votre venue ?

Un thé trop clair sortit du bec de la théière. Elle ajouta du lait et du sucre, puis but une petite gorgée. Sa manière de ne délibérément remplir qu'une tasse devait constituer une sorte de test. Le problème étant que je ne savais comment passer ce dernier.

— En partie, répondis-je, décidant que l'honnêteté était ma meilleure chance.

Mme Garrett ne me faisait pas seulement penser à une institutrice par ses manières, mais elle semblait aussi disposer de ce même sens inné pour déceler le mensonge.

— Mais j'ai bien décidé de venir vous rendre visite ce matin, après que Mme Leaming m'a remis sa démission. J'ai immédiatement pensé à vous demander de prendre sa place.

Du thé ressemblant à de l'eau croupie vint remplir l'autre tasse.

— Lait et sucre ?

— Oui, deux sucres, s'il vous plaît.

Elle haussa les sourcils en me regardant, versa deux cuillerées pleines dans le liquide pâle et poussa la soucoupe vers moi. Je ne prenais jamais de sucre, mais j'espérais que cela rende le breuvage un peu plus agréable.

— Vous voulez connaître le propriétaire du cottage de Mme Leaming ?

— Oui, s'il vous plaît, dis-je en sirotant mon thé.

Je m'efforçai de ne pas faire de grimace, sachant qu'elle m'observait. Si seulement je pouvais disposer d'une plante en pot, pour en vider le contenu dès qu'elle aurait le dos tourné.

— Je suis sûre qu'une femme aussi intelligente que vous aura compris que Mme Leaming semble se débrouiller très bien avec très peu de moyens.

Je saisis immédiatement ce que je n'avais pas saisi auparavant. Mme Garrett avait perdu son mari. Elle ne pouvait donc compter que sur la pension militaire de ce dernier. Au moins, Ruby et moi pouvions mettre nos ressources en commun, et nous avions le jardin. C'était également pour cette raison que le thé de Mme Garrett était aussi redoutable. Elle versait probablement de l'eau chaude sur un thé maintes fois infusé, par souci de ne pas épuiser ses provisions.

Depuis quand étais-je cloîtrée dans mon propre malheur au point de ne pas voir les épreuves que les autres habitants du village traversaient ? La honte m'envahit. Je ne m'étais jamais vue comme une personne égoïste, et pourtant c'était exactement ce que j'étais devenue.

— Oui, je l'avais remarqué. Luke et moi…

Ma voix s'éteignit en même temps que les lèvres de Mme Garrett s'aplatissaient.

— Je veux dire, le pasteur et moi avons eu une conversation sur les arrangements financiers de Mme Leaming pas plus tard qu'hier.

— Je vous conseille d'être extrêmement prudente, madame Miller. Il est beaucoup plus facile pour les gens d'oublier l'erreur d'une jeune fille que celle d'une femme mariée.

Elle posa sa tasse de thé sur sa soucoupe.

— Pour le sujet qui nous concerne, ce cottage appartenait à Mme Jones, comme vous le savez. Elle avait deux fils et une fille. J'imagine que la maison est revenue à ses enfants.

— Alors soit Mme Leaming leur a acheté la maison, soit elle leur verse un loyer.

— J'aurai une réponse à vous donner un peu plus tard dans la journée.

Mme Garrett se leva et je suivis le mouvement.

Je vidai la dernière goutte de l'horrible breuvage et je replaçai la tasse dans la soucoupe.

— Merci, madame Garrett, c'était très aimable à vous de me recevoir. Puis-je également vous demander si vous connaissez bien les Finnegan, de l'agence immobilière ?

— Oh, ceux-là ne me diront rien. Je ne vais pas prendre le risque de leur demander quoi que ce soit. Ils sont très attachés à la confidentialité. Leur femme de ménage, en revanche, est une très bonne amie.

Je n'ajoutai rien de plus. Il valait sans doute mieux que je ne sache pas comment l'amie de Mme Garrett allait recueillir les informations que je demandais.

— Je repasserai vous voir plus tard. Merci, madame Garrett.

— Je vous raccompagne, dit-elle. Pour ce qui est de votre proposition, je vais y réfléchir sérieusement.

J'acquiesçai. Ce n'est que lorsque je repris la route que je compris à quoi elle venait de faire allusion. J'avais complètement oublié lui avoir offert le poste vacant de secrétaire du comité.

# 12

Après une matinée de travail au jardin, je déjeunai rapidement, puis descendis la ruelle jusqu'au bureau de poste. Tout le monde l'appelait ainsi, mais étant installé dans un petit village, il était en réalité bien plus que ça. Pour commencer, c'était le seul endroit où on pouvait faire ses courses.

Bien sûr, nous avions une boulangerie, une boucherie et une épicerie. De nos jours, cependant, les seules denrées que nous pouvions nous offrir étaient celles vendues au magasin général de M. Harrington – et toujours conditionnées dans des paquets ou des boîtes de conserve.

— Bonjour, madame Miller.

Je fus accueillie par le visage rond et souriant de la vendeuse, Mme Rogers.

— Que puis-je faire pour vous aujourd'hui ?

— Je voudrais seulement un timbre de deuxième classe, s'il vous plaît. (Je n'avais pas besoin de timbre, mais le fait d'y penser me fit prendre conscience depuis combien de temps Ruby et moi n'avions pas écrit à nos parents. Nous devions vraiment le faire, surtout au vu des derniers événements. Une idée me vint à l'esprit.) A-t-on parlé de Westleham dans les journaux nationaux ?

— Mon Dieu, madame Miller, où étiez-vous passée toute cette semaine ?

Mme Rogers secoua la tête et me sourit gentiment.

— Ces derniers jours, les gros titres ne parlent que de ces deux morts suspectes.

Mes parents devaient donc probablement déjà savoir ce qui se passait ici. De même que Stan. Malgré toute ma rancœur, je souffrais qu'il n'ait pas essayé de prendre de mes nouvelles. S'il était vivant – même à l'étranger – ce dernier lisait sans doute encore le *Times* tous les jours, comme il l'avait toujours fait.

— Comment va ce pauvre M. Harrington ?

— Eh bien, je ne sais pas si je devrais vous le dire, commença Mme Rogers en baissant la voix comme le font ceux qui s'apprêtent à faire exactement ce qu'ils disent ne pas devoir faire, mais il l'a remarquablement bien pris.

— Et les enfants ? demandai-je. J'ai entendu dire que la mère de Mme Harrington était venue les chercher pour qu'ils restent avec elle.

— En effet. (Madame Rogers fit claquer sa langue pour manifester sa désapprobation.) Les pauvres petits ne sont toujours pas revenus. Et laissez-moi vous dire que ce n'est pas parce que M. Harrington est débordé de travail. Il ne met plus les pieds au magasin, sauf aux heures d'ouverture et de fermeture.

— Seigneur, dis-je en essayant désespérément de trouver quelque chose d'autre à dire pour faire durer la conversation. Peut-être est-il trop désemparé pour faire face.

Mme Rogers renifla bruyamment.

— Je pense qu'il a passé suffisamment de temps au pub, maintenant. Mais je suppose que c'est ce que les hommes font, n'est-ce pas ?

Je ne le savais pas vraiment. Stan n'avait jamais aimé aller au pub. Pas même pour les grandes occasions. À bien y penser, à part s'asseoir dans son fauteuil préféré avec ses pantoufles et son journal, il n'avait jamais aimé faire grand-chose.

— J'imagine que oui. (Je vérifiai que personne ne soit entré derrière moi, bien que la cloche se serait fait entendre si ça avait été le cas.) J'ai entendu dire que Mme Harrington était celle qui buvait le plus des deux.

— Je n'en sais rien moi-même, déclara Mme Rogers, mais c'est en effet ce qui se raconte au village.

— Mme Harrington n'aidait pas au magasin ?

— Oh, bonté divine, non ! rit Mme Rogers. Pas du tout. Bien sûr, elle devait s'occuper de tous ces enfants. C'est la raison pour laquelle on m'a employée, d'ailleurs.

— Je croyais qu'ils avaient une gouvernante ?

— Oh oui. J'ai été employée à ce poste, un moment. Puis Mme Harrington a voulu sortir davantage et se rendre à toutes ces réunions de bienfaisance. Alors M. Harrington, Dieu le bénisse, a engagé cette jeune fille au pair pour s'occuper des enfants.

— Il semblait très dévoué à sa femme, soufflai-je.

— Oh, oui, déclara Mme Rogers. Tout ce qu'elle voulait, elle l'obtenait.

Ce qui était exactement la manière dont M. Warren avait décrit sa relation avec sa propre femme. Je ne savais pas ce que j'avais fait de mal. Ou ce que je n'avais pas fait de bien ? Je n'avais jamais réussi à obtenir de Stan qu'il mette la bouilloire en marche, alors qu'il réalise tous mes souhaits…

— Où est cette jeune fille, aujourd'hui ?

Mme Rogers agita le doigt dans ma direction.

— Ne vous méprenez pas, madame Miller ! Elle est immédiatement retournée dans sa famille à Lambcott. M. Harrington n'aurait jamais supporté que des rumeurs malveillantes courent sur son compte. Il n'aurait pas été convenable qu'elle reste dans la maison alors que Mme Harrington et les enfants n'étaient plus présents.

— Non, en effet.

Mme Rogers me tendit un timbre.

Je fouillai dans mon sac afin de trouver suffisamment de pièces pour la payer.

— Merci, ajoutai-je.

Je ne demandai rien de plus, car Mme Rogers semblait loyale envers Mme Harrington. Cependant, j'aurais voulu avoir le nom de la jeune fille – il me semblait que l'interroger pouvait s'avérer intéressant. Travailler dans la maison lui avait sans doute permis d'obtenir toutes sortes d'informations sur les Harrington, peut-être utiles pour découvrir l'identité du meurtrier d'Elsie. J'étais certaine que Mme Garrett connaîtrait son nom. Il n'y aurait plus alors qu'à la retrouver – un exercice assez simple dans un village comme Lambcott.

Après avoir quitté le bureau de poste, je demeurai immobile dans la rue, me demandant quoi faire. Devais-je rentrer chez moi ou me rendre au pub ? Luke m'avait suggéré d'aller parler à M. Harrington, mais je ne l'imaginais pas se confier à moi là-bas, d'autant s'il y avait du monde.

Penser au pub me rappela : j'attendais toujours que Joe Noble me paie. Je ne voulais pas le dénoncer à la police, mais je ne voulais pas non plus qu'il abuse de moi.

Je décidai de rentrer à la maison, élaborant différents plans tout en marchant. Je me demandais comment me faire payer par Joe, comment trouver la trace de cette jeune fille, et je me demandais aussi ce que Mme Garrett aurait à m'apprendre quand elle reviendrait vers moi.

J'ouvris mon portail et j'aperçus un colis sur le pas de ma porte. Étrange. Je ne me souvenais même pas de la dernière fois où nous avions reçu un colis. Ruby avait peut-être commandé quelque chose et oublié de me le faire savoir. Je m'en saisis et vis que mon nom et mon adresse y étaient inscrits en lettres capitales.

Le colis était simplement emballé dans du papier kraft et noué avec une ficelle. Je tirai sur la ficelle et le papier se déroula rapidement entre mes mains. Quelque chose tomba sur la marche, à côté de mes pieds.

Instinctivement, je fis un bond en arrière, mais il me fallut un moment pour que mon esprit comprenne ce qui gisait au sol, à côté de mes bottes.

C'était un rat.

Un rat mort.

Les larmes me montèrent aux yeux. J'ouvris la bouche et me mis à hurler aussi fort que j'en étais capable.

*

— Madame Miller ?

— Que se passe-t-il ?

— Qui crie comme ça ?

Les voix me parvenaient toutes en même temps, alors que les gens sortaient en hâte de leurs maisons et se dirigeaient vers la mienne. Je pouvais voir la tête de Luke au-dessus de la plupart des autres, tandis qu'il se frayait un chemin vers l'avant, ouvrait ma porte et accourait à mes côtés à grandes enjambées.

— Que s'est-il passé ?

Je pontai le doigt sur le plancher, les mains tremblant tellement que je ne pouvais imaginer que ma voix soit encore capable d'émettre le moindre mot.

— Qu'y a-t-il ? appela Mme Burnett.

— Quelqu'un a laissé un rat mort devant la porte de Mme Miller, dit le pasteur à ma voisine. Pouvez-vous aller dans la cuisine et faire chauffer de l'eau ?

Je mis la main dans mon sac, cherchant la clé de la porte d'entrée à tâtons.

— Je n'arrive pas à trouver ma clé.

— Donnez, dit-il gentiment. Je vais vous aider.

Je me retournai pour lui tendre le sac et trébuchai. Il me rattrapa, une main me tenant par un coude et l'autre par le dos.

— Qu'est-ce que cela signifie ?

Une voix forte s'était élevée au-dessus du brouhaha de la conversation.

Luke laissa tomber mon sac au sol.

— Oh, Seigneur !

Je suivis son regard. Un homme de petite taille, vêtu d'une chemise violette et d'un col clérical, s'avançait vers nous. Seigneur, en effet.

— Pasteur Walker ?

— Monseigneur, répondit-il.

— Cette jeune femme est-elle ivre ? demanda-t-il d'une voix forte.

— Pas du tout, monseigneur. Mme Miller est en état de choc. J'ai accouru, comme beaucoup de ses voisins, après avoir entendu son cri de détresse.

L'évêque observa les gens qui se pressaient dans la ruelle en maugréant en guise de réponse.

— Allons à l'intérieur. Toute la paroisse n'a pas à être témoin de cela.

— Je ne peux qu'approuver cette idée, monseigneur.

Luke finit par retrouver ma clé et déverrouilla la porte d'entrée. Il avait repris le contrôle de la situation.

— Vous ! (L'évêque désigna Mme Burnett.) Qui êtes-vous ?

Maud effectua une révérence grossière.

— Mme Maud Burnett. Je suis la voisine. Je vais vous aider à préparer le thé pour Mme Miller.

C'était tellement surréaliste. Quelqu'un avait déposé un rat mort devant ma porte, l'évêque s'était déplacé à Westleham – fait absolument inédit – et Maud lui faisait des courbettes comme s'il s'était agi du roi d'Angleterre en personne.

Une poche de rire contenue commençait à s'accumuler et menaçait de rompre à tout moment. Je pressai la main contre mes lèvres tandis que Maud se hâtait de rejoindre la cuisine.

— Quelqu'un a-t-il vu l'agent Bottomley ? Il doit immédiatement nous rejoindre pour rechercher ces preuves. Nous devrions également demander à l'inspecteur Robertson de venir de Slough dès que possible.

Luke fit un geste à quelqu'un dans la foule. Soulagée qu'on prenne les choses en main, je m'avançai dans le couloir et ouvris la porte du salon.

Désireuse de me réfugier dans le sanctuaire de ma cuisine et d'épancher ma détresse auprès de ma réconfortante Lizzie, je me tournai vers l'évêque, qui se tenait debout dans l'embrasure de la porte.

— Je vous en prie, asseyez-vous. Je vais faire chauffer la bouilloire.

— Non, asseyons-nous tous les deux. Je dois vous parler d'une question très importante. Mme Burnett semble tout à fait capable de préparer le thé toute seule.

Après la semaine que j'avais passée, un verre de gin aux prunes aurait été plus efficace, mais je n'osai pas le suggérer. Après le départ de l'évêque, sans doute pourrais-je me permettre d'en prendre un, pour surmonter tout ce qui venait de se passer…

L'évêque s'installa à ma place habituelle, près de la fenêtre. Je choisis le canapé, ce qui plaçait Luke devant l'ecclésiastique. Je n'avais aucune envie de m'asseoir en face d'un homme à l'allure si austère.

Luke entra dans le salon, me regarda, puis regarda l'évêque.

— C'est un plaisir inattendu de vous recevoir à Westleham, monseigneur.

— Ma visite est inattendue, confirma-t-il, mais elle n'a rien d'un plaisir.

Luke ferma la porte et s'assit dans le fauteuil restant. Le fauteuil de Stan. Je coinçai mes mains entre mes cuisses pour les maintenir immobiles, bien que je ne puisse rien faire contre le tremblement de mes jambes elles-mêmes.

L'évêque me regarda d'un air réprobateur, puis fixa Luke.

— Vous êtes sûr que cette femme n'est pas ivre ?

— Oui, dit-il calmement. Mme Miller a été victime d'un terrible acte de malveillance. Quelqu'un lui a envoyé un colis contenant un animal mort.

— C'était un rat, dis-je, ma voix résonnant trop fort dans la pièce fermée.

— Qu'est-ce qui était un rat ? demanda l'évêque en prononçant distinctement chaque mot.

— L'animal mort, répétais-je, me sentant stupide au possible.

— Révérend Walker. (Il se tourna vers Luke, décidant manifestement que je ne valais pas la peine qu'on m'adresse la parole.) Je vais aller droit au but.

— Je vous remercie, monseigneur. Je suis sûr que l'agent Bottomley va bientôt vouloir interroger

Mme Miller, et j'aurai sans doute besoin d'être à ses côtés.

— En quoi cela pourrait-il vous concerner ?

— En tant que membre estimée de cette paroisse, Mme Miller peut naturellement compter sur mon soutien, déclara Luke. Et peut-être également sur ma guidance spirituelle, après un événement aussi traumatisant.

— Je crois savoir que vous et votre estimée paroissienne entretenez des relations pour le moins étroites, depuis votre arrivée au village.

Mes joues se mirent à rougir, ce qui était incroyablement gênant. À part quelques vagues rêveries, je n'avais rien fait dont je puisse avoir honte.

— Je crains de ne pas savoir de quoi vous parlez, dit Luke d'une voix si calme qu'elle ne fit qu'aggraver mon angoisse.

Comment pouvait-il être aussi détendu alors qu'on mettait directement en doute sa réputation ?

— Niez-vous avoir eu plusieurs rencontres clandestines avec Mme Miller ?

— Je le nie, en effet. (Luke se pencha légèrement en avant, mais son ton resta parfaitement détendu.) Dans les termes les plus forts.

L'évêque tira un document de sa poche intérieure.

— J'ai reçu une lettre de la part d'un « habitant inquiet de Westleham ». Cette personne m'avertit que votre relation a dépassé les limites de la bienséance.

Je tendis la main.

— Puis-je voir cette lettre ?

— Je ne vois pas en quoi vous la montrer peut changer quoi que ce soit, madame Miller. Soit vous êtes coupable, soit vous ne l'êtes pas.

— Le pasteur a dîné à la maison une fois, dis-je d'une voix monocorde. Ma sœur était présente. Nous avons aussi promené mon chien ensemble, en plein air. Nous avons parlé des expériences du pasteur pendant la guerre et de la disparition de mon mari. Et j'ai visité le presbytère ce matin en présence de sa gouvernante. Je peux vous assurer qu'il n'y a rien d'inconvenant dans notre relation.

— Savez-vous pourquoi ce rat mort s'est retrouvé devant votre porte ?

Son soudain changement de direction me prit au dépourvu. Je clignai des yeux.

— Je ne peux que penser que cela a un rapport avec les meurtres commis au village.

— Pourquoi êtes-vous la cible d'une telle malveillance ?

L'évêque semblait soudain presque compatissant.

Je me détendis légèrement.

— Sans doute parce que j'essaie de découvrir l'identité du meurtrier. Peut-être essaie-t-il de m'intimider ?

— Il y avait un mot, dit Luke à contrecœur.

— Dans le paquet ?

— Oui. Il me fixait tout en parlant. Je suis désolé.

Une caresse glacée parcourut ma peau, provoquant un frisson désagréable dans son sillage.

— Que dit-il ?

— Que vous finirez comme le rat, si vous ne cessez pas immédiatement votre enquête.

Je hochai lentement la tête.

— C'est bien la menace implicite que j'avais comprise.

— La menace n'est pas implicite, madame Miller, dit l'évêque. Elle est tout à fait explicite. Je suppose que la police est en route ?

— J'ai envoyé quelqu'un chercher l'officier du village, confirma Luke.

— Avez-vous quelque chose à voir avec cette petite enquête de Mme Miller ?

L'évêque regarda Luke en levant un sourcil.

— En tant que pasteur de ce village, j'estime qu'il est de mon devoir de soutenir mes paroissiens.

L'évêque agita la lettre en l'air.

— Il vous incombe de veiller au bien-être spirituel des membres de la paroisse, pas de vous mêler des affaires de la police. Vos initiatives inconsidérées vous mettent en danger et, plus grave encore, mettent en danger cette femme.

— Personne ne m'a poussée à entreprendre quoi que ce soit contre mon gré, dis-je en me levant et en rejoignant l'évêque, heureuse que mes jambes me supportent encore, quoiqu'aussi faiblement que celles d'un poulain nouveau-né. S'il vous plaît, puis-je voir la lettre ?

Sans dire un mot, il me la passa, et je l'étudiai en silence. Les mots ne m'importaient pas. Je m'intéressais davantage à l'écriture.

— Vous remarquez quelque chose d'important, madame Miller ? demanda Luke.

— L'écriture est celle de Mme Harrington.

— N'est-ce pas cette malheureuse femme qui est morte dans son lit ?

Je soupirai.

— Oui, c'est exact. Elle a dû envoyer la lettre peu de temps avant de mourir.

Le contenu du courrier me donnait un excellent mobile pour en vouloir à Mme Harrington. Je fixai Luke d'un air impuissant. Ce mystère était comme une pelote de laine après qu'un chat l'a longuement malmenée : on avait beau essayer d'en démêler les fils, le seul résultat était un désordre encore plus grand.

— C'est très regrettable.

L'évêque tendit la main et je lui rendis la lettre.

J'avais envie d'éclater de rire. C'était pire que de la malchance. C'était de la tragédie grecque. J'étais prise pour cible, même depuis l'au-delà.

— Je pense que nous…

— Non. (L'évêque leva la main et fixa Luke, toute sympathie disparue de sa voix.) Il semble qu'il soit un peu trop tard pour que vous ayez le loisir de penser quoi que ce soit, révérend Walker. Retournez au presbytère et tenez-vous à l'écart de l'enquête et de Mme Miller. Dans le cas contraire, je devrai envisager des sanctions.

— Pour avoir exercé mes fonctions ? demanda Luke avec audace.

— Pour vous être immiscé dans les tâches d'autrui. Vous êtes ici par ma bonne grâce seulement. Je peux changer cet état de fait à tout moment, vous feriez bien de vous en souvenir. Il désigna la porte. Maintenant, allez-y. Et voyez où en est cette diablesse avec son thé. Est-elle allée jusqu'en Inde pour l'obtenir ?

Après le départ de Luke, l'évêque se tourna vers moi.

— Est-il exact que vous êtes une femme mariée ?

— Oui, répondis-je. Il y a un peu plus d'un an, mon mari est parti au travail et n'est jamais revenu. La police n'a trouvé aucune trace de lui.

— Êtes-vous soupçonnée de quoi que ce soit ?

— Non.

Par la fenêtre, j'observai la foule de voisins toujours rassemblés autour de mon portail.

— Pas par la police, en tout cas. Quant à mes voisins, c'est une autre histoire. Leurs idées sur le sujet sont pour le moins… fantaisistes.

— Vous pensez que cette lettre est malveillante ?

— J'en suis certaine, acquiesçai-je. Mais je comprends que, de votre point de vue, vous deviez considérer le fait qu'il n'y a généralement pas de fumée sans feu.

— Mon devoir n'est pas d'évaluer la véracité des ragots de ce village, déclara-t-il. Il est de veiller à ce que le bien-être spirituel de chacun soit assuré. Vous comprenez cela, je suppose ?

— Bien entendu.

— Puis-je espérer que vous aiderez le nouveau pasteur à s'occuper de tous ses paroissiens de la même manière ?

— Bien sûr, répondis-je. J'éviterai de solliciter le pasteur pour toute tâche qui ne soit pas en rapport étroit avec ses obligations paroissiales.

— Merci, madame Miller. Je vais trouver la sortie tout seul.

Mme Burnett entra en trombe au moment où il ouvrait la porte du salon, sa robe de chambre à motifs cachemire accrochant ses robustes mollets.

— Je suis de retour.

— Où étiez-vous donc passée ? demanda l'évêque.

— L'appel de la nature, monseigneur.

J'étouffai un rire qui, je le craignais, tenait davantage de l'hystérie que de l'amusement. Il secoua la tête.

— J'ai beaucoup à faire, mesdames. Bonne journée à vous.

À peine la porte d'entrée refermée, Maud s'installa à côté de moi sur le canapé.

— Ne vous inquiétez pas, très chère. J'ai tout entendu. Je serai votre intermédiaire. Tout ce que vous voudrez dire au pasteur pourra passer par moi, et inversement. Vous ne pouvez pas abandonner maintenant.

Elle me tapota la main et, honteuse, je me mis aussitôt à fondre en larmes.

*

Quelques heures plus tard, après avoir parlé à l'agent Bottomley et raconté les événements de la journée à Ruby, je me reposai un instant seule dans le salon. Enfin, sans aucun autre être humain. Dire que la semaine précédente, à la même heure, je me plaignais de n'avoir personne à qui parler, alors qu'aujourd'hui, je n'avais pas pu être seule un moment. Devenir un être sociable était assez épuisant. Pourtant, je n'étais pas prête à dormir.

— Je ne pourrai plus voir le pasteur aussi souvent, dis-je à Lizzie. C'est un homme tellement réconfortant.

Les chiens ne peuvent pas hausser les sourcils en signe d'incrédulité, mais les expressions de Lizzie étaient douteuses par nature.

— D'accord, ses jolis yeux bleus et ses bonnes manières me manqueront, c'est vrai.

Elle frappa le plancher de sa queue.

— J'aimerais pouvoir faire quelque chose pour changer ça. Je baissai les yeux sur mon tricot, mais je n'étais pas d'humeur à ajouter d'autres erreurs à un modèle qui dépassait mon niveau de compétence – et que personne, en outre, n'attendait.

La radio était éteinte. Je l'avais coupée quand Ruby était allée se coucher. D'habitude, je trouvais sa présence réconfortante, mais j'étais trop sur les nerfs pour m'encombrer d'une voix supplémentaire, alors que tant de réflexions fusaient dans mon esprit.

— Je sais. Je vais consulter les notes d'Alice. J'y trouverai peut-être la véritable raison du départ soudain de Margaret Leaming.

J'ouvris le petit bureau que Stan utilisait pour ranger les factures et son carnet de chèques. J'y trouvai un stylo et du papier, que je pris avant de gagner la cuisine.

J'avais caché la boîte contenant les notes d'Alice dans le garde-manger, derrière un sac de pommes de terre. Je les récupérai, les dépliai sur la table de la cuisine et posai la feuille vierge devant moi.

Je divisai la page en quatre colonnes, avant de donner un en-tête à chacune :

*Nom*
*Mobile*
*Méthode*
*Opportunité.*

Dans la première colonne, j'inscrivis les noms suivants : *Joe Noble*, *George Felton*, *Charles Warren*, *Ada Garrett*, *Margaret Leaming.* Tournant la page, je répétai le processus – une page concernant le meurtre d'Alice, l'autre, celui d'Elsie.

Je ne pensais pas que Mme Garrett soit coupable d'autre chose que d'être une femme trop seule qui aimait trop parler, mais quatre suspects me semblaient former un tableau incomplet.

— Si j'ai pu mettre Charles sur la liste, il me semble juste d'y ajouter Ernest. (Je me tournai vers Lizzie.) Qu'en penses-tu ?

Elle ouvrit un œil et remua la queue. Je pris cela pour un oui, ce qui me satisfaisait totalement. Six suspects proposaient une page plus ordonnée que cinq.

Je remplis chacune des sections de mon analyse des suspects – comme je l'appelais – puis je retournai au bureau pour prendre une enveloppe. Je demanderai à Maud de remettre la note au pasteur dans la matinée. Il pourrait alors ajouter ses réflexions au document. Le fait de voir l'ensemble des informations en notre possession posées sur le papier rendrait peut-être les choses plus claires pour l'un d'entre nous.

Je commençai ensuite à parcourir les autres fiches du comité, une section à la fois. L'opération s'annonçait assez laborieuse, mais quelque chose dans les notes d'Alice me donnerait peut-être un indice sur la raison pour laquelle elle avait été assassinée.

Alors que je pensais ne plus pouvoir poursuivre – tant l'écriture de Margaret Leaming s'avérait épouvantable, et celle d'Alice à peine meilleure –, je tombai sur une anomalie notable.

Sur une fiche, une liste semblait indiquer qui devait occuper quels stands lors de l'exposition. C'était assez anodin. Il s'agissait d'une feuille dactylographiée notifiant l'emplacement de chaque table, ce qu'on y présenterait et qui en serait responsable.

La plupart des informations étaient déjà dactylographiées, mais Alice avait ajouté à la main le nom des personnes concernées.

Je ne me souvenais pas d'avoir assisté à cette réunion – ce qui était étrange, car il me semblait avoir participé à toutes les étapes de l'organisation de la foire. Mais je finis par comprendre en tombant sur la date : c'était le jour où j'avais dû emmener Lizzie chez le vétérinaire pour son examen annuel. Alice et Margaret s'étaient retrouvées chez Margaret, au cas où elles auraient besoin d'utiliser la machine à écrire.

Les informations étaient toutes assez banales, excepté l'une d'entre elles, ajoutée par Alice au coin supérieur gauche de la feuille. Cela n'avait rien à voir avec la foire du village, et je ne comprenais pas pourquoi Alice l'avait écrit ici.

Avait-elle écrit : Sheraton ?

La seule fois où j'avais entendu ce mot récemment était lorsque Margaret Leaming avait déclaré que le buffet que j'avais admiré chez elle n'était pas authentique. Pourquoi Alice aurait-elle inscrit le nom d'un fabricant de meubles sur un document décrivant le plan de l'exposition du village ? Cela semblait un mystère de plus.

# 13

Le lendemain matin, je me trouvai toujours aussi perplexe quant à la note découverte la veille. Elle semblait avoir encore moins de sens aujourd'hui qu'hier.

Ruby s'était proposé de poser un jour de congé pour rester avec moi, après tout ce qui s'était passé. Elle m'avait fait promettre de rester à la maison, sauf en cas d'urgence, et de fermer toutes les portes à clé. J'espérais qu'une rencontre avec la baby-sitter des Harrington puisse être considérée comme un cas d'urgence, car j'avais bien l'intention de me rendre chez elle dès que possible.

On sonna à la porte alors que je m'apprêtais à sortir au jardin. Je passai par le salon et jetai un coup d'œil à travers les rideaux. Ruby aurait approuvé cette précaution, j'en étais certaine.

Après vérification, je me hâtai vers la porte.

— Inspecteur.

— Madame Miller, bonjour.

— Entrez, je vous en prie, lui dis-je. De nouveaux développements dans l'affaire ?

— En effet. (Il accrocha son chapeau à la patère et me suivit dans le salon.) Nul besoin de faire chauffer de l'eau, il ne s'agit que d'une courte visite.

— Avez-vous trouvé l'expéditeur du paquet ?

Il jeta un coup d'œil en direction de l'entrée.

— Nous savons qu'il a été déposé sur le pas de votre porte, et qu'il ne provient pas d'un envoi postal.

Je me retins de pousser un soupir.

— J'aurais pu vous le dire moi-même. Le colis n'avait pas de timbre, aussi, pas besoin d'être un génie pour le savoir. Et si vous cherchez ma sœur, elle est au travail.

— Je n'étais pas… (Ses oreilles se mirent à rosir à nouveau.) Comme le colis a été déposé en mains propres, il sera très difficile de savoir qui l'a envoyé. Il est composé d'éléments très communs, du papier à la ficelle utilisés, et l'écriture en capitales empêche toute identification précise.

— Rien de nouveau là-dedans.

— Les informations que je suis venu partager avec vous concernent les meurtres. Pour ce qui est du paquet, je voulais juste que vous sachiez que nous sommes en train de l'examiner. Pour vous rassurer.

— Je crains que rien ne puisse me rassurer, désormais.

Un frisson me parcourut tandis que je me souvenais du sentiment de terreur qui s'était emparé de moi lorsque l'animal mort était tombé du papier d'emballage.

— Deux de mes voisines ont été assassinées, et je suis maintenant la cible du tueur. Comment diable pourriez-vous me rassurer ?

— Deux policiers en uniforme vont patrouiller en permanence au village, déclara-t-il. Cela devrait dissuader notre assassin.

— Cyril Bottomley vit sur place et n'a rien dissuadé du tout, rétorquai-je. La seule façon pour moi de me sentir à nouveau en sécurité est de découvrir qui se cache derrière tout ça.

— Je comprends votre frustration. (Il repoussa l'épaisse mèche de cheveux blonds ondulés qui barrait son front.) Cependant, vous devez me laisser mener l'enquête. Non seulement c'est mon travail, mais j'ai l'expérience et l'expertise que vous n'avez pas. Sans compter qu'en essayant de découvrir le meurtrier vous-même, vous vous exposez à un risque inutile.

— Quels sont ces nouveaux développements ?

Je ne voulais pas discuter avec lui, je voulais juste qu'il me donne ses informations et qu'il quitte la maison – en partie pour laisser le champ libre à mes voisines informatrices, lesquelles ne se montreraient qu'une fois qu'il serait parti.

— Le légiste a rendu son rapport. Les deux victimes ont été empoisonnées au cyanure. J'espère rapidement réduire le nombre de suspects en faisant fouiller le domicile de chacun.

Je laissai échapper un petit rire.

— Un exercice bien inutile, inspecteur. Permettez-moi de vous le dire dès à présent, vous trouverez du cyanure dans les remises de la plupart des habitants de Westleham.

— Pourquoi quelqu'un garderait-il un poison mortel dans sa remise ?

Je souris.

— Vous vivez loin de la campagne, aussi, votre ignorance est excusable. Le cyanure est couramment utilisé pour détruire les nids de guêpes. On l'utilise aussi pour préparer de la mort-aux-rats.

Il haussa les sourcils à cette information.

— Qui est susceptible d'en avoir ?

— J'en ai moi-même, admis-je. Tous les bons jardiniers en ont. George Felton en a certainement. Savez-vous qu'il était le jardinier des Harrington ?

— Oui, je le savais. (L'inspecteur s'agita dans son fauteuil.) Comme je vous l'ai déjà dit, nous sommes satisfaits de l'alibi que M. Felton a fourni pour les deux meurtres.

— J'ai moi aussi des informations à vous communiquer, lui dis-je. Ce n'est peut-être rien, mais je pense que vous devriez être mis au courant. Hier soir, j'ai parcouru les papiers d'Alice. Il s'agissait essentiellement de comptes-rendus du comité, pas intéressants pour la plupart. Cependant, Alice avait apposé une note en marge d'une des pages. Note qui n'a rien à voir avec le sujet traité par le compte-rendu, d'autant plus que ce dernier était dactylographié.

— Qu'a-t-elle écrit ?

— Juste un mot, hésitai-je, me sentant stupide. « Sheraton ».

— Sheraton ? Il fronça les sourcils. Comme les meubles ?

— Cela m'a semblé étrange, car lorsque je suis passée chez Mme Leaming, dimanche après-midi, j'ai fait un commentaire sur le magnifique buffet qui se trouvait dans son salon. Elle s'est empressée de m'assurer qu'il ne s'agissait pas d'un Sheraton, mais d'une copie. Je n'en ai pas tenu compte, car son comportement, ce jour-là, a été étrange de bout en bout.

— Je ne peux pas suspecter quelqu'un sur la seule base d'un comportement étrange, je le crains. J'ai besoin de preuves.

— Dans ce cas, vous devriez lui rendre visite et essayer d'obtenir les preuves dont vous avez besoin, lui dis-je, car elle a pour projet de vendre sa maison et de quitter le village. Cela aussi est étrange, vous ne trouvez pas ?

— Vous a-t-elle dit pourquoi elle partait ?

J'écartai les mains, paumes ouvertes.

— Elle m'a dit que c'était parce qu'elle avait peur.

— Vous n'y croyez pas ?

— Non.

J'aurais voulu qu'il y ait un moyen de lui faire voir ce qui était aussi évident que le nez au milieu de la figure : Margaret Leaming cachait quelque chose.

— Vous devriez aller lui parler.

— Très bien, acquiesça-t-il. Je lui rendrai visite pendant que je suis au village, même si je ne suis pas certain que ça serve à quelque chose. Quel mobile aurait-elle ?

— Je ne sais pas, admis-je. Elle était très agressive quand elle est venue me voir hier matin. Elle nous a accusées, Alice et moi, d'être d'horribles fouineuses.

Le détective se tortilla sur son siège, et je compris qu'il ne pensait pas autre chose que le pasteur – les gens de Westleham étaient en effet beaucoup trop curieux.

— Encore une fois, je ne peux pas vraiment enquêter sur quelqu'un en me basant sur de simples…

— Allez la voir, dis-je d'un air contrarié. Tout ce que j'essaie de faire, c'est de vous aider en vous indiquant la bonne direction. Pendant que vous y êtes, vous pourriez essayer de découvrir qui s'occupe de son jardin et aussi comment elle le paie.

— Quel est le rapport ?

Je ne voulais pas encore répéter un « je ne sais pas », bien que ce soit en réalité le cas. Si je pouvais résoudre aussi facilement le mystère, nous n'aurions besoin d'aucun inspecteur. Le meurtrier serait déjà démasqué et la vie serait revenue à la normale à Westleham – au lieu de cette cascade de soupçons réciproques entre habitants. Je mettais Maud à part, cependant. Si celle-là avait voulu me voir morte, j'étais persuadée que je reposerais déjà au cimetière du village à l'heure qu'il était.

— Elle ne manque jamais d'argent, lui dis-je. Apparemment, elle possède une maison en Cornouailles. Mais rien de tout ça ne semble réaliste. Elle est apparue soudainement dans le village et personne ne sait vraiment quoi que ce soit à son sujet. De mon côté, plus j'en découvre, moins cela a de sens.

— Y a-t-il quelqu'un dans le village en qui vous avez confiance, madame Miller ?

— Moi-même, Ruby et peut-être le pasteur.

— C'est tout ? (Il sourit.) Et le pasteur n'a droit qu'à un « peut-être » ?

Je haussai les épaules.

— Il semble digne de confiance, mais je ne le connais pas depuis assez longtemps pour en être certaine. Il y a beaucoup de secrets dans un petit village, inspecteur. La plupart des gens en ont au moins un. Peut-être que quelqu'un a tué pour éviter que le sien ne devienne public.

Il se leva.

— Je devrais y aller. N'oubliez pas ce que j'ai dit, madame Miller. Des policiers en uniforme vont patrouiller dans le village. J'espère sincèrement que cela vous aidera à vous sentir plus en sécurité.

Il ne me prenait pas au sérieux, c'était évident. Si seulement je parvenais à être plus convaincante, et à ne pas passer pour une idiote paranoïaque.

— Ma sœur rentre généralement du travail vers 6 heures. Voulez-vous bien revenir à cette heure et me tenir au courant de vos avancées ?

— Cela ne devrait pas être nécessaire, dit-il, soudain tendu.

— Oh, quel dommage ! souris-je assez méchamment. Elle sera déçue de vous avoir manqué.

— Vous croyez ? demanda-t-il rapidement.

Trop rapidement pour un homme qui prétendait ne pas être intéressé.

— Peut-être pourriez-vous passer pour la rassurer ? suggérai-je. Elle vous en sera très reconnaissante, j'en suis certaine.

— Je… Je verrai si la chose est possible.

Il se dirigea vers le couloir et prit son chapeau sur la patère.

— À plus tard, madame Miller.

Je le laissai sortir tandis que Maud Burnett se précipitait déjà sur le chemin, munie de l'enveloppe que je lui avais remise plus tôt pour le pasteur.

— Bonne journée à vous, inspecteur.

*

— C'est terriblement excitant ! dit Maud en se précipitant à l'intérieur, les joues toutes rouges. J'ai l'impression d'être une espionne !

Nous nous rendîmes à la cuisine. Elle ouvrit l'enveloppe et en sortit la feuille sur laquelle j'avais écrit mes déductions la veille. À l'encre rouge, Luke avait noté : « Il n'y a aucun lien évident entre ces deux meurtres. » Cette déclaration était pour le moins inutile. Elle ne m'apprenait rien. C'était même précisément la raison pour laquelle j'avais couché mes idées sur le papier.

— Le pasteur n'a rien trouvé de nouveau, dis-je sans parvenir à cacher ma déception.

— Au contraire, dit Maud. Il y a plus.

Au comble de l'impatience, elle sortit un petit bout de papier.

— Qu'est-ce que c'est ?

— Les informations que vous lui avez demandé d'obtenir sur Mme Leaming.

Les yeux de Maud s'agitaient dans tous les sens.

— Elle n'a jamais été mariée. Du moins, pas sous le nom de Margaret Leaming.

— Je ne suis pas sûre de comprendre.

— L'ami du pasteur n'a trouvé aucun mariage faisant état d'une Margaret Leaming dans la tranche d'âge concernée. Qu'il s'agisse du nom de jeune fille ou du nom d'épouse. Je ne sais pas comment vous voyez les choses, mais je pense que s'inventer un mari décédé est pour le moins suspect.

— Je suis tout à fait d'accord avec vous, dis-je en tapotant la feuille de mon stylo. Cela signifie que nous avons affaire à la fois à une menteuse et à une personne peu recommandable. Mais cela ne fait pas d'elle une meurtrière.

— Le pasteur pense que ça explique pourquoi elle a été si gentille avec vous après la mort de Mme Warren.

— Comment ça ?

— Il se dit qu'elle aurait été agréable avec vous pour essayer de découvrir ce que vous saviez.

— Et sans doute espérait-elle que sa gentillesse lui épargne mes soupçons. Quelle idiote ! Je soupçonne tout le monde.

— Même moi ? demanda Maud avec enthousiasme.

— J'ai décidé que ce ne pouvait être ni vous, ni le pasteur.

— Oh, je n'écarterais pas le pasteur si vite. Un homme capable d'émotions profondes, très certainement.

— Il n'est au village que depuis quelques jours, protestai-je. Ce n'est pas suffisant pour haïr quelqu'un au point de le tuer.

— Vous avez sans doute raison, dit Maud. Cela signifie-t-il qu'Ada Garrett est toujours sur votre liste ? Elle serait dévastée. Je crois qu'elle vous aime bien, maintenant.

— Vraiment ? demandai-je en observant les différentes cases qui occupaient la feuille. (Celles qui se trouvaient à côté de son nom étaient presque toutes vides.) Je n'ai pas trouvé de mobile pour elle, ni d'opportunité de s'approcher suffisamment de Mme Harrington pour l'empoisonner.

— Et elle n'a pas mentionné Stan une seule fois, rapporta Maud.

— Eh bien, c'est un progrès considérable, j'en conviens. A-t-elle pu trouver quelque chose sur le propriétaire du cottage de Mme Leaming ?

— Oui, en effet. (Maud sortit un papier plié de la poche latérale de son sac à main.) Le cottage appartient aux enfants de Mme Jones, qui la louent à Mme Leaming par l'intermédiaire d'une agence immobilière.

Elle leva les yeux de la page pour s'assurer que j'écoutais toujours.

— Continuez.

— C'est ici que commence la partie vraiment intéressante, dit-elle, comme si je ne lui avais pas déjà demandé de poursuivre. Un chèque de caution a été émis au moment de la signature du contrat de location. Le nom présent sur le chèque n'est pas celui de Mme Leaming. La même personne envoie également le chèque pour le loyer directement à l'agence immobilière, le premier de chaque mois.

— Qui paie le loyer ?

— Arthur Wade.

Mon excitation retomba aussitôt. Je ne savais pas quel nom je m'apprêtais à entendre, mais je n'avais jamais entendu parler de cet Arthur Wade. Encore une nouvelle pièce au puzzle, et encore une qui ne s'accordait pas aux autres.

— Comment Mme Garrett a-t-elle pu obtenir cette information ?

— Je sais seulement ce qu'elle a dit au pasteur, à savoir que c'est la femme de ménage de l'agence immobilière qui avait localisé l'information.

— Localisé ? Qu'est-ce que ça peut bien vouloir dire ?

Maud haussa les épaules.

— Je n'en sais pas davantage que ce que je viens de vous dire.

Nous disposions de plus d'informations que jamais, mais elles ne nous permettaient pas d'y voir plus clair.

— Mme Garrett connaissait-elle le nom de la fille au pair des Harrington ?

— Oui, elle s'appelle Nancy Turner et vit à Lambcott, à trois portes de l'église.

— Je vais devoir prendre un bus pour Lambcott, alors.

Je me levai et fouillai dans un tiroir.

— Je suis sûre d'avoir les horaires de ce bus quelque part.

— Vous pensez vraiment que c'est une bonne idée ?

— Comment pourrais-je parler à Nancy si je ne vais pas la voir ?

Je trouvai le dépliant et retournai m'asseoir.

— Je n'aimerais pas qu'il vous arrive quelque chose en chemin, dit Maud, un regard inquiet faisant encore ressortir les rides de son visage. Vous êtes une voisine très tranquille. Imaginez que des énergumènes comme ceux de Winteringham prennent votre place !

Tout le monde connaissait les problèmes causés à Winteringham, un village voisin, par un parent trop riche et pas assez sensé qui avait permis à son fils d'utiliser son cottage, au centre du village. Les parents du garçon vivaient à Londres et ne revenaient jamais dans cette maison, qui avait appartenu à une vieille tante. C'était un arrangement très imprudent. Je n'avais pas d'enfants, mais je savais bien qu'un jeune homme sans surveillance pouvait faire preuve de beaucoup de désinvolture.

— Merci, madame Burnett, répondis-je. Je suis ravie de savoir que vous vous inquiétez pour ma sécurité.

Aucune de nous ne mentionna le fait que j'avais fondu en larmes la veille. Je ne sais pas laquelle de nous deux avait été la plus embarrassée par cette effusion soudaine.

— Le pasteur m'a également chargé de vous dire que Florence Noble n'est pas celle qui a préparé les verres servis au moment de la remise des prix. Elle dit être entrée dans le chapiteau et les avoir vus déjà servis sur la table. Elle pensait que c'était vous qui les aviez préparés.

— Ce n'était pas moi, dis-je en fronçant les sourcils. J'ai posé les verres sur la table à l'envers, pour qu'ils soient prêts à être remplis par Florence.

— Seigneur, dit Mme Burnett, je crois que le pasteur ne l'a pas ajouté au formulaire.

Au diable mes feuilles et mes papiers. Cette information était plus importante que la manière dont je tentais d'organiser mes pensées éparses.

— Je reviens tout de suite.

Je me rendis au salon et pris deux autres feuilles sur le bureau. Il était épais et de bonne qualité, du type de ceux qu'on utilise pour écrire de grandes lettres romantiques. Pas le genre de papier que j'aurais dû utiliser pour écrire ce que je pensais d'un meurtrier.

Je m'arrêtai dans l'embrasure de la porte et observai le bureau. Combien de fois avais-je vu Stan assis là, en train de rédiger des lettres ? Trop pour que je puisse les compter. Je ne me souvenais pas si je lui avais un jour demandé à qui il écrivait. Si je l'avais fait, en tout cas, je ne me souvenais plus de la réponse.

Il me semblait plutôt irrévérencieux d'utiliser le papier de Stan pour mon enquête. Un léger frisson d'excitation me parcourut. J'aimais bien l'idée que Stan aurait désapprouvé à la fois de l'utilisation de son papier et mes efforts pour tenter de résoudre cette enquête. Mais Stan n'était plus là, et lui obéir ne m'avait jamais rien apporté de bon – aussi, je n'allais pas me priver de quelques incartades maintenant qu'il n'était plus là pour me réprimander.

— Qu'avez-vous encore besoin d'écrire ? me demanda Maud comme je revenais dans la cuisine.

— D'autres choses, dis-je.

Elle allait reprendre la parole et je levai la main pour l'interrompre.

— Sur cette page, nous avons les noms, les mobiles, les moyens et l'opportunité. Sur cette autre page, je listerai les choses que nous savons, mais qui semblent n'avoir aucun sens. Enfin, j'utiliserai la dernière feuille pour détailler les choses que nous devons encore découvrir.

— Vous êtes très intelligente, madame Miller, dit Maud. Qui aurait cru ça de vous ?

Je souris, décidant de ne retenir que la première partie de la phrase.

— Maintenant, mettons-nous au travail. Le bus part dans quarante-cinq minutes, et je dois y être si je veux parler à Nancy et revenir à temps pour préparer le dîner.

*

Une tasse de thé et un sandwich à la confiture plus tard, j'étais dans le bus, en route pour Lambcott. Dans ce vieux véhicule branlant, le seul répit à la chaleur étouffante de l'après-midi était l'ouverture et la fermeture des portes, au moment de laisser monter ou descendre les passagers.

Au lieu de ma vieille blouse et de mon pantalon de jardinage habituels, je portais une robe repêchée au fond de ma penderie. Sur le côté droit de l'armoire, les chemises, les pantalons, les pulls et le joli costume de Stan étaient encore entreposés, comme s'ils attendaient que leurs propriétaires reviennent pour les porter d'un instant à l'autre. De mon côté, les quelques robes que j'avais revêtues pour le travail étaient poussées tout au fond. Je n'avais pas touché à ces vêtements depuis plus de six ans. Je ne les avais pas mises depuis le jour où j'avais arrêté de travailler, c'est-à-dire la veille de mon mariage avec Stan.

La couleur grise de la robe était maintenant extrêmement délavée, mais toujours plus appropriée pour une visite que ma tenue de jardinage habituelle – ou que les autres robes que je portais habituellement, toutes léguées par ma mère et qui avaient connu des jours meilleurs.

Le bus s'arrêta au centre de Lambcott et je comptai trois maisons à partir de l'église. La demeure en question était une jolie petite bâtisse chargée de lierre. Je pouvais apercevoir des rosiers dans le jardin et, instinctivement, je sus que j'allais aimer ces gens. Avoir un jardin si bien entretenu en faisait sans doute des personnes éminemment respectables.

Je frappai à la porte, espérant qu'ils m'inviteraient à entrer et qu'un rafraîchissement me serait proposé. Bien que ma robe soit élégante, elle n'était pas faite pour l'été. J'avais envie d'une de ces créations vaporeuses qui finissaient par tournoyer à mi-mollets, comme ces mannequins dans les magazines de Ruby. Mais ç'aurait été une absurdité. Je n'avais pas besoin de jolies robes alors que je passais le plus clair de mon temps à genoux dans la terre, à m'occuper des légumes.

— Oui ? (Une femme d'âge moyen me fixa à travers d'épaisses lunettes.) En quoi puis-je vous aider ?

— Est-ce ici qu'habite Nancy Turner ?

— C'est bien ici, dit la femme en croisant les bras. Je suis sa mère. Qui la demande ?

— Martha Miller, de Westleham. (Je tendis la main pour la saluer.) Enchantée de vous rencontrer.

— De même. (Mme Turner me fixa avec méfiance.) Que pouvons-nous faire pour vous ?

— Je me demandais si je pouvais parler un moment à Nancy, s'il vous plaît. C'est très important.

— À propos de quoi ? Elle n'était pas hostile, mais son ton n'avait rien d'amical.

Une voix de jeune fille se fit entendre derrière Mme Turner.

— Maman, qui est-ce ?

— Personne, répondit sa mère. Retourne dans la cuisine.

— S'il vous plaît, madame Turner, dis-je. Je dois vraiment parler à Nancy.

— Avec moi ? demanda la jeune fille en venant se placer juste derrière sa mère.

Bien sûr, j'avais vu Nancy au village avec les enfants Harrington, mais je ne l'avais jamais observée de près. Elle était exceptionnellement belle. De grands yeux bleu-vert dominaient un visage fin, encadré par d'épais cheveux noirs. Je trouvais qu'elle ressemblait à Vivien Leigh, que j'avais vue en photo dans les magazines de Ruby.

— Oui. Si vous avez quelques instants à m'accorder, je vous en serais extrêmement reconnaissante. Cela ne prendra pas longtemps.

— Vous êtes de Westleham, n'est-ce pas ?

Nancy me scruta par-dessus l'épaule de sa mère.

— C'est exact.

— Cela ne peut pas faire de mal, dit la jeune fille à sa mère. Tu peux rester avec nous pendant que nous discutons, si tu préfères.

— Bien entendu que je vais rester, rétorqua Mme Turner. Tu as travaillé pour une femme de ce village, et voilà qu'elle a été assassinée !

D'une manière ou d'une autre, Mme Turner semblait sous-entendre que Mme Harrington était responsable de ce qui lui était arrivé. Ou peut-être pensait-elle qu'une sorte de honte restait attachée à sa fille pour avoir travaillé dans une maison où une femme avait été tuée.

— Passons au salon, maman, dit Nancy en poussant la porte. Suivez-moi, madame Miller.

Malgré la méfiance de Mme Turner, Nancy semblait avoir pris le contrôle de la situation.

Cette dernière prit place dans un fauteuil d'apparence extrêmement confortable, à côté de la cheminée. Sa mère se posta juste derrière elle. Je m'assis en face d'elles et rendis son sourire amical à Nancy.

— Merci d'avoir accepté de me parler.

— Les enfants me manquent, dit-elle. Savez-vous comment ils se portent ?

— Je crains que non, dis-je en posant mon sac à côté de mes pieds. Ils ne sont pas encore revenus au village. Je crois que la mère de Mme Harrington va s'occuper d'eux pendant un moment.

— Probablement parce que leur père est un satyre et que leur mère n'avait pas toute sa tête.

Les lèvres de Mme Turner s'affinèrent à tel point qu'elles semblèrent un instant disparaître.

— Ce n'est pas tout à fait exact, maman, dit Nancy sur un ton calme.

— Pourriez-vous me dire ce qu'il en est en réalité ? demandai-je.

— Je n'y vois pas d'inconvénient, à condition que vous me révéliez pourquoi vous voulez le savoir. Je ne travaille plus pour les Harrington, mais je ne médirai pas des gens qui m'ont employée.

— C'est tout à votre honneur.

J'aimais beaucoup Nancy. Elle avait l'air d'une fille honnête, plus sensée et intelligente que la plupart des jeunes gens de son âge.

— Je suis ici parce que j'essaie d'élucider les meurtres commis à Westleham. Je sais que ça peut paraître une ambition farfelue, mais je pense que, connaissant bien le village, je peux découvrir certaines choses que la police ne remarquerait pas – et je voudrais que les choses reviennent à la normale.

Nancy hocha la tête une fois, signifiant qu'elle était d'accord pour parler.

— M. Harrington est un homme important dans le village, mais ce n'est pas un homme bon. Il a souvent été très dur avec la pauvre Mme Harrington, bien qu'il faille avouer que cette dernière buvait plus que de raison.

— Pensez-vous qu'elle buvait parce qu'il était dur, ou qu'il s'agissait plutôt de l'inverse ?

Elle réfléchit un instant.

— Je ne m'étais pas posé la question auparavant, mais Mme Harrington semblait toujours boire davantage après avoir s'être disputée avec lui.

— Ce n'est pas tout à fait la même chose, dis-je. Une dispute signifie que Mme Harrington n'était peut-être pas aimable avec lui non plus.

— C'est en tout cas comme ça que ça se passait, madame Miller. (Nancy rougit légèrement et baissa le regard.) M. Harrington rentrait à la maison et critiquait Mme Harrington pour quelque chose qu'elle avait fait ou n'avait pas fait. J'ajoute qu'il a toujours été aimable avec moi, par ailleurs. Alors Mme Harrington se mettait à pleurer et à hurler, lui disant que s'il était si mécontent d'elle, il n'avait qu'à divorcer et épouser sa « maîtresse ».

— Bonté divine, dis-je. Quelle horreur !

— Vous comprenez maintenant pourquoi je ne voulais plus que ma fille partage le toit d'une telle famille, déclara Mme Turner. Une consommation excessive d'alcool et un homme infidèle. Ma Nancy est une fille irréprochable, mais en vivant avec ces deux-là, sa réputation n'aurait pas tardé à être ruinée.

— Oui, je comprends tout à fait.

Nancy était une fille si séduisante qu'il n'aurait pas fallu longtemps pour que les gens interprètent les accusations de Mme Harrington et rejettent la faute sur Nancy.

— Avez-vous déjà été témoin de choses qui laisseraient penser que M. Harrington trompait effectivement sa femme ?

— Non, et il ne s'est jamais comporté de manière inappropriée envers moi. (Nancy se mordit la lèvre.) C'est-à-dire, pas physiquement. Mais à certains moments, je n'aimais pas la manière dont il me regardait.

— Je suis vraiment désolée que cela vous soit arrivé.

Je me souviens que Mme Rogers, au bureau de poste, m'avait dit qu'Ernest Harrington passait beaucoup de temps au pub. Je me rendis compte en y repensant que je ne savais pas s'il le faisait depuis la mort d'Elsie, ou s'il s'agissait d'une habitude de longue date.

— M. Harrington sortait-il après leurs disputes ?

— Toujours. (Nancy hocha la tête avec insistance.) Mme Harrington ne s'est jamais confiée à moi, mais j'imagine qu'elle pensait qu'il quittait la maison pour aller voir sa maîtresse.

La voix de Nancy baissa encore, comme si elle venait de prononcer un juron terrible. Mme Turner secoua légèrement la tête.

— C'est une honte.

— Savez-vous de qui il s'agissait ?

— Non, et cela ne me regardait pas. J'ai fait de mon mieux pour protéger les enfants de ce qui se passait. C'était mon rôle.

— M. Harrington passait-il beaucoup de temps au pub ?

— Il sortait souvent le soir, dit Nancy avec prudence. Mais je ne saurais pas dire où il allait.

— Avez-vous vu des signes pouvant laisser croire qu'il avait bien une aventure ?

Je me souvins de certaines choses que Stan avait faites et qui n'avaient rien signifié pour moi sur le moment, mais qui après coup semblaient faire signe vers un secret étroitement dissimulé.

— Cacher une lettre qu'on est en train d'écrire au moment où quelqu'un entre dans la pièce, sortir téléphoner à des heures inhabituelles ou rentrer un peu plus tard du travail, ce genre de choses.

Nancy ouvrit la bouche pour répondre, puis la referma.

— J'allais vous répondre que non, mais je suppose que ce sont peut-être des choses qu'une femme remarquerait, à la différence d'une jeune fille. J'avais beaucoup à faire avec les enfants, aussi, je n'étais pas toujours au courant de ce que faisait M. Harrington. Une chose plus étrange que les autres se produisait pourtant parfois. Je trouvais déjà cela étonnant à l'époque, mais comme je tenais à garder mon emploi, je n'ai fait aucune remarque.

— Qu'était-ce ? demandai-je avec impatience, me penchant en avant comme si cela allait accélérer la réponse de Nancy.

— De temps en temps, quand j'avais mon après-midi, M. Harrington me demandait de poster une lettre pour lui. Ça n'aurait rien eu d'étrange de la part d'un autre employeur, cependant les Harrington possédaient le bureau de poste. Pourquoi ne prenait-il pas cette lettre au travail pour la poster lui-même sur place ?

— Excellente question. En avez-vous tiré des conclusions ?

— Seulement que M. Harrington préférait que personne ne le voie poster ces lettres.

— Je suppose que vous ne vous souvenez pas de leur destinataire ?

— Elle était adressée à un homme d'Edgecumbe, mais je crains de ne pas me souvenir du nom ni de l'adresse.

— Merci, Nancy, vous m'avez énormément aidée.

— Madame Miller, dit Mme Turner. Restez un moment avec nous. Je vais aller chercher un plateau de rafraîchissements à la cuisine. Vous devez avoir soif après ce long trajet en bus et cette discussion.

— C'est très gentil de votre part, répondis-je. Cela me ferait le plus grand bien, en effet.

— Le prochain bus n'arrivera que dans cinquante minutes, dit Nancy. Vous feriez mieux de vous mettre à l'aise en attendant. Maintenant que maman sait qu'elle n'a plus à s'inquiéter de vous, elle va revenir avec un plateau chargé de toutes sortes de jolies choses. Vous allez voir.

Nancy ne s'était pas trompée. Sa mère revint avec des boissons fraîches, des sandwiches et même des scones aux fruits. Je profitai d'un moment de détente et d'échange avec les deux femmes jusqu'à ce que l'heure de rentrer approche.

Il était temps de prendre le bus et de retourner – déjà ! – à la vie réelle. Tandis que le bus traversait la campagne, je réfléchis à ce que j'avais appris de Nancy et à ce que ça pouvait signifier pour l'enquête.

À qui Ernest Harrington écrivait-il, à Edgecumbe ? Cela avait-il un rapport avec la relation dans laquelle Nancy assurait qu'il était engagé ?

# 14

Tandis que je descendais la route qui menait à mon cottage, Maud se précipita vers moi et me barra la route.

— Eh, madame Miller !

— Bonjour, madame Burnett.

— Le pasteur est chez moi, murmura-t-elle.

— Alors pourquoi êtes-vous ici ?

— Pour vous le faire savoir.

Maud regarda à gauche et à droite, puis se tourna de nouveau vers moi. Elle prenait son rôle beaucoup trop au sérieux. Elle n'avait pas l'air d'une espionne. Elle avait juste l'air de cacher quelque chose.

— Vous allez vous rendre dans votre jardin, passer le portail du bout et entrer dans le mien. J'ai déverrouillé mon portail. Il vous suffira de le pousser pour l'ouvrir. Le pasteur dit qu'il a quelque chose d'extrêmement important à vous dire.

— Qu'est-ce que c'est ?

— Il m'a demandé de ne rien vous dire. Maud fit un mouvement de la main, visiblement impatiente.

Dépêchez-vous, madame Miller. J'ai hâte que vous entendiez ce qu'il a à dire.

Je déverrouillai ma porte et entrai dans la maison, tapotant distraitement la tête de Lizzie avant de me précipiter vers la porte du jardin. J'avais envie d'enlever mes chaussures et de plonger mes pieds brûlants dans le tonneau d'eau de pluie au fond du jardin, mais ça devrait attendre. J'étais attendue à côté.

Laissant Lizzie dans le jardin, je franchis le portail et me glissai dans le jardin de Mme Burnett. Elle m'attendait déjà à la porte.

— Dépêchez-vous !

À peine avais-je posé le pied à l'intérieur que Mme Burnett referma la porte derrière moi avant de faire tourner la clé.

— Vous ne fermez jamais votre porte à clé.

— Eh bien vous devriez fermer la vôtre, si vous ne le faites pas, rétorqua-t-elle. Vous avez oublié qu'un meurtrier rôde dehors ?

J'avais envie de rire à son ton lugubre, mais mon regard se posa sur le pasteur, assis à la table de la cuisine. Mon Dieu, il me semblait que je ne l'avais pas vu depuis une éternité – alors que nous nous étions seulement quittés l'après-midi précédent.

— Je suis heureux de voir que vous êtes rentrée saine et sauve, madame Miller.

— Merci, révérend, dis-je maladroitement. Vous avez l'air en pleine forme.

Il portait une chemise blanche, comme à son habitude, mais avait cette fois retroussé ses manches, dévoilant de puissants avant-bras. Je n'avais jamais pensé qu'un pasteur puisse avoir tant de muscles – écrire des sermons et baptiser des nouveau-nés ne les y prédisposant pas, jusqu'à preuve du contraire.

— Est-ce considéré comme de la drague de nos jours ?

— Madame Burnett ! m'étouffai-je. Je voulais simplement dire que le pasteur avait l'air en forme, pas qu'il…

— Madame Miller, je vous en prie, coupa Maud en secouant la tête, comme si je l'avais profondément déçue. Nous en reparlerons plus tard, voulez-vous.

Mettre mes pieds dans le tonneau d'eau de pluie pour me rafraîchir ne changerait probablement rien à ce stade. Quant à ma tête, l'y plonger en ferait sans doute évaporer tout le contenu. J'étais profondément embarrassée. Il n'y avait qu'un moyen d'échapper à ma maladresse.

— Parlons de notre affaire, commençai-je.

— Pendant que vous étiez absente, j'ai été très occupé.

Luke posa un coude sur la table.

— Qu'avez-vous découvert ?

— Je ne peux pas vraiment m'en attribuer le mérite, déclara-t-il. Je le dois à Mme Garrett, cette intarissable source d'information. Je ne pense pas qu'il y ait quoi que ce soit que cette femme ne sache pas.

À force de se mêler des affaires des autres, elle les connaît assurément toutes par cœur.

— Que vous a-t-elle appris ?

— Tout sur Arthur Wade.

— Arthur Wade ? répétai-je. L'homme qui paie le loyer de Margaret Leaming ?

— Lui-même.

— Comment en êtes-vous venu à parler d'Arthur Wade avec Mme Garrett ?

Maud ôta le couvercle de sa théière, ajouta quelques feuilles de thé, la remplit d'eau chaude et en remua énergiquement le contenu :

— Prenons tous une bonne tasse de thé pendant que nous discutons.

J'avais bu plus de thé au cours de la semaine passée que pendant le restant de l'année. C'était bien le seul avantage de cette enquête. Je ne comptais pas le thé de Mme Garrett, bien sûr. Au vu de son statut de veuve, je me devais d'être un peu plus charitable, mais personnellement, je préférais ne pas prendre de thé qu'en boire un si mauvais.

— Je lui ai simplement rendu visite et je lui ai demandé si elle connaissait ce nom.

— Et elle le connaissait ?

— Oui, elle le connaissait, confirma-t-il.

— Et c'est la partie la plus excitante !

Maud versa le thé dans trois tasses, son corps entier vacillant sous l'effet de l'excitation.

— Comment ?

— Le journal !

Luke fixa Maud.

— Qui raconte cette histoire ? Vous ou moi ?

— Désolée, révérend, sourit Maud, l'air tout sauf désolée.

— Pourquoi Arthur Wade était-il dans le journal ?

— Il est allé en prison, dit Luke rapidement, voulant sans doute devancer Maud avant qu'elle ne lui dame le pion. Pour une affaire de meubles volés.

— Le Sheraton !

— L'inspecteur Robertson est retourné à Slough pour discuter de l'affaire avec un expert en antiquités.

— Mme Leaming était-elle impliquée dans les vols ?

— L'article de journal dont Mme Garrett se souvenait mentionnait un homme emprisonné pour avoir volé des meubles dans des maisons bombardées. C'est d'ailleurs pour ça qu'elle se rappelait si bien son nom et l'affaire – quel genre de personne vole des gens dont la maison a été détruite ? Le détective a téléphoné à Slough et confirmé que l'homme avait été libéré depuis.

— Si tôt ? dis-je en buvant une gorgée de thé. C'est scandaleux !

— Ils n'ont pu l'accuser que d'un seul vol. (Luke fit une grimace de dégoût.) Mais la police a toujours pensé qu'il y en avait eu d'autres.

— Sa maison est pleine de meubles. (Je marquai une pause, me donnant un moment pour réfléchir). C'est peut-être pour ça qu'elle est si insalubre. Peu de gens voudraient y entrer étant donné l'horrible puanteur causée par ses chats.

— Je pense que c'est la raison pour laquelle elle était dans un tel état quand vous lui avez rendu visite dimanche, déclara Luke. Mme Warren a peut-être pénétré dans la maison de Mme Leaming et s'est rendu compte qu'elle était remplie de meubles anciens. Margaret a alors dû la tuer pour éviter qu'elle ne la dénonce aux autorités.

— Et elle aurait ensuite paniqué devant l'agitation qui régnait au village ?

— Oui. La police prenant ses quartiers à Westleham et fouinant un peu partout, la situation s'était retournée contre elle.

— Je ne pense pas que ce soit elle, dit Maud.

— Pourquoi ? C'est plausible.

— Je pense que c'est Charles.

— Est-ce parce que vous avez entendu la rumeur selon laquelle il avait une amante ?

— Oui. Il a dû tuer Alice pour obtenir l'argent de l'assurance et faire de la place pour sa nouvelle femme.

— Je ne crois pas, dit Luke. Je pense qu'il souffre sincèrement d'avoir perdu sa femme.

— Savons-nous qui s'occupe du jardin de Mme Leaming ? demandai-je alors que cette question me venait spontanément à l'esprit.

— George Felton, bien sûr, répondit Maud sans hésiter.

— Pourraient-ils être complices ? demandai-je.

— N'oublions pas Joe Noble, dit Luke. Ce dernier n'était pas du tout content quand il a compris que vous m'aviez parlé des ventes illégales d'alcool. Ce qui me rappelle que…

Il me tendit une enveloppe scellée par-dessus la table.

— Qu'est-ce que c'est ?

— Il a dit que c'était ce qu'il vous devait, dit Luke.

— Vous pensez que c'est ça ? Ou que c'est de l'argent malhonnête ?

Il haussa les épaules.

— Ça peut être les deux.

Je glissai un doigt sous le rabat de l'enveloppe et en vérifiai le contenu. Il y avait assez d'argent pour nous offrir, à Ruby et à moi, une belle soirée à Londres – et il en resterait encore une bonne partie. Peut-être que je m'en servirais pour m'offrir une nouvelle robe.

— Enfin, il y a Ernest Harrington, dis-je. La fille au pair des Harrington m'a rapporté qu'Ernest était très dur avec Elsie et qu'ils se disputaient souvent – notamment parce qu'elle se pensait victime d'adultère.

— Bonté divine, dit Maud en faisant claquer sa langue. On dirait que tout le village s'y met.

Je m'efforçai d'ignorer le regard ambigu dont elle nous enveloppa, Luke et moi, mais cela n'empêcha pas mes joues de chauffer sous l'effet de la honte. Je me souvins des paroles prononcées la veille par l'évêque et décidai de mettre plus de distance entre le pasteur et moi dès que nous aurions résolu cette affaire. Il n'était pas juste qu'il soit soumis à l'opprobre des villageois. Jusqu'à ce que Stan réapparaisse et me concède le divorce, ou que son corps soit retrouvé, je n'avais pas le droit de m'attacher à un autre homme.

— Les apparences sont souvent trompeuses, dit Luke. J'avais pourtant trouvé M. Harrington très attentionné envers sa femme le jour de la mort de Mme Warren.

— Et parfois, ce sont elles qui donnent la clé, dis-je à voix basse alors que la dernière pièce du puzzle se mettait en place dans mon esprit. Pourquoi avons-nous rendu les choses si compliquées, alors que la réponse était si simple ?

— Que voulez-vous dire ?

— Je crois avoir trouvé de qui il s'agit.

J'avais parlé timidement, mais ma certitude grandissait à mesure que je la mettais en forme.

— Parfois, les choses sont exactement ce qu'elles semblent être.

— Vous devez immédiatement mettre l'inspecteur Robertson au courant, insista Maud.

— Après nous l'avoir dit, bien sûr ! dit Luke en se tournant vers moi, pressé de connaître le nom que j'avais en tête.

— Non, je ne peux pas encore le révéler au détective, dis-je. Ce n'est pas possible. Nous n'avons pas de preuves solides. Mais je sais exactement comment les obtenir.

— Je ne crois pas que j'aime cette expression sur votre visage, dit Luke. Vous avez un plan ?

Je me levai.

— Oui. Je dois aller au village avant la fermeture du bureau de poste.

— Le bureau de poste ?

Luke haussa les sourcils.

— Dans un village, les rumeurs se propagent à partir d'un endroit où les gens se rassemblent. Soit les commerces, soit l'église. Si je dis à Mme Rogers que je sais qui est l'assassin, tout le village le saura avant le repas du soir.

— C'est le plan le plus imprudent dont j'aie jamais entendu parler, dit Luke. Vous vous exposez à un risque insensé !

— C'est justement l'idée.

— Oh, mon Dieu, dit Maud, je crois qu'elle nous fait une insolation. Son cerveau a pris un coup de chaud.

— Vous ne comprenez donc pas ? Si je dis que je sais qui l'a fait, cette personne viendra m'attaquer pour s'assurer que je ne parle pas davantage.

— Votre plan ne me paraît pas meilleur sous cet angle, dit Luke en secouant la tête. C'est une idée ridicule. Je ne peux pas vous laisser faire ça.

— Vous ne pouvez pas « me laisser faire » ?

Son ton m'avait hérissée. Tout souvenir de ses avant-bras musclés s'évanouit de mon esprit aussi vite que le chat de Maud avec Lizzie à ses trousses.

— Vous allez mourir, dit-il d'un air maussade.

— Pas si je parle de mon plan à l'inspecteur Robertson et qu'il envoie des agents de police chez moi pour arrêter le tueur.

— Et s'ils arrivent trop tard ?

— Au moins, vous saurez qui est le coupable.

— Ne soyez pas si désinvolte.

Il se dirigea vers la porte de la cuisine de Maud.

— Je ne veux pas participer à tout ça. C'est une chose d'enquêter sur ces meurtres, et déjà dangereuse, mais c'en est une autre de se mettre délibérément en péril. C'est irresponsable, Martha. Et égoïste.

La porte se referma doucement derrière lui. Je ne sais si c'était la façon calme dont il avait quitté la maison ou la manière avec laquelle il avait prononcé mon nom, mais j'avais le sentiment d'avoir peut-être perdu là quelque chose de rare et d'important.

*

Plus tard dans la soirée, j'expliquai mon plan à Ruby en préparant le dîner. Je lui racontai comment je m'étais rendue au village pour parler à Mme Rogers, lui confiant que j'avais demandé à la police de venir me voir dans la matinée pour tout lui révéler sur l'identité du tueur.

— Je dois dire que je suis d'accord avec le pasteur. Ton plan me semble excessivement dangereux. N'est-ce pas pour cela que nous avons des forces de police ?

— Le détective a trouvé mon plan excellent.

— Il sera bon, acquiesça Ruby. Si tu ne meurs pas.

— Je ne mourrai pas, la rassurai-je.

— Lizzie va aboyer dès le moment où quelqu'un ouvrira ta porte, dit Ruby en souriant. Ça ne marchera pas.

— Lizzie sera dans ta chambre avec toi au cas où le meurtrier se tromperait de pièce. Elle assurera ta sécurité.

— Comment le tueur saurait-il dans quelle chambre te trouver ?

— Tous les cottages de cette rue sont identiques. La chambre principale se trouve toujours à l'avant de la maison. La plus petite, à l'arrière.

— Et tu crois qu'il viendra ce soir ?

— Si tu pensais que quelqu'un connaissait ton identité et qu'il disait avoir rendez-vous avec la police le lendemain, n'agirais-tu pas de la sorte ? Le meurtrier va nécessairement tenter de me faire taire ce soir.

Ruby frémit.

— Je ne comprends pas comment tu peux être aussi calme, Martha. Nous parlons de ta vie.

— J'ai confiance en la police, et puis ce n'est pas comme si j'allais manquer à beaucoup de gens.

— Martha ! (Ruby écrasa sa tasse de thé dans sa soucoupe.) Le pasteur a raison. Tu es vraiment égoïste. Quelle horrible chose ! Tu me manquerais, à moi ! Tu me manquerais terriblement.

— Excuse-moi, je n'aurais pas dû dire ça.

Je remuai la soupe de légumes, puis m'approchai d'elle avant de poser une main sur son épaule.

— Je suis ta sœur. Bien sûr que je te manquerais.

— Il ne s'agit pas de ça. (Ruby semblait sur le point de pleurer.) Ce n'est pas seulement parce que tu es ma sœur. C'est parce que tu es toi. Martha, tu n'as vraiment aucune idée de l'admiration que je te porte ?

— Moi ?

— Oui. (Elle se leva et posa sa main sur la mienne.) Je ne pourrais pas imaginer avoir une meilleure grande sœur que toi.

— Mais c'est moi qui t'admire, répliquai-je. Tu sais tant de choses que je ne connaîtrai jamais.

— Oh, dit-elle d'un air dédaigneux. Ce ne sont que des babioles. Tout le monde peut apprendre à se maquiller, à se coiffer et à s'habiller. Tu t'occupes de moi par de petites attentions tous les jours. Mon Dieu, Martha, tu réchauffes même mes pantoufles avant que je rentre du travail – au beau milieu de l'été !

— Et je continuerai à le faire tous les jours jusqu'à ce que tu te maries.

Elle ricana.

— Ce n'est pas près d'arriver.

— Pourquoi ? lui demandai-je, heureuse du lien émotionnel qui se créait entre nous. Et ce type avec qui je t'ai vue mardi sur le quai de gare ? Il avait l'air d'avoir très envie de passer du temps avec toi.

— Je te l'ai déjà dit, répondit-elle brusquement. Ce n'est personne.

— Mais…

— Peut-on parler d'autre chose ?

Elle se tourna vers moi et me sourit.

— Pas de lui. Et pas de meurtres.

— Je ne suis plus sûre de savoir tenir une conversation sans parler de mort, de poison ou de tueurs.

— J'ai oublié de te dire. (Ruby prit une cuillère et remua son thé.) En revenant de la gare, j'ai vu une femme entrer chez Charles Warren.

— La maison de Charles, tu es sûre ?

— Oh oui, répondit-elle. Je sais que c'est se comporter comme Mme Burnett ou Mme Garrett, mais je me suis arrêtée pour les épier. Il a ouvert la porte, l'a embrassée sur la joue, et tu ne devineras jamais ce qu'il a fait ensuite.

— Non, qu'a-t-il fait ?

— Il a pris sa valise et l'a fait entrer dans la maison. En plein jour. Juste comme ça !

— C'était peut-être sa fille.

— Martha, tu sais bien que les Warren n'avaient pas d'enfants. Nous vivons à Westleham depuis assez longtemps pour le savoir.

Je retournai à mes fourneaux, assez triste de la révélation de Ruby. J'avais vraiment cru que Charles aimait sincèrement Alice. Il semblait bien que Mme Burnett avait raison – et que tout le monde au village s'accommodait de relations licencieuses.

*

Je m'assis sur la chaise installée au pied de mon lit. Quand il ouvrirait ma chambre, le tueur verrait mon lit vide. Avec un peu de chance, la distance donnerait à la police le temps de bondir et d'appréhender l'empoisonneur avant qu'il puisse s'en prendre à moi.

L'horloge de l'église sonna 3 heures du matin. Mes yeux me piquaient d'être restés ouverts si longtemps après l'heure habituelle du coucher, mais je n'osais pas les fermer. Même s'il y avait des policiers dans ma chambre, qu'il y en avait dans le salon et un dernier avec Ruby, j'étais toujours terrifiée, en dépit de mon audace de la veille.

Je crus entendre un bruit à l'extérieur, mais j'étais déjà presque certaine d'avoir entendu quelque chose au moins une bonne douzaine de fois. Retenant ma respiration – comme si cela allait rendre mon ouïe plus fine –, je tendis l'oreille pour vérifier si le son se reproduisait. Un léger déclic m'indiqua que quelqu'un venait de refermer la porte du jardin.

Mon cœur battait plus fort que le train de banlieue pour Londres et je crus un moment que j'allais devoir me lever pour vomir. J'avais l'impression que mon estomac comprimait mes poumons, m'empêchant de respirer correctement.

La terreur rendait le discernement entre les sons réels et ceux inventés par mon esprit apeuré presque impossible.

Le grincement de la troisième marche de l'escalier en partant du haut finit de dissiper mes doutes. Il sembla se répercuter dans la maison silencieuse. Mes pieds étaient froids, même enfouis dans mes pantoufles. Je me demandai si je serais capable de bouger en cas de besoin, ou si la peur me tétaniserait, ou encore si des crampes se déclareraient pour être restée trop longtemps immobile au même endroit.

La poignée de la porte de ma chambre vacilla et je voulus fermer les yeux. Il était trop tard pour faire marche arrière. La réalité était plus terrifiante que je ne l'avais imaginé. Pire que tous les cauchemars que j'avais vécus.

La porte s'ouvrit lentement et je resserrai les doigts sur la torche qui se trouvait dans la poche de ma robe de chambre. Dès que la silhouette vêtue de noir entra, je pressai le bouton et dirigeai le faisceau de lumière droit sur le visage surpris de l'intrus.

Ce dernier prit un oreiller sur mon lit et, en un saut, me le plaqua sur le visage. J'essayai de crier, mais aucun son ne sortit de ma bouche.

Je tendis le bras qui tenait la torche et le projetai de toutes mes forces contre la tête d'Ernest Harrington. Un craquement m'indiqua que j'avais fait mouche. L'oreiller se décolla de mon visage et je rouvris les yeux pour voir ma chambre pullulant d'agents de police.

Je savais que l'homme qui viendrait me tuer cette nuit-là serait Ernest Harrington, mais cela n'avait pas atténué le choc qui m'avait secouée quand son visage familier s'était penché sur moi avec l'intention de me tuer.

— Martha ? (La voix de Ruby semblait venir de très loin.) Ma chérie, tu vas bien ?

— Oui, dis-je avant d'éclater en sanglots.

Quelqu'un alluma la lumière de la chambre et Ruby se pressa à mes côtés, passant ses bras autour de moi. Elle me murmura des paroles réconfortantes et me caressa les cheveux, ce qui me fit pleurer plus fort encore. Comment avais-je pu atteindre l'âge de trente-trois ans sans que quelqu'un me témoigne une affection aussi pleine, aussi entière ?

Des pas lourds résonnèrent dans l'escalier et l'inspecteur Robertson entra dans la pièce.

— Vous allez bien, madame Miller ? Vous avez été incroyablement courageuse !

— Ce n'est pas tout, dit Ruby. Elle a réussi à l'assommer. Ma sœur est une héroïne.

— Oui, mademoiselle Andrews, elle en est une, assurément.

— Est-il mort ?

Je jetai un coup d'œil par-dessus l'épaule de Ruby.

— Non, seulement inconscient.

— C'est une honte, dit Ruby avec sauvagerie.

— Il allait m'étouffer, chuchotai-je.

— Nous ne l'aurions jamais laissé aller aussi loin, déclara l'inspecteur.

— Il m'a mis l'oreiller sur le visage, dis-je avec consternation. Croyez-moi, à ce moment-là, j'ai pensé que le pasteur avait bien raison d'avoir voulu nous arrêter, moi et mes idées complètement folles.

— Tout est bien qui finit bien, dit Ruby en sortant un mouchoir de sa poche et en me le tendant.

— Passez-lui les menottes, dit l'inspecteur en désignant Ernest.

Un des agents présents s'exécuta.

— La dernière chose que nous voulons, c'est qu'il reprenne conscience et qu'il tente de fuir. Je suis bien trop fatigué à cette heure pour le poursuivre à travers tout le village.

— Mon Dieu, regardez-moi. Je n'arrête pas de trembler, dis-je en mettant les mains devant mon visage.

— Tu as besoin d'une tasse de thé bien chaud, dit Ruby d'un ton décidé. Prenons Lizzie et allons à la cuisine. Je vais en préparer un peu.

— Nous ne pouvons pas…

— Nous pouvons très bien le faire, dit-elle. Si nous ne pouvons pas prendre une tasse de thé bien sucrée après la nuit que nous venons de passer, quand le pourrons-nous ?

— Mais nos rations ne dureront pas si nous…

— Martha, je ne veux plus en entendre parler !

Ruby m'aida à me relever. Contournant Ernest Harrington, nous nous dirigeâmes vers la porte de la chambre.

— Merci, madame Miller. (L'inspecteur Robertson tendit la main et la posa sur mon bras.) Je reviendrai dans la matinée pour faire le point.

— Mais c'est la matinée, dit Ruby sur un ton amusé.

— Enfin, plus tard, quand nous aurons eu le temps de nous reposer.

Ses oreilles étaient roses, et ses pommettes s'étaient aussi légèrement colorées.

— Remerciez vos collègues pour moi, voulez-vous, lui dis-je avant de sortir. Je me suis sentie plus en sécurité avec eux dans la maison.

— Mais tu n'en avais pas besoin, n'est-ce pas ? (Ruby me serra le bras.) Je suis si fière de toi.

# 15

Le lendemain matin, Mme Garrett, Mme Burnett et moi étions assises à la table de la cuisine lorsque l'inspecteur Robertson arriva. Ruby était partie travailler comme d'habitude, bien qu'elle n'ait presque pas dormi du tout.

— A-t-il avoué ?

— Il refuse de parler, dit l'inspecteur.

— Qui ? demandèrent à l'unisson Mme Burnett et Mme Garrett.

— Vous ne leur avez pas dit ? demanda le détective en riant.

— Je voulais attendre que vous soyez là pour n'avoir à raconter toute l'histoire qu'une fois.

Je m'approchai de la fenêtre de la cuisine et regardai dehors. Toujours aucun signe de Luke. J'espérais qu'il vienne ce matin, pour prendre de mes nouvelles. Mais il devait avoir mieux à faire. Inutile de me montrer amère. Le pasteur n'était pas pour moi. En refusant de venir, il faisait preuve de bon sens.

— Alors, madame Miller. Par où commencer ?

— Je veux savoir comment vous avez trouvé de qui il s'agissait, dit Maud.

— Ne soyez pas ridicule, dit Ada. On commence les histoires par le début, pas par la fin.

— Je n'y serais jamais arrivée sans vous deux, en tout cas. (Je souris à Maud et à Ada.) Vous avez toutes les deux été admirables.

— En effet, nous l'avons été. (Maud fixa le détective.) Heureusement que nous étions là, d'ailleurs.

— Je commencerai par la foire, dis-je. À l'époque, j'ai d'abord pensé que celui qui avait tué Mme Warren avait un mobile particulier pour le faire.

— N'a-t-elle pas été tuée volontairement ? demande Ada.

— Non, répondis-je. L'assassin voulait bien tuer quelqu'un, mais la personne qu'il tuerait n'avait aucune importance pour lui.

— J'ai du mal à suivre, dit Maud en fronçant les sourcils.

— Je n'y ai d'abord rien compris moi-même, continuai-je. Puis soudain, la réponse m'est apparue, tellement évidente que je me suis sentie stupide de ne pas l'avoir vue tout de suite.

— Dans ce cas, je dois être incroyablement stupide, car j'étais avec vous hier soir lorsque vous êtes arrivée à votre conclusion, et pour ma part je ne comprends toujours rien.

Je récupérai mes notes au centre de la table.

— J'ai commencé par penser que le tueur devait avoir une raison de tuer Alice. Regardez ici, là où j'ai complété ces colonnes. La seule personne qui avait un véritable mobile pour tuer Alice était son mari. (Je retournai la feuille.) Mais ce dernier n'avait aucune raison de tuer Elsie.

— Qui avait un mobile pour tuer Elsie ? demanda Ada.

— Joe Noble en avait un, mais il était très faible.

Le détective fronça les sourcils.

— Vraiment ? Je ne crois pas que vous ayez partagé cette information avec moi ?

Je gardai le regard baissé sur la feuille de papier.

— Si vous n'y voyez pas d'inconvénient, je préférerais que ce point de détail reste entre Joe et moi.

— Cela a-t-il un rapport avec l'enquête ?

— Aucun.

— Dans ce cas j'accepte, dit-il. Continuez.

— Concernant la dernière colonne, tant de personnes ont eu l'occasion de tuer les deux femmes qu'il a été difficile de faire la part des choses entre faits signifiants et étrangetés ordinaires. Les gens ont leurs secrets, c'est le cas la plupart du temps. Une fois qu'on découvre ceux-ci, on découvre les mobiles. Certaines personnes sont capables de tuer pour garder une information secrète.

— Et cette histoire de Sheraton, alors ? demanda Maud.

— Je pense pouvoir répondre à cette question, dit Ada. Ça a quelque chose à voir avec cet homme sur lequel vous m'avez interrogée, n'est-ce pas ? Arthur Wade ?

Une expression de mépris traversa le visage de l'inspecteur.

— Un individu de la pire espèce. Quel genre de personne peut piller des maisons bombardées ?

— La vermine, voilà qui, désapprouva Maud.

— En quoi cela est-il lié à l'enquête ?

— Les informations que vous m'avez données à ce moment-là, madame Garrett, m'ont été très utiles. Une fois que nous avons su qu'Arthur Wade finançait la maison de Mme Leaming, il est devenu impératif de découvrir qui il était et pourquoi il payait pour un logement qu'il n'habitait pas.

— Mme Leaming était de mèche avec ce criminel ? (Maud secoua la tête.) Quelle honte !

— Elle n'était pas directement impliquée dans les vols, dit l'inspecteur Robertson. Nous pensons qu'il s'agissait d'une bande organisée. Mme Leaming se faisait passer pour une veuve de guerre et conservait les objets volés chez elle. De temps en temps, M. Wade ou l'un de ses complices venait prendre un meuble pour le vendre. Ils prenaient soin de ne pas vendre les objets dans la zone où ils avaient été dérobés.

— Mais il a bien été emprisonné ?

Ada affichait un air particulièrement acerbe.

— Il a été pris en flagrant délit de cambriolage d'une maison en 1944, confirma le détective. Ce n'est qu'après avoir fouillé le logement de Mme Leaming que nous avons pu lui imputer un certain nombre d'autres affaires. Il va retourner en prison, et pour bien plus longtemps que deux ans, cette fois-ci.

— Ils devraient même jeter la clé, dit Ada avec émotion.

Maud tapota ma feuille de papier.

— Alice savait donc que le buffet de la maison de Mme Leaming était un Sheraton ?

— Je ne sais pas si elle en était sûre, mais elle devait au moins avoir des soupçons, et Mme Leaming devait savoir qu'Alice la soupçonnait de quelque chose.

— Elle a pu la tuer pour la faire taire, et pour pouvoir continuer son petit manège.

— Oui, mais je ne lui ai trouvé aucune raison de vouloir éliminer Elsie. Ça n'avait aucun sens. Les meurtres ne semblaient avoir aucun point commun, à l'exception, bien sûr, du mode opératoire.

— Et George ?

— L'inspecteur a été catégorique à ce sujet : George n'a eu aucune occasion de tuer l'une ou l'autre des victimes. Il n'était pas près du chapiteau juste avant le décès d'Alice, et il n'était même pas au village quand Elsie est morte. Cependant, le pasteur et moi avons compris que le tueur n'avait pas besoin d'être présent sur place lors des meurtres. Il lui suffisait d'avoir empoisonné les boissons.

— Du poison aurait pu être ajouté à la bouteille de gin d'Elsie à tout moment, et George était toujours dans les parages à s'occuper du jardin. Je n'ai jamais eu confiance en cet homme.

— Et qu'est-ce que c'est que cette histoire de haricots ?

— Je me suis rendu compte, en lisant les notes du comité récupérées chez Alice, que M. West prétendait que le saboteur du village avait détruit ses haricots verts. Pourtant, il a bien remporté le premier prix pour ces plantations. Était-ce une raison suffisante pour tuer Alice ? Ça me semblait difficile à croire.

Ada se saisit de la théière et remplit les tasses de chacun.

— Celui qui a tué Alice a pu tuer Elsie pour la faire taire. Peut-être avait-elle découvert quelque chose de trop compromettant.

— Voyons ce qu'il en est de Charles, dis-je. Dès que nous avons appris qu'il avait souscrit une police d'assurance importante pour Alice, il nous a semblé probable qu'il soit le coupable. Je suis un peu gênée d'admettre que le pasteur et moi-même l'avons suivi à Londres pour essayer de le surprendre avec l'amante avec laquelle nous pensions qu'il avait une relation.

— Et alors ? demanda Ada.

— Non, il n'y avait pas d'amante.

— Tant mieux. J'aime beaucoup M. Warren. C'était un bon mari pour Alice. Très dévoué et travailleur.

— Ruby a vu une femme entrer chez lui hier soir, mais le détective m'a informée qu'il s'agissait de sa sœur. Il avait donc un éventuel mobile financier, mais rien pour Elsie.

— Qui reste-t-il ?

— Ernest Harrington.

— C'était lui ?

Maud se pencha en avant, le visage échauffé par l'excitation.

— Oui, c'était lui.

Ada secoua la tête.

— Je ne comprends pas. C'est l'exact inverse du cas précédent. Je peux encore saisir qu'il veuille tuer sa propre femme, mais pourquoi Alice ?

— Comme je l'ai dit plus tôt, il ne le voulait pas. Il voulait tuer quelqu'un. Le qui n'a pas d'importance.

Quand Florence a dit au pasteur que les boissons avaient été préparées avant qu'elle ne commence à les servir, j'ai compris que la mort d'Alice était un crime aléatoire. Il avait été perpétré pour créer un écran de fumée sur les intentions réelles du meurtrier.

— Oh, quelle infamie, murmura Maud. Pauvre Alice. Et pauvre Charles. Et pourquoi a-t-il voulu la mort de sa femme ?

— Il avait très certainement une amante.

— Vous n'en êtes pas sûre ? demanda le détective, la perplexité se dessinant sur son joli visage. Je pensais que vous étiez certaine de votre raisonnement. C'est pourquoi j'ai accepté cette mascarade d'hier soir.

— J'en étais aussi sûre qu'il est possible de l'être.

Je finis mon thé. Pour une fois, je ne me souciais pas du fait que nos rations commençaient à s'épuiser. Qui se serait soucié de pareille chose après une semaine comme celle que nous avions passée ?

— C'était la seule possibilité. Mme Rogers a suggéré qu'Ernest passait beaucoup de temps au pub, la jeune fille au pair était chargée d'envoyer des lettres à quelqu'un d'Edgecumbe, et la barmaid de Joe Noble, qui travaille le week-end à Westleham, est précisément originaire de ce village.

— C'est une projection pour le moins audacieuse, dit le détective en se passant la main sur la mâchoire.

— C'est vrai, j'en conviens. Mais tout s'est enchaîné. Hier soir, alors que nous discutions de ce que j'avais appris de Nancy Turner, le pasteur a dit : « Les apparences sont souvent trompeuses. » De mon côté, j'ai pensé que c'étaient au contraire parfois les apparences qui donnaient la clé de l'énigme. C'était le cas dans cette affaire. Un homme qui prétendait aimer sa femme, mais qui l'avait tuée parce qu'il en aimait en réalité une autre.

— C'est plutôt intelligent, dit Ada. Intelligemment tordu, dirai-je même.

— Qu'allez-vous faire maintenant, madame Miller ?

— Je crois, madame Burnett, que je vais prendre une couverture et faire une sieste plus que méritée au soleil.

— Bonté divine, quelle décadence ! piailla Ada.

Un large sourire se dessina sur son visage.

— Je dois me rendre chez Mme Leaming pour voir comment se passent les choses, dit le détective. Je reviendrai plus tard pour vous tenir au courant.

— Je vous attends vers 6 heures, c'est cela ?

— Hum... oui. Il se pourrait bien que ce soit à cette heure-là.

— Une heureuse coïncidence !

— Je vous dis à tout à l'heure.

Alors que nous nous approchions de la porte d'entrée, il me saisit par le coude.

— J'ai l'intention d'inviter votre sœur à sortir avec moi.

— Vous me demandez la permission ?

— Ai-je besoin de votre permission ?

— Je ne suis pas sa mère, dis-je, m'amusant de son malaise.

— Néanmoins, j'aimerais avoir votre accord. Ruby vit ici avec vous. Il me semble normal de vous le demander.

— Vous m'avez l'air d'un homme très sympathique. Mais la décision revient à ma sœur seule. Et elle peut être assez têtue, comme vous l'aurez sûrement compris.

Il sourit.

— C'est quelque chose qui me plaît, chez elle.

*

Plus tard dans la soirée – quelques instants seulement après que Ruby était rentrée du travail –, on frappa à la porte.

— Bonté divine ! Il est encore plus accroché que je ne le pensais.

— Qui ? demanda Ruby, un air perplexe se dessinant sur son joli visage.

— Peu importe. Je me hâtai d'aller ouvrir.

— Vous n'avez pas perdu… Oh, mon Dieu. Mais qui êtes-vous ?

L'homme sur le pas de la porte me semblait vaguement familier.

— Est-ce ici qu'habite Ruby ? Vous devez être Martha.

Je n'aimais pas son ton familier.

— Je suis la sœur de Ruby, Mme Miller. Et vous êtes ?

— Phillip. Phillip Hardacre. Je travaille avec Ruby.

— Vraiment ?

Je finis par me souvenir où j'avais vu cet homme.

— Vous étiez sur le quai de Slough mardi matin. Je vous ai vu malmener ma sœur.

Il jeta un coup d'œil par-dessus mon épaule.

— Puis-je entrer un instant ?

— Non. (Je secouai la tête pour mieux insister.) Je ne vous laisserai pas entrer. Je ne vous connais pas, et ce que j'ai pu voir de vous ne m'a pas plu.

— Ruby ! l'appela-t-il depuis le pas de la porte. Ruby, il faut que je te parle ! S'il te plaît, Ruby !

J'essayai de refermer la porte, mais il la bloqua avec le pied. Ruby traversa le couloir et se plaça derrière moi.

— Va-t'en, Phillip. Je te l'ai dit. C'est fini entre nous.

— Est-ce qu'il y a un problème ?

La voix bienvenue de l'inspecteur Robertson nous parvint depuis le sentier. Il parcourut la courte distance qui nous séparait à grandes enjambées.

— Cet homme vous importune-t-il, madame Miller ?

— Cet homme est venu voir Ruby, mais il n'a pas voulu partir quand je le lui ai demandé.

Le détective s'approcha de Phillip Hardacre, dont le visage était rouge de colère. Ce dernier tendit la main et attrapa le bras de Ruby.

— S'il te plaît, viens, parlons ensemble !

— Si vous voulez conserver cette main intacte, vous feriez bien de la retirer immédiatement du bras de cette jeune femme, grogna le détective.

Phillip lâcha la main de Ruby et fit un pas en arrière. Le jeune homme était beau, mais manifestement prétentieux et arrogant. Des chaussures bien cirées, trop de gomina et un *ego* surdimensionné.

— Pas de raisons de s'énerver comme ça. Je voulais juste lui parler.

— Un jeune homme bien élevé ne se présente pas à la porte d'une dame avec une attitude aussi désobligeante.

Et il part quand on lui demande de partir, répondis-je sèchement.

— J'aime votre sœur, dit-il, un air de farouche obstination planant sur le visage.

— Mais tu es marié, Phillip, répondit Ruby.

— Ruby ! (Je ne pus masquer la déception dans ma voix, tandis que je me tournai vers elle.) Comment as-tu pu fréquenter un homme marié ?

Les larmes lui montèrent aux yeux.

— Je ne savais pas qu'il était marié. Dès que je l'ai su, j'ai mis fin à notre relation. Mais il ne veut rien entendre. Il me suit partout. Il m'attend sur le quai, à Slough, et me harcèle ensuite pendant des heures.

— Suivez-moi, dit l'inspecteur Robertson en attrapant le jeune homme par le coude, avant de le raccompagner vers le portail. Si j'apprends que vous vous êtes à nouveau approché de cette jeune femme, je vous ferai arrêter pour trouble à l'ordre public. Maintenant, déguerpissez.

— Merci, inspecteur.

— Je ne pense pas qu'il vous cause de problème à l'avenir, mademoiselle Andrews, mais si cela devait se reproduire, faites-le-moi savoir et je m'occuperai de lui.

— Venez avec nous dans la cuisine, je vais nous préparer une tasse de thé, dit-elle. Du lait et deux sucres, c'est ça ?

— Vous vous en souvenez ?

J'observai attentivement le détective et le haut de ses oreilles, bien sûr, avait de nouveau rosi. Ruby s'était considérablement déridée à son égard, et le fait qu'elle se souvienne de la façon dont il prenait son thé était un indice de son intérêt naissant pour le beau détective.

— J'ai une bonne mémoire, dit-elle en baissant les yeux timidement.

Si je n'avais pas été là pour voir la scène, jamais je ne l'aurais crue capable d'une telle timidité.

— Une tasse pour toi aussi, Martha ?

— Non, merci. J'ai bu tellement de thé cette semaine que je ne pense pas pouvoir en avaler une goutte de plus.

— Avez-vous apprécié votre sieste au soleil, madame Miller ?

— Je n'ai pas vraiment réussi à m'endormir, avouai-je. Les événements de la nuit dernière tournaient en boucle dans ma tête.

Ce n'était pas tout à fait vrai. En réalité, je craignais de manquer Luke, si ce dernier en était venu à frapper à ma porte, comme je pensais qu'il le ferait sûrement. Mais il ne l'avait pas fait. La dernière fois que je l'avais vu était la veille au soir, quand il avait quitté la cuisine de Maud. Le fait qu'il me manque alors que nous ne nous connaissions que depuis une semaine me faisait me sentir idiote.

— Allons nous asseoir dehors, dit Ruby. Il fait beaucoup plus frais, maintenant.

Je me rendis au salon pour prendre la couverture posée sur le dossier du canapé.

— Allons-y.

Ruby et moi étendîmes la couverture sur la petite pelouse et nous assîmes dessus. Le détective se tenait maladroitement face à nous, le dos tourné à la grille du jardin, sur le côté de la maison.

— J'aimerais parler à votre sœur, dit-il.

— Fabuleux. Ne vous en privez pas pour moi.

— Pour lui demander ce dont nous avons parlé tout à l'heure.

— Oui, je m'en souviens, dis-je. Faites, je vous en prie.

— Mademoiselle Andrews.

Il prit son chapeau et commença à le faire tourner dans ses mains. Ruby me regarda, confuse. Je lui souris et fis un signe de tête au détective, lui signifiant qu'il avait tout mon soutien.

En me retournant vers lui, je vis Luke s'approcher de la porte du jardin.

— Je me demandais si vous aimeriez venir au cinéma avec moi, demain soir. Je pourrais passer vous chercher avec ma voiture.

Luke tourna les talons et repartit sur le côté de la maison. J'aurais pu le rappeler et lui expliquer que le détective venait d'inviter Ruby, qui était hors de sa vue, et non moi, mais je n'en fis rien. Il était probablement préférable que je ne l'encourage pas à passer du temps avec moi.

— Cela me semble une bonne idée, dit Ruby avec précaution. Oui, j'aimerais beaucoup.

— C'est très gentil de votre part, inspecteur. Vous prendrez bien soin de ma sœur, n'est-ce pas ? Et vous la ramènerez à la maison à une heure raisonnable ?

— Martha ! grinça Ruby. Tu me mets mal à l'aise !

— Vraiment ?

Elle me fixa et nous éclatâmes de rire.

— Comment dois-je vous appeler ? demanda Ruby.

— Je vous demande pardon ?

— Demain, idiot, répondit-elle. Je ne vais pas vous appeler « inspecteur » si nous sortons ensemble au cinéma, n'est-ce pas ?

— Oh, oui. Maintenant que l'affaire est terminée, vous pouvez m'appeler Ben.

— Et vous pouvez m'appeler Martha, dis-je. Maintenant, venez vous asseoir, si vous voulez bien. Je vais me faire un torticolis, à vous regarder ainsi d'en bas.

Ruby et moi nous rapprochâmes pour lui faire une place. Elle attrapa ma main et la serra. Des larmes de bonheur commencèrent à envahir mes yeux. Ma sœur et moi étions plus proches que jamais, et j'avais maintenant deux amies au village, après n'avoir eu que des connaissances pendant toutes ces années.

Lizzie s'approcha en bondissant et me lécha le visage. J'avais plus de chance que beaucoup d'autres, malgré mes problèmes avec Stan. La tristesse que j'avais ressentie en voyant Luke s'éloigner allait se dissiper. Demain, je poursuivrai ma vie normale – le jardinage, le comité du village et l'entretien de la maison et de Ruby.

Il n'y aurait plus de longues discussions avec le pasteur sur les suspects, les mobiles et les pistes à suivre. J'étais reconnaissante d'avoir vécu cette dernière semaine, qui m'avait permis d'oublier, même pour un bref instant, que j'étais une femme seule condamnée à une vie ennuyeuse.

— Rentrez-vous en voiture, ce soir ? demanda Ruby à Ben.

— Non, je ne suis pas venu avec ma voiture aujourd'hui.

— Êtes-vous officiellement en service ?

— Non.

Elle se leva d'un bond et lui prit la tasse des mains.

— Oublions ce thé, dit-elle. Ma sœur vient de résoudre un double meurtre. Elle a besoin de son meilleur gin aux prunes !

Elle se précipita à l'intérieur et revint avec une bouteille de tonic, une de gin et trois verres.

— Quelle excellente idée, Ruby, merci !

Ruby remplit nos verres.

— À ma sœur la détective, santé !

J'étais heureuse comme jamais je ne l'avais été auparavant. Je lui souris.

— À la vôtre !

# UN MEURTRE À LA POINTE

## CATHERINE COLES

Depuis qu'elle a résolu une affaire de meurtre, Martha Miller est devenue une célébrité à Westleham, petit village de la campagne anglaise. C'est donc à elle que l'on a proposé de présider l'exposition canine. Sa mission : juger les plus beaux chiens tout en se contentant de boire du thé. Rien de bien compliqué. A priori. La petite fête vire au drame lorsqu'une jeune femme à la réputation de séductrice invétérée est retrouvée morte derrière l'une des tentes de l'exposition. Pas de doute, il s'agit d'un assassinat car on ne se plante pas un poignard tout seul dans le ventre. Le sang de Martha ne fait qu'un tour, elle doit absolument élucider ce nouveau meurtre avec l'aide de Luke, le séduisant pasteur. Les deux détectives amateurs, à l'esprit aiguisé comme une lame, se lancent alors dans une enquête bien plus périlleuse qu'ils ne l'imaginent...

**Les enquêtes de Martha Miller.**

city-editions.com

Achevé d'imprimer en juin 2023
sur les presses de la Nouvelle Imprimerie Laballery
58500 Clamecy
Numéro d'impression : 305640

*Imprimé en France*

La Nouvelle Imprimerie Laballery est titulaire de la marque Imprim'Vert®